Corinna Waffender

Töten ist ein Kinderspiel

Kriminalroman

Querverlag

Die Handlung, sämtliche Orte und Personen in diesem Roman sind absolut fiktiver Natur, Übereinstimmungen mit der vermeintlichen Realität daher rein zufällig.

Das Buch konnte 2007 durch ein Schriftstellerstipendium der Stiftung Preußische Seehandlung seinen Anfang nehmen. Die Autorin dankt für die freundliche Unterstützung.

Das Zitat von Laura Esquivel ist dem Roman „Malinche" entnommen und wurde von Corinna Waffender aus dem Spanischen übersetzt.

Erste Auflage September 2010

Umschlag und grafische Realisierung von Sergio Vitale
unter Verwendung eines Fotos von
iStockphoto (Bells of carillon. © Vitalina Rybakova)
Gesamtherstellung: Finidr
ISBN 978-3-89656-179-4
Printed in the Czech Republic.

Bitte fordern Sie unser Gesamtverzeichnis an:
Querverlag GmbH und Salzgeber & Co. Medien GmbH
Mehringdamm 33, 10961 Berlin
www.querverlag.de • www.salzgeber.de

Das Leben bietet uns immer zwei Möglichkeiten:
den Tag oder die Nacht, den Adler oder die Schlange,
das Erschaffen oder die Zerstörung,
die Strafe oder die Vergebung,
aber immer gibt es eine dritte, verborgene Möglichkeit,
die beide verbindet: Entdecke sie.

Laura Esquivel

Berlin, 2003. Montagabend

Die Hitze drang durch das kühle Gemäuer, zwängte sich durch hölzerne Ritzen und steinerne Spalten, ließ die bunten Fenster bedrohlich satt erstrahlen. Blutrot der Umhang des Verräters an der Seite des Herrn, das Leid des Sohns tiefblau.

Sie blieb vor dem Altar stehen. Ließ ihren Blick schweifen und überprüfte, ob alles für den Gottesdienst am nächsten Morgen bereitstand. Eine von Güllners Ideen – Kirche für Arbeitslose jeden Dienstag mit anschließendem Frühstück.

„Damit sie nicht nur kommen, um sich mittwochs beim Mittagsmahl die Lebensmittel abzuholen! Zweimal die Woche einen festen Termin zu haben, ist wichtig für die Leute."

Und er hatte Recht. Tatsächlich bevölkerte seit Anfang des Jahres jeden Dienstagmorgen um zehn ein Grüppchen von etwa zwanzig bis dreißig Männern und Frauen die Stille des Gotteshauses. Oft blieben sie beim Frühstück zum Plaudern sitzen, fast alle kamen am nächsten Tag zur Essensausgabe wieder und einige wenige – wenngleich wohl mehr aus schlechtem Gewissen denn aus Demut – am Sonntagmorgen auch ohne Gaumenfreuden zur Predigt. Immerhin. Ihr Studienkollege machte wenigstens noch Kirche von unten, während sie im besseren Viertel Berlins träge geworden war. Auch deshalb hatte sie Hartmuts Vertretung ohne Zögern übernommen.

Wie nicht anders erwartet, war alles an seinem richtigen Platz und bereit für den „Himmlischen Dienstag", wie ihr Kollege sein Projekt genannt hatte, das inzwischen über die Bezirksgrenzen hinaus bekannt war und sich aus zum Teil großzügigen Spenden finanzierte. Die Kaffeetassen standen verkehrt herum auf den vier Tischen, die bistroähnlich im

Eingangsbereich angeordnet waren, die Gesangsbücher waren auf der Ablage der letzten Bank gestapelt, erhobener Zeigefinger, dass, nur wer singt, auch Brötchen verdient. Die wiederum würde bis morgen Agnes Walter belegt haben und kurz vor Ende des Gottesdienstes auf die Tische stellen. Auch die Kerzenhalter waren bestückt, frische Blumen schmückten den Altar – nichts fehlte, es war vollkommen unnötig gewesen, herzukommen. Sie konnte sich blind auf die Gemeindehelferin verlassen, die sämtliche Angelegenheiten der Kreuzkirche besser im Auge hatte als sie selbst.

Wenn Erika Mangold ehrlich war, war sie nicht hier, um nachzusehen, ob in der Kirche alles in Ordnung wäre, sondern weil sie wusste, dass bei ihr zu Hause das Gegenteil der Fall war. Seit Wochen stritten Ingo und sie ohne Pause, sie konnte sich noch so viel Mühe geben – jedes Gespräch endete in einer mittleren Katastrophe. Ihm nach einem anstrengenden Arbeitstag arglos zu Hause begegnen zu wollen, war in etwa so eine gute Idee wie barfuß über ein Tretminenfeld zu spazieren.

Deshalb wartete sie neuerdings, bis sie sicher sein konnte, dass eines der Kinder nach Hause gekommen war, manchmal holte sie Sara vom Hockeytraining ab. Ingo riss sich immer noch ein wenig zusammen, wenn sie nicht allein waren. Dass man ihn hörte, ihnen beiden lauschte, hatte ihn noch nie gestört, aber er wollte nicht dabei gesehen werden. Doch bald, da war sie sicher, würde er auch ungeachtet Dritter die Kontrolle verlieren. Oder aber zuvor dem Horror ein Ende setzen. Insgeheim und ohne den Gedanken jemals zu Ende zu denken, wünschte sie, dass es so käme. Eines Morgens erwachen und seinen Abschiedsbrief finden. Nichts unternehmen, nur abwarten. Trotz der Liebe, die es zwischen ihnen einmal gegeben hatte, trotz des Glaubens an einen Gott, von dem sie nicht wusste, ob er ihr jemals verzeihen würde.

Erika Mangold war so sehr in Gedanken, dass sie den leichten Luftzug an ihren Fesseln nicht bemerkte. Sie stand mit dem Rücken zur Tür des kleinen Raums neben dem Altar, der wie ein Arbeitszimmer eingerichtet war. Hellbraune Regale aus Holzimitat voller Bücher und Ordner, ein Schrank, in dem unter anderem das Silber weggeschlossen war, ein kleiner Tisch, auf dem ordentlich nebeneinander ein altes, graues Telefon, eine Ablage, ein Stifthalter und ein Locher standen, davor ein abgenutzter Schreibtischstuhl und schließlich die Liege, die sie in den letzten Wochen magisch angezogen hatte: sich einfach hinlegen und schlafen, stundenlang, wochenlang, monatelang, am Leben vorbei – davon träumte sie. In letzter Zeit hatte sie wieder öfter darüber nachgedacht, warum sie damals eigentlich nicht in ein Kloster gegangen war und ihre Sache direkt mit Gott ausgemacht hatte. Stattdessen wollte sie Trost und Sühne in der Liebe zu den Menschen finden. Wieso war sie so sicher gewesen, dass sie dazu überhaupt in der Lage wäre?

Da spürte sie es.

Jede Pore ihrer Haut signalisierte es an ihr Gehirn: Es war noch jemand im Raum. Langsam, als wollte sie dem Unsichtbaren Gelegenheit geben zu verschwinden, drehte sie sich um.

Was sie dann sah, übertraf all ihre Ängste, all ihre Erwartungen. Sie starrte von dem Gesicht, das keinerlei Gefühlsregung zeigte, zur Mündung der auf sie gerichteten Waffe und begriff sofort. Der Moment, den sie eine Ewigkeit gefürchtet hatte und doch so lange schon herbeisehnte, war gekommen. Nun würde der Kreis sich schließen, ihr blieb nur noch das Flehen um Absolution. Ohne sich von der Stelle zu bewegen und dem Blick, der sie nicht aus den Augen ließ, auszuweichen, sagte sie mit fester Stimme:

„Es tut mir leid." Sie räusperte sich. „Unendlich leid. Ich …"

Die Bitte um Vergebung brach jäh ab.

Niemand hörte den ersten Schuss, der exakt mit dem zweiten Glockenschlag zur vollen Stunde zusammenfiel, und auch nicht den zweiten, einen Takt später. Keiner sah die Gestalt, die ihn abgefeuert hatte, die Kirche durch den Hinterausgang verlassen und sich auf eine der Holzbänke davor setzen.

Eine Stunde später würde der Rufton des Handys in der Handtasche der Toten ungehört verklingen, weil Sara Mangold nach dem Hockeytraining vor der Turnhalle vergeblich auf ihre Mutter wartete.

Noch bevor Hauptkommissarin Inge Nowak frisch geduscht der abendlichen Stadt entgegentrat, standen ihr bereits winzige Schweißperlen auf der Stirn. Die Schritte aus dem kühlen Flur in die warme Nacht taten ihr Übriges, um sie mit aller Wucht an Michaela zu erinnern – wer zum Teufel hatte sich bloß ausgedacht, klimatischen Zuständen Namen zu geben? Und noch dazu solche, die in ihr die schlimmsten Erinnerungen an ihre Jugendzeit wachriefen? Ausgerechnet Michaela Hess hatte ihr Heiko Roettgen weggeschnappt. Dabei war die Klassensprecherin aus der Parallelklasse alles andere als heiß gewesen: In der Anzahl ihrer mit bräunlichen Abdeckstiften überpinselten Pickel und im Verstecken von Babyspeck hatte sie der pubertierenden Inge in nichts nachgestanden. Doch die Rivalin wartete mit einer Geheimwaffe auf, die keine der anderen Halbwüchsigen in der

Tasche hatte: Sie nahm die Pille. Oder zumindest behauptete sie es, was nicht nur die Jungs aus der Parallelklasse in kamikazehafter Sicherheit wiegte und sie zu Hess'scher Beute machten. Heiko Roettgen jedenfalls war ihr zum Opfer gefallen, und nachdem Inge die beiden knutschend hinter der Scheune erwischt hatte, war der Name Michaela zu einem Synonym für das fleischgewordene Übel geworden und lange geblieben. Ganz neutralisiert hatte sich der Klang des Namens nie, doch dass Michaela nach über dreißig Jahren so penetrant wiederkehren musste, ja sogar Tote und Verletzte forderte, empfand Inge Nowak als persönlichen Affront.

Die Pfarrerin in der Kirche war allerdings mit ziemlicher Sicherheit nicht an einem Hitzschlag gestorben.

„Oder?"

Der Pathologe schüttelte den Kopf. „Erschossen aus nächster Nähe."

„Tatwaffe?"

„Haben wir bisher nicht gefunden." Dr. Breitkreuz deutete auf die Einschüsse in der Brust und im Hals der Frau. Die Leiche und der Boden waren über und über mit Blut bedeckt.

„Heißt?"

„Noch gar nichts."

Berger betrat den Raum und hob zum Gruß die Hand in die Runde. „Wissen wir sonst schon etwas?"

Seine Kollegin deutete auf das inzwischen mit einem Tuch bedeckte Opfer.

„Erika Mangold, vierzig Jahre alt, evangelische Pfarrerin. War offenbar nur als Urlaubsvertretung hier."

„Passt doch gut: Wir sind ja auch nur vertretungsweise hier." Berger spielte darauf an, dass sie für einen anderen

Bezirk angefordert worden waren. Die Kriminaldirektion 4 war wegen Sommergrippe und Ferienzeit bei gleichzeitigem Anstieg der Gewaltdelikte heillos unterbesetzt und Kriminaldirektor Helmut Frickel hatte sein bestes Team aus Mitte quasi an die Kollegen ausgeliehen. Dafür war ihm vermutlich weit mehr als nur ein Abendessen mit dem Polizeipräsidenten sicher, und die Proteste der Nowak'schen Mordkommission erschienen ihm von nachrangiger Bedeutung.

„Also mir persönlich ist egal, ob wir für Mitte oder Charlottenburg ermitteln, solange wir noch Zeit dazu haben, dazwischen zu essen oder zu schlafen. So profane Dinge wie ins Kino gehen erwarte ich ja schon gar nicht mehr!" Sie sah Berger stirnrunzelnd an. „Hattest du schon mal eine geistliche Leiche?"

„Ich glaube nicht. Wieso?" Er machte einen Schritt zur Seite, damit Breitkreuz in dem engen Raum mit seinem Koffer an ihm vorbeikam.

„Keine Angst, die stehen genauso wenig wieder auf wie alle anderen", mischte sich der Pathologe ein, bevor er den beiden Männern an der Trage ein Zeichen gab, Erika Mangold auf ihre vorletzte Reise, in die Gerichtsmedizin, zu schicken.

Auch Nowak und Berger hatten vorerst genug gesehen und überließen die Feinarbeit der Spurensicherung.

„Wer hat sie gefunden?", wollte Berger wissen.

„Ihr Mann, Ingo Mangold."

„Und?"

„Mach dir selbst ein Bild." Die Hauptkommissarin deutete auf die geschlossene Tür hinter ihrem Kollegen. Berger nickte, drehte sich um und drückte langsam die schwere Klinke aus Messing hinunter.

In der ersten Reihe der hölzernen Kirchenbänke ganz außen, den Blick starr auf den Altar gerichtet, saß ein dünner Mann, hielt sich mit der linken Hand den rechten Arm und schluchzte. Er rührte sich auch dann nicht, als Wolfram Berger direkt neben ihm stand.

„Herr Mangold?“

Müde drehte der Angesprochene den Kopf und blickte auf. Er sah fürchterlich aus. Grau und knochig sein Gesicht, seine Augen lagen in tiefen Höhlen und schienen auf seltsame Weise erloschen.

Er sieht aus wie ein Toter, schoss es Berger durch den Kopf und die Frage, die er ihm hatte stellen wollen, verschwand in den Windungen seines Gehirns. Stattdessen sahen sich die beiden Männer sekundenlang an, und Berger hatte das Gefühl, er blickte in ein tiefes schwarzes Loch, das ihn magisch anzog und ihm die Sprache verschlug. Für einen winzigen Augenblick atmete er die kühle Luft, die von dort heraufzog, und spürte bleiern und schwer die immense Dunkelheit, die jedes Licht im Keim erstickte.

„Wir würden uns gerne noch mit Ihnen unterhalten, Herr Mangold“, schnitt Inge Nowak ein wenig zu scharf in die Stille. Sie hatte den Mann vom ersten Augenblick an nicht gemocht, und die Tatsache, dass er seit ihrem Eintreffen jede Art von Kooperation verweigerte, trug nicht dazu bei, diese Antipathie zu verringern.

Statt einer Antwort ließ Mangold Berger nicht aus den Augen und fragte: „Glauben Sie, dass das Schicksal eines Menschen unabänderlich ist?“

„Nein“, antwortete der Hauptkommissar kurz und stieg abrupt aus der augenscheinlichen Verbündung aus, indem er sich neben den Mann setzte und zu der Jesusfigur hinauf sah, die freischwebend über dem Altar angebracht war. Dann wechselte er das Thema.

„Sie haben also Ihre Frau tot aufgefunden?“, fragte er so mitfühlend wie möglich.

„Das wissen Sie doch bereits.“ Ingo Mangold antwortete ihm mit einem bitteren Unterton in der Stimme und fuhr nicht weniger unfreundlich fort: „Hätte ja auch nicht anders sein können.“

„Wie meinen Sie das?“

„Dass mir auch gar nichts erspart bleibt.“

Was für eine Egonummer, dachte Inge Nowak. Zu Hause warten zwei Teenager, die gerade ihre Mutter verloren haben, auf ihn, und er bemitleidet sich selbst.

„Was hätte Ihnen denn sonst noch erspart bleiben können?“, fragte Berger ungerührt zurück.

„Meinen Kindern sagen zu müssen, dass sie bald statt Halbwaisen Vollwaisen sind.“ Er fuhr sich durch die dünnen Haare und fügte tonlos hinzu: „Ich habe Krebs im Endstadium. Eine Frage von Wochen oder Monaten.“

Krank, dachte Inge Nowak, natürlich. Der Mann ist todkrank! Entweder ist er wirklich davon geschockt, von einem Moment auf den Nächsten vom Sterbenden zum Überlebenden geworden zu sein, oder er ist ein brillanter Schauspieler.

Der vielleicht nicht das erste, nicht das einzige Opfer hatte sein wollen, überlegte ihr Kollege, der den gleichen Gedanken durchgespielt hatte.

„Sollen wir Sie vielleicht nach Hause bringen lassen?“, fragte die Hauptkommissarin verständnisvoller. „Wir können morgen früh zu Ihnen kommen und die Befragung dort fortsetzen.“

„Ist mir egal“, murmelte Mangold und erhob sich. „Ich habe einen eigenen Wagen.“

Nowak und Berger wechselten einen kurzen Blick.

„Dann schauen wir morgen bei Ihnen vorbei. Ist Ihnen gegen zehn Uhr recht?“

Er zuckte mit den Schultern.

„Dann um zehn“, entschied sie kurzerhand. „Und bitten Sie ihre Kinder ebenfalls, sich für eine Befragung bereitzuhalten.“

„Lassen Sie meine Kinder aus dem Spiel“, brauste Mangold plötzlich auf, mit einer Energie, die ihm die Kommissarin nicht zugetraut hatte, „Sara und Ben haben doch überhaupt nichts damit zu tun.“

„Davon gehen wir auch aus“, beschwichtigte ihn Berger, bevor seine Chefin zurückschießen konnte. „Reine Routine, das muss leider sein.“

Ingo Mangold fuhr sich über die Augen und winkte halbherzig ab. Was er dachte, sprach er nicht aus. Dann verließ er grußlos die Kirche durch den Raum, in dem noch bis vor wenigen Minuten seine tote Frau gelegen hatte. Berger und Nowak hätten ihn daran hindern müssen, da die Spurensicherung noch nicht abgeschlossen war. Aber weder er noch sie rührten sich vom Fleck, beide sahen dem schmächtigen Mann, der ein wenig gebeugt und mit kleinen Schritten über die Steinplatten schlurfte, schweigend nach.

Eins

Was man vergessen will, quält sich beharrlich in die Gedanken. Was man behalten will, spielt im Kopf mit der Erinnerung Versteck. Deshalb schreibe ich meine Geschichte auf. Für die, die nach einer Wahrheit suchen, die zur Wirklichkeit passt. Sie nimmt ihren Lauf zu einem Zeitpunkt, als die Toten noch nicht einmal geboren waren.

Ich war gerade zurückgekehrt. Wenn man die Tatsache, ein Erbe anzutreten, als Rückkehr bezeichnen will. Als es klingelte, hatte ich ein Kinderlied im Kopf:

Kommt ein Vogel geflogen, setzt sich nieder auf mein Knie, einen Zettel im Schnabel, von der Mutter einen Brief.

Dabei hat meine Mutter immer den Schnabel gehalten und Briefe hat sie überhaupt keine geschrieben.

„Was ich zu sagen habe, sage ich frei heraus", das waren ihre Worte und deshalb hat sie ein Leben lang den Mund gehalten. Als ich ging und als ich fort war und als ich wiedergekommen bin. Da war die Mutter schon kalt, kälter noch als zu Lebzeiten. Und der Vogel ist mit gestutzten Flügeln zu mir gekommen an einem Wintertag. Ohne Brief, nur mit einem Paket.

„Ich soll das hier abgeben", hat er gesagt, und der Wind hob die verklebten dünnen Haare von seinem Kopf wie kleine Zweige ohne Blätter. Gerne hätte ich ihm die Last abgenommen, die er zwischen seinen langen Krallen hielt, aber mir schickte kein Mensch etwas, und Pakete für Verstorbene nehme ich nicht mehr an.

Ob er bei der Post arbeite, habe ich ihn gefragt und die Hände hinter dem Rücken verschränkt. Das macht immer Eindruck. Das provoziert.

Wie Wenger. Seine Stimme habe ich auch nie vergessen.

„Was machst du Schlampe mit deinen dreckigen Fingern, dass du sie verstecken musst?"

Dabei gab es doch damals gar nichts zu verstecken, nichts hätten wir halten können, wo wir uns doch selbst kaum mehr ertrugen. Und das war es, was er sah, dass wir uns noch an so etwas Leichtfertiges wie eine Seele klammerten.

Der Paketvogel, fast vierzig Jahre später an meiner Tür, hielt sich an einem blauen Karton fest, schüttelte den Kopf.

War scheu und schaute kaum auf: „Meine Mutter schickt mich."

Ich schluckte die Aufschrift mit den Augen und begriff. Seine Mutter war die Katalogfrau. Meine Mutter unter der Erde bekam ein Paket vom Otto-Versand.

„Das will ich nicht", sagte ich.

„Was soll ich denn jetzt machen mit dem Päckchen?"

„Behalt es."

„Das darf ich nicht."

„Ich erlaub es dir doch."

„Das ist nicht dasselbe."

Er war nicht dumm, und deshalb ließ ich ihn herein. Einem normalen Menschen hätte ich niemals die Tür geöffnet, aber dieser Junge war aus dem Nest gefallen.

„Wie heißt du?", habe ich ihn gefragt.

„Hannes. Wieso?"

Ich schlitzte mit den Fingernägeln den Deckel auf, aber Styropor blutet nicht. Darunter, knisternd und bügelfrei, ein hellgelber Morgenmantel für die Ewigkeit.

„Nylonträume eines Feiglings", erklärte ich.

Hannes erwiderte trocken: „Wieso? Gehört doch Mut dazu, so etwas zu bestellen!"

Es war lange her, dass ich gelacht hatte. So lange, dass sich der ungewohnte Ton aus meiner Kehle gurgeln musste und ich mich verschluckte.

Rühr mich nicht an, das musste ich dem Vogel nicht sagen. Er hätte mich niemals angefasst, und wenn ich daran erstickt wäre.

Seit diesem Tag ließ ich ihn herein, wenn er an meinem Fenster vorbeiflog.

Und manchmal hielt ich nach ihm Ausschau.

„Würdest du hier wohnen wollen?“ Berger deutete aus dem Fenster auf die Dächer der villenähnlichen Einfamilienhäuser, deren Eingänge, Balkone und Fenster blickdicht hinter hohen Büschen und Bäumen verschwanden.

„Im Leben nicht! Ist bestimmt stockdunkel, eng, und nach hinten raus drängeln sich Angebergärten.“ Inge Nowak schüttelte energisch den Kopf. „Ich kenne Leute, die hier in einer Seitenstraße wohnen. Entweder sind deine Nachbarn nach rechts mutierte, akademisch arrivierte Altachtundsechziger, alter Adel oder Schönheitschirurgen.“

Berger parkte vor einem kleineren Haus, dessen Grundstück sowenig einsehbar war wie die übrigen in der kopfsteingepflasterten Straße. „Hier ist es.“

„Wie bezahlen die das?“

„Sie ist bei der Kirche angestellt gewesen, und er immerhin Staatsdiener“, erwiderte Berger. Und fügte hinzu: „An der richtigen Stelle.“

„Wo genau befindet sich die, und woher weißt du das schon wieder?“

„Erkner war so freundlich, im weltweiten Internet zu recherchieren. Ingo Mangold arbeitete bis zu seiner Erkrankung als Referatsleiter im Auswärtigen Amt. Abteilung Entwicklungshilfe, Schwerpunkt Lateinamerika. Seit drei Monaten ist er krankgeschrieben.“

„Und das steht alles im Internet?“, fragte seine Chefin erstaunt, bevor sie auf die Klingel neben dem schmiedeeisernen Gartentor drückte.

„Nein. Letzteres habe ich im Ministerium erfragt.“ Und bevor sie nachsetzen konnte: „Heute Morgen, telefonisch bei der Personalstelle, da gibt es tatsächlich noch Menschen, die dafür bezahlt werden, Auskünfte zu erteilen.“

Das Summen des Türöffners verhinderte Nowaks Kommentar, und beide betraten nacheinander einen von hohem Bambusgras zugewachsenen schmalen Weg, der zur Haustür der Familie Mangold führte, wie auf einem aus Salzteig gebackenen Schild zu lesen war. Die Kommissarin erinnerte sich mit Schaudern daran, wie vor vielen Jahren ihre inzwischen erwachsene Tochter mit einem brezelähnlichen Ungeheuer aus der Schule gekommen war, auf dem ihr Name gestanden und für das sie im Kunstunterricht eine schlechte Note kassiert hatte. Es hatte sie sämtliches mütterliches Aufmunterungsgeschick gekostet, Marit davon zu überzeugen, dass sie keine zwei linken Hände hatte und eine Vier in Kunst kein Weltuntergang war.

Auf der obersten Treppenstufe, in der Haustür der Mangolds an den Türrahmen gelehnt, stand eine vielleicht Fünfzehnjährige mit verweintem Gesicht. Der Schrecken des Todes war diesem Mädchen bereits in die Glieder gefahren, zuckte an den Fingern, die nervös an den Schnüren der ausgebeulten Jogginghose zupften, und stand in den hellen Augen, die sie von ihrem Vater geerbt haben musste.

„Hallo“, sagte sie und es klang ein wenig trotzig. „Ich bin Sara.“

„Hallo, Sara. Mein Name ist Inge. Inge Nowak.“ Sie gab dem Mädchen die Hand und drückte sie leicht. „Ich bin Hauptkommissarin und das ist mein Kollege Wolfram Berger. Wir wollen …“

„… herausfinden, wer es war. Ich weiß.“ Sara schluckte und Inge Nowak hätte sie am liebsten spontan in den Arm genommen, ihr über das locker mit einem Gummi zusammengehaltene schulterlange Haar gestrichen und sie für einen Moment einfach festgehalten. Aber das kam nicht in

Frage. Selbst ein Teenager war als potenzieller Täter denkbar und sie durfte zu keinem Zeitpunkt die professionelle Distanz zu grundsätzlich Verdächtigen verlieren.

Erst jetzt sah Nowak Ingo Mangold hinter seiner Tochter stehen. Er trug eine helle Leinenhose und trotz der Temperatur eine dünne Strickjacke, die ihm früher einmal gepasst haben mochten, nun aber an seinem Körper herunterhingen, als steckte er in den Kleidern eines Riesen. Die Hände hatte er in den Hosentaschen vergraben und seine Miene zeigte auch an diesem Morgen keinerlei Bereitschaft zur Zusammenarbeit.

Zu seiner Tochter gewandt sagte er jedoch sanft: „Lass uns hier unten mal allein, Sara, wir haben ernste Dinge zu besprechen."

„Ich möchte dabei sein", erklärte Sara mit überraschend fester Stimme.

„Das geht nicht, Mäuschen ... "

„Nenn mich nicht Mäuschen, Papa. Du hast doch selbst gesagt, Ben und ich müssten jetzt sehr erwachsen sein."

In dem Gesicht des Mannes ging etwas vor, das Berger nicht deuten konnte. Aber er hielt es für angebracht, einzuschreiten.

„Wir müssen mit allen Familienmitgliedern einzeln sprechen. Das ist Vorschrift", erklärte er sachlich. „Nachdem wir uns mit Ihrem Vater unterhalten haben, würden wir Sie gerne um ein Gespräch bitten."

Die Tatsache, dass er das Mädchen gesiezt hatte, und die Art, wie er sie dabei angesehen hatte, wirkten Wunder.

„Okay", willigte sie weniger abweisend ein. „Ich bin oben in meinem Zimmer." Damit verschwand sie in Richtung Treppe und Berger betrat vor Inge Nowak unaufgefordert das Haus.

Ingo Mangold ging nicht weiter auf das Zwischenspiel mit seiner Tochter ein und bat den Besuch in ein Wohnzimmer, das auf eine Terrasse hinausführte. Der Raum glich einem Krankenzimmer und dementsprechend roch es: Eine Mischung aus Antiseptikum und verbrauchter Luft, aufgeheizt von der Außentemperatur, die mit Sicherheit bereits auf über fünfundzwanzig Grad geklettert war, verschlug Inge Nowak beim Betreten fast den Atem. Zu gerne wäre sie auf die Terrasse in den Garten hinausgetreten, aber Ingo Mangold bot ihnen drinnen einen Platz auf dem Sofa an. Gegenüber stand ein frisch bezogenes, mobiles Krankenbett auf Rollen. Der Raum war penibel aufgeräumt, verschiedene Medikamentenschachteln lagerten auf einer Kommode, vor der ein Infusionsständer stand, und die Anordnung der Möbel im Raum deutete darauf hin, dass hier gegessen, geschlafen und ferngesehen wurde.

„Mein Reich", erklärte Ingo Mangold mit einer kurzen ausladenden Geste. „Letzte Ruhestätte vor dem Freiburger Friedhof."

„Sie kommen aus Freiburg?"

„Nein. Ich ende in Freiburg. Die einzige Stadt in meinem Leben, in der ich halbwegs glücklich gewesen bin." Er wandte sich ab und sah aus dem Fenster.

„Und wo haben Sie Ihre Frau kennengelernt?", fragte sie nach.

„Dort. Bei einer Entwicklungshilfekonferenz. Vor neunzehn Jahren."

Die Kommissarin rechnete kurz nach. Dann war Erika Mangold dabei sehr wahrscheinlich schwanger geworden.

„Eine Liebesheirat?", fragte sie nach.

„Finden Sie, das geht Sie etwas an?" Er wirkte nicht wirklich aggressiv, eher gleichgültig.

„Mich geht alles etwas an, Herr Mangold. Ich ermittle in einem Mordfall."

„Dann tun Sie das auch und verplempern Sie Ihre Zeit nicht damit, einen todkranken Witwer in seiner Trauer zu stören." Noch immer passte sein lakonischer Tonfall nicht zu dem, was er sagte.

Berger und Nowak tauschten einen kurzen Blick.

„Wie Sie meinen." Die Kommissarin lächelte. „Warum sind Sie gestern Abend zu Ihrer Frau in die Kirche gefahren?"

Erschöpft fuhr sich Ingo Mangold mit der Hand über die Augen. „Meine Tochter hat mich angerufen. Erika hatte sie nicht wie verabredet abgeholt. Daraufhin habe ich versucht, meine Frau telefonisch zu erreichen, aber sie ist nicht an ihr Handy gegangen." Er nahm einen kleinen Schluck Wasser aus dem Glas, das auf dem Tisch vor ihm stand. „Erika war sehr zuverlässig. Sie hätte Sara nicht einfach warten lassen, ohne sich zu melden. Da habe ich mir Sorgen gemacht."

„Woher wussten Sie denn, wo Sie war?"

„Ich wusste es nicht, ich dachte es mir."

„Und Ihre Tochter", wollte Erkner wissen, „wie ist die nach Hause gekommen?"

„Mit den Eltern einer Freundin aus dem Hockeyverein. Sie haben sie nach Hause gebracht." Mangold schloss die Augen. „Sonst noch irgendetwas?"

„Wenn Sie noch so freundlich wären, Ihre Tochter zu holen. Und halten Sie sich später bitte noch einen Augenblick bereit, damit wir Ihre Fingerabdrücke abnehmen können."

Überrascht öffnete Ingo Mangold die Augen wieder und für einen Moment schien es, als wollte er etwas sagen. Dann aber stand er auf, um gebeugt und mit langsamen, kleinen Schritten das Zimmer zu verlassen.

„Kluger Zug“, bemerkte Berger und stellte sich an die Schwelle der Terrassentür, um frische Luft zu schnappen. Der Garten machte einen wilden und doch gepflegten Eindruck. Hier wurde regelmäßig gegossen, und auch die Rosen würden nicht mehr blühen, hätte sie niemand zurückgeschnitten. Bunte Sommerblumen und Stauden wucherten auf kleinen Inseln in einer länger nicht gemähten Wiese, in deren Mitte Berger einen kleinen Teich ausmachte. Es summte und flatterte, die bunten Blätter und das Wasser zogen alle Arten von Insekten an, die auch vor der Terrasse und Berger nicht Halt machten. Ein Nachteil der Natur, wie er fand.

Kurz darauf erschien Sara im Wohnzimmer und setzte sich an die Stelle auf das Sofa, wo zuvor ihr Vater gesessen hatte.

„Kannst du uns etwas über deine Mutter erzählen?“, fragte Inge Nowak behutsam.

„Sie meinen: über meine Eltern. Ob ich meinem Vater zutraue, dass er sie umgebracht hat?“ Das Mädchen sah sie herausfordernd an, und Inge Nowak war erstaunt über die Wut in ihrem Blick.

„Wenn du willst, auch das.“

Sara kaute an ihren Fingernägeln. „Sie haben sich immer gestritten, wenn sie alleine waren. Nach dem Essen, im Urlaub am Strand, sonntagnachmittags. Über alles und nichts, über meinen Bruder und mich, über den Garten, über Oma und Opa. Bevor Papa krank wurde, haben sie andauernd über Scheidung geredet. Wer das Sorgerecht für uns bekommt, wer das Haus behält. Mama hat gesagt, ohne ihre Kinder geht sie nirgends hin, und Papa hat gesagt, er tut uns keine Rabenmutter an. Danach sind sie zu uns gekommen und haben abwechselnd bei Ben und mir Schönwetter gemacht.“

„Und zu wem hast du gehalten?“

Inge Nowak schaute ihren Kollegen überrascht an. So eine Frage konnte auch nur ein Mensch stellen, der keine Kinder hatte. Doch zu ihrer Verwunderung sagte Sara ohne Zögern: „Zu Mama, natürlich.“

„Warum?“

Sara stiegen Tränen in die Augen. „Weil sie okay war.“ Sie sah von Nowak zu Berger und wieder zurück. „Ich glaub… “ Bevor sie aussprechen konnte, was sie gedacht hatte, wurde sie von einem heftigen Schluchzen ergriffen, das ihren ganzen Körper erfasste. Inge Nowak gab nun doch einer Art mütterlichem Impuls nach, setzte sich neben Sara und umfasste ihre Schultern.

„Ist ja gut, beruhige dich …“

Statt sich zu beruhigen, sprang das Mädchen auf und schlug den Arm der Kommissarin weg.

„Gar nichts ist gut!“, schrie sie. „Verstehen Sie denn überhaupt nichts? Ein Scheißdreck ist gut!“

Dann rannte sie durch die geöffnete Balkontür über die Terrasse in den Garten und war verschwunden.

Inge Nowak atmete tief durch.

Sie hätte es besser machen müssen.

Ben Mangold war das Gegenteil seiner Schwester. Beherrscht und ruhig stand der Neunzehnjährige Rede und Antwort.

„Seit mein Vater krank ist, ist er ein anderer Mensch. Verbittert, oft nicht mehr ansprechbar. Daran sind die Medikamente schuld.“ Die Worte kamen gut gewählt über seine Lippen, als hätte er sie zuvor im Stillen eingeübt.

„Sara behauptet, eure Eltern hätten oft Streit gehabt?“

Er nickte. „Fast immer.“

„Warum haben sie sich nicht getrennt?"

„Unsretwegen. Dabei hätten wir es in Ordnung gefunden. Sara wäre bei meiner Mutter geblieben und ich bei meinem Vater."

„Warum?"

„Weil er mich braucht."

„Wegen seiner Krankheit?"

„Nein."

Die Kommissarin beschloss, nicht weiter zu bohren, sondern das Thema zu wechseln.

„Weshalb haben deine Eltern denn so viel gestritten?"

„Sie konnten nicht anders." Sein Mund verzog sich zu etwas wie einem Lächeln.

„Wieso glaubst du das?"

„Weil sie immer schon so waren. Sie hatten Streit, solange ich zurückdenken kann. Haben sich angeschrien, Sachen an die Wand geworfen, Türen geknallt – Hauptsache laut. Am Ende haben sie sich immer wieder eingekriegt. Ich glaube, dass keiner von beiden es lange ohne den anderen ausgehalten hätte. Sie waren ein eingespieltes Team, irgendwie."

Der junge Mann schob sich mit dem Zeigefinger die modische Hornbrille ein wenig höher. Anders als seine Schwester hatte er sehr dunkle Augen, die nicht nervös umherwanderten, sondern ruhig auf die Kommissarin gerichtet waren. Fast war ihr sein Blick ein wenig unheimlich.

„Sie denken, Papa war's, stimmt's?"

„Wir denken noch gar nichts. Wir stehen erst ganz am Anfang unserer Ermittlungen." Sie musterte ihn eindringlich. „Aber wieso kommst du darauf?"

„Jeder weiß, dass er ein Choleriker ist." Ben legte den Kopf schief. „Und alle denken, dass er sich überhaupt nicht mehr unter Kontrolle hat."

„Und das ist nicht wahr?"

Ben sah Inge Nowak an, als bemitleidete er sie für die Frage. „Er stirbt, Frau Kommissarin. Langsam und elend. Reicht das nicht, um auszuflippen?"

Sie ignorierte die Frage und wechselte das Thema. „Wann hast du deine Mutter eigentlich das letzte Mal gesehen?"

„Gestern morgen beim Frühstück."

„Wirkte sie da irgendwie nervös?"

Ben schüttelte den Kopf. „Nein, sie war wie immer: gut gelaunt und in Eile." Nun sah man ihm an, dass hinter der erwachsener Fassade ein großer Junge steckte, der mit seiner Fassung rang.

„Falls dir noch irgendetwas einfällt, was von Bedeutung sein könnte, auch wenn es dir noch so unwichtig vorkommt, etwas, was deine Mutter gesagt hat, oder jemand, mit dem du sie gesehen hast, der nach ihr gefragt hat – rufst du mich an, ja?"

Ben Mangold nahm Nowaks Visitenkarte entgegen und nickte. „Natürlich." Er hatte sich wieder unter Kontrolle.

Ingo Mangold saß aufrecht auf dem Küchenstuhl und lauschte angestrengt den Worten seines Sohnes. Niemals hatte er sich einem Menschen verbundener gefühlt als diesem Jungen. Und deshalb hatte er diesen einen Fehler nicht begangen: Nähe zu ihm aufzubauen. All die Jahre hatte er versucht, eine gesunde Distanz zu Ben zu halten, es reichte, wenn er seiner Mutter verfallen war. Sara dagegen berührte ihn kaum. Sie war das Ergebnis einer gezähmten Liebe, und vielleicht war es das, was er ihr nicht verzeihen konnte: dass sie Erika und ihn zu einem ganz normalen Ehepaar gemacht hatte. Er bemühte sich, Sara den diffusen Unmut, den er gegen sie hegte, nicht spüren zu lassen. Ihr schien seine Abgewandtheit nicht viel auszumachen, vielleicht waren alle Väter so, und die Töchter hielten sich an ihre Mütter. Er selbst war derjenige, der am meisten unter seiner Gefühllosigkeit litt, gerade als Sara noch klein gewesen war und er in sich keinerlei Empfindung für sie ausmachen konnte.

„Ein Monster", dachte er dann, wenn er sie verstohlen betrachtete, „ich bin ein emotionsloses Ungeheuer, das nicht in der Lage ist, seine eigene Tochter zu lieben."

Mit Ben war es etwas anderes. Von Anfang an hatte er den Jungen gewollt.

„Bist du dir sicher?", hatte Erika ihn auf dem Weg zum Standesamt gefragt und war zögernd stehen geblieben.

„Ganz sicher", hatte er geantwortet und sie hatten sich mitten auf der Straße geküsst.

Seine Eifersucht war grenzenlos, es war ihm nicht geheuer gewesen, dass sie ihn wollte. Er hatte ihr nicht getraut, sich gewehrt, ihr das Schlimmste von sich erzählt. Sie war geblieben und hatte das Wunder vollbracht, ihn zu beruhigen, Farbe in seine trüben Gedanken zu zaubern. Auf sonderbare Weise hatte sie ihn zusammengehalten, die Stimmen in ihm gebändigt und ihn besänftigt. Jedenfalls eine Weile. Aber das war lange her. So lange, dass es ihm manchmal wie ein Traum vorkam.

Zuerst war die Ernüchterung gekommen, dann die Starre und später die Krankheit. Jahrelang hatte ihn die Wut zusammengehalten. Doch seit er von den vernichtenden Blutwerten wusste, fiel er mehr und mehr auseinander. Die Panik hielt ihn eisern im Griff und das einzige Mittel dagegen war der endgültige Rückzug von seiner Familie. Erika wollte ihm die sture Einsamkeit nicht zugestehen. Den Zustand, an ihm nicht teilzuhaben, hielt sie nicht aus, die Wahrheit ertrug sie nicht.

„Es muss ein Mittel geben. Spezialisten. Wir dürfen nicht aufgeben!“

Wir. In solchen Momenten konnte er sich am allerwenigsten damit abfinden, dass er dieses Wir, an dem er sich beinahe zwei Jahrzehnte abgearbeitet hatte, nicht mehr fühlen konnte. Wenn er es überhaupt jemals gefühlt hatte. Das Du hatte er gespürt und es haben wollen, vom ersten Augenblick an. Heirat als Verzweiflungstat. Die Angst, sie zu verlieren, bevor er sie jemals besessen hätte, hatte ihn verrückt gemacht. Unnahbar war sie gewesen, verschlossen und ernst. Mit einem Gott an der Hand, den sie enttäuscht für alles verantwortlich machte, was ihr Gerechtigkeitsempfinden störte. In einem hellhörigen Seminarhaus hatten sie sich das erste Mal lautlos in einem viel zu kleinen Bett geliebt. Schon da wusste er, er würde bei ihr bleiben, um jeden Preis. Vom ersten Moment an, waren sie einander ausgeliefert, dieselbe Macht, die ihre Körper leidenschaftlich in die Tiefe zog, wenn sie einander berührten, schleuderte sie im nächsten Moment aufeinander, ihre Herzen zu zerreißen mit einem Schlag. Er hatte sich damals die Frage sowenig überlegt wie sie die Antwort: „Ja, ich will.“

Im Nebenzimmer hörte er, wie sein Sohn sich bereitwillig Fingerabdrücke abnehmen ließ. Auch er würde sich gleich behandeln lassen müssen wie einen Verbrecher.

Zwei

Hannes pickte nur. Von Hunger verstand er nichts. Und doch fragte er zwischen den Kuchenkrümeln danach.

„Die Leute sagen, du warst im KZ.“ Er sah mich an und seine Augen flatterten.

Zwei Buchstaben, die niemand mehr kleinschreibt, wenn sie alleingelassen hintereinander stehen. Unzertrennlich, wie zwei, die der Zufall in einen Zug gesetzt hat, der an den Pforten der Hölle endete. Man nimmt eine an die Hand, weil sie da und nicht dort steht, weil es Schläge gibt für das aus der Reihe tanzen auf dem Weg zur Baracke. Noch in eigenen Schuhen, noch mit Namen, noch voller Hoffnung, drinnen könnte es menschlicher sein als draußen.

Das wollte ich Hannes nicht erzählen.

„Was fällt dir ein?", presste ich hervor, zwischen den Zähnen keinen Spielraum, um zu lügen.

Er schob die Reste auf dem Teller hin und her.

„Wir haben das in der Schule durchgenommen. Filme gesehen. Über die Gaskammern und die Berge voller Zahngold und Brillen."

Wie er dasaß, mit den kurzen Armen an den Schultern, an denen nervös die Finger kreisten, in seinem Kopf ein Kampf auf engstem Raum.

„Wenn ich damals schon auf der Welt gewesen wäre – mich hätten sie auch abgeholt." Einatmen, ausatmen. „Oder?"

Die Antwort sah er jeden Tag im Spiegel.

Nach all den Jahren reden, statt die fahrigen Gedanken zu verscheuchen wie unliebsame Fliegen. Meine Stimme stolperte durch die stumme Erinnerung.

„Wenn man gewusst hätte, wozu sie fähig waren, hätte man vielleicht fortlaufen können. Aber das Herz hält sich an einem Gefühl fest, das Zuhause heißt. Auch wenn die Erde, auf der es steht, längst bebt. Im Krieg muss man glauben, man käme davon, weißt du? Ich hatte keine Angst und was noch viel schlimmer war – ich hatte keine Ahnung. Mit zweiundzwanzig ist man federleicht, man denkt sich nicht vogelfrei. Das tun nur die Fänger. Stiefel bis zum Knie und darüber quollen die strammen Hosen, dass du dachtest, ihr Fleisch ist aus Eisen. Sie kamen im Morgengrauen, zu dritt, und sie ließen mir keine Zeit, das Glück zurückzulassen. Ich nahm alles mit: den Geschmack salziger Haut, den Duft nach warmem Haar, die Schmetterlinge im Bauch. Nach ein paar Stunden hatte ich alles herausgewürgt und sie ließen es mich wieder und wieder schlucken."

Die Suppe auslöffeln, die du dir eingebrockt hast.

Hannes hörte zu, ich dachte: Bewege ich überhaupt die Lippen?

Es dämmerte, und die Schachfiguren schliefen unberührt auf dem Spielfeld ein.

„Den Turm", hatte er mir verraten, „mag ich am liebsten. Er tut so schwerfällig, dabei kann er im entscheidenden Moment das ganze Spiel kippen."

Im entscheidenden Moment. Wenn man ihn nur voraussehen könnte. Man wäre dort und nicht hier, nähme einen anderen Weg, verließe das eigene Leben durch den Hinterausgang. Schwindelte sich durch anderer Leute Wahrheiten und verriete seine Eingeweide. Aber so ist das nicht, denn im alles entscheidenden Moment entscheidet man nichts mehr selbst. Man sieht stumm zu, wie einem angst und bange wird und begreift nicht, dass es erst der Anfang vom Ende ist.

„Und dann?"

„Dann habe ich zwei Jahre, einen Monat und dreiundzwanzig Tage so getan, als würde ich schlecht träumen, und ans Aufwachen geglaubt."

„Wo denn?"

In der Hölle. Unter der Aufsicht des Teufels. Im Schatten des Todes.

„In Ravensbrück“, antwortete ich.

Und das Wort aus meinem Mund klang wie verrückt.

Dienstagmittag

„Die Krankenschwester des privaten Pflegedienstes hat ausgesagt, sie habe Ingo Mangold gestern Abend um 18.10 Uhr in seiner Wohnung an eine Infusion mit hoch dosierten Schmerzmitteln gehängt.“ Erkner hatte die beiden Kollegen mit frischem Kaffee erwartet, den er nach dem Rezept seiner Großmutter mit ein wenig Zimt aufbrühte und dessen Geruch nach Advent eine eigenartige Atmosphäre in dem hochsommerlich heißen Besprechungsraum verbreitete.

„Tatzeit?“

„Zwischen 18 und 19 Uhr.“

„Hätte er es mit dem Auto in einer halben Stunde nicht schaffen können?“ Inge Nowak wollte ihren Hauptverdächtigen, der zugleich bisher der einzige überhaupt war, nicht einfach kampflos aufgeben.

Berger schüttelte den Kopf, während er die Kopie des Medikamentenberichts las, den Erkner per Fax angefordert hatte. „Wenn du das intus hast, bist du so breit, dass du mindestens eine Stunde gar nichts machst, außer benebelt an die Decke starren. Morphinhaltiger Schmerzkiller. Mit dem Viertel der Dosis haben sie mich während meines Bandscheibenvorfalls ruhig gestellt, da hätte ich nicht mal für sechs Richtige den Finger gerührt.“

„Das erklärt auch, wieso er in der Kirche so apathisch war.“ Die Hauptkommissarin fächelte sich mit einem Schnellhefter Luft zu. „Macht ihn mir aber auch nicht wirklich sympathischer.“

„Aber als Täter mehr als unwahrscheinlich.“

„Als Täter ja, als Auftraggeber nein.“ Inge Nowak wusste selbst, dass diese These zum derzeitigen Stand der Ermittlungen nicht viel mehr als eine Seifenblase war. Sie entbehrte schlicht und ergreifend jeder Grundlage, weshalb sie, noch bevor Berger etwas einwenden konnte, abwinkte. „Schon gut. Machen wir uns an die Arbeit: Freunde, Bekannte, Arbeitskollegen – in dem Umfeld dürften wir mehr Engeln als Teufeln begegnen, oder?“

Erkner öffnete das zweite Fenster im Raum ebenfalls weit. „Ich hab mich schon mal ein wenig schlau gemacht. Unsere Tote wurde in Darmstadt geboren. Aufgewachsen ist sie unweit von dort, in Unterlurch. Das liegt in Rheinland-Pfalz. Studiert hat sie wiederum in Freiburg.“

„Wie lange lebt sie schon in Berlin?“

„Seit 1987.“

Die Hauptkommissarin bemerkte, dass ihre Konzentration nachließ, und räkelte sich. „Woher kommt die Info?“

„Evangelische Kirchengemeinde Berlin-Zehlendorf. Ich hab mir ihre Unterlagen faxen lassen. Darin gibt es eine Art Selbstdarstellung.“

„Dann lass mal hören“, ermunterte ihn seine Chefin und lehnte sich erwartungsvoll zurück.

„Die Frau Pfarrer war in jungen Jahren ziemlich engagiert in Sachen Lateinamerika und hat einen der ersten Dritte-Welt-Läden mitbegründet. Nach ihrem Studium hat sie sich dann in kirchlichen Kreisen für Entwicklungshilfeprojekte eingesetzt. Sie war über Jahre in gemeinnützigen Vereinen aktiv, aber Anfang des Jahres ist sie von den meisten Posten zurückgetreten.“

„Begründung?“ Nowaks sprachlicher Ausdruck passte sich allmählich ihrer Trägheit an.

„Der gesundheitliche Zustand ihres Mannes. Jedenfalls lautet so die offizielle Version. Überall, wo ich angerufen habe, hat man mir die traurige Geschichte von Ingo Mangold und seiner Frau erzählt. Und natürlich den Rückzug aus ihren Ehrenämtern bedauert."

„Aber ihren Job als Pfarrerin hat sie nicht an den Nagel gehängt?"

„Im Gegenteil. Vor ein paar Wochen hat sie zu ihren eigenen Gemeindepflichten in Zehlendorf eben auch noch die Vertretung für die Charlottenburger Gemeinde übernommen, mit allem, was dazugehört: Seniorenbetreuung im Altersheim, Konfirmandenunterricht, Obdachlosenanlaufstelle und natürlich den sonntäglichen Gottesdienst."

„Wer ist dafür sonst zuständig?"

„Ein Kollege, Hartmut Güllner, mit dem sie offenbar schon seit Studienzeiten befreundet ist. Er hat so etwas wie eine kleine Auszeit genommen."

„Leiden jetzt schon unsere Geistlichen unter Burnout?" Inge Nowak schüttelte den Kopf. „Sagenhaft."

Berger grinste, dann fragte er: „Könnte er am Ende gemeint gewesen sein?"

„Du meinst, jemand hat die Falsche erschossen?" Inge Nowak runzelte zweifelnd die Stirn, Erkner dagegen nickte zustimmend: „Stimmt. Die sehen doch in ihren schwarzen Roben alle gleich aus!"

„Sie hatte aber gar keine Robe an, sondern einen Rock", erwiderte seine Chefin, „und der war rot. Eher ungewöhnlich für einen Pfarrer. Außerdem sieht mir das Ganze nicht nach Kurzschluss aus, bei dem ein Täter sein Opfer verwechselt."

„Wieso?"

„Es gibt keine Anzeichen von gewaltsamem Eindringen, keine unnötige Sachbeschädigung, die auf eine überstürzte Flucht schließen ließe. Mir scheint eher, es ist jemand hineinspaziert, hat seelenruhig erschossen, wen er töten wollte, und den Ort des Geschehens unauffällig wieder verlassen."

„Wir müssen unbedingt die Anwohner befragen", sagte Erkner.

„Und wieso bist du dann noch hier?"

Nowaks jüngstem Teamkollegen lag die Antwort auf der Zunge, aber er schluckte sie schnell weg. Es war erst zwei Wochen her, dass er einmal mehr ihre rüde Kritik für einen seiner Alleingänge hatte einstecken müssen. Sogar zu Helmut Frickel hatte sie ihn geschickt, um sich eine Kriminaldirektorenpredigt über Disziplin und Ordnung anzuhören! Und das, obwohl sie nur durch seine spontane Initiative auf die entscheidenden Indizien im Mordfall an dem Banker gestoßen waren, der aus dem vierten Stock geworfen worden war. So schnell würde er sich nicht wieder aus dem Fenster lehnen. Auch wenn es zugegebenermaßen einen Unterschied zwischen einer unautorisierten Hausdurchsuchung und einer Anwohnerbefragung gab.

„Zurück zum Tatort: Fingerabdrücke massenweise überall." Berger erhob sich. „Von den unzähligen Spuren rund um die Kirche und den Spielplatz, die dort von Erwachsenen und Kindern ständig hinterlassen werden, mal ganz abgesehen."

Inge Nowak, die zwar wusste, dass Berger nur wegen seines Rückens aufgestanden war, nahm die Geste dennoch zum Anlass, die Besprechung zu beenden und sich ebenfalls zu erheben.

„Dann mal los. Wo fangen wir an?"

„Wir beide machen später eine kleine Spritztour im einzigen Dienstwagen mit Klimaanlage", antwortete Berger und wedelte fröhlich mit einem Autoschlüssel, während sein Kollege bereits nach Zweieurozehn für die U-Bahn kramte.

Ingo Mangold starrte an die Decke, konzentrierte sich auf die Wirkung der Medikamente in seinem Körper, nahm die Erleichterung, die sich in Form eines watteartigen Schwebezustands einstellte, dankbar an. Erst die starken Betäubungsmittel gaben ihm die nötige Ruhe, klar zu denken. Wenn der in ihm wütende Schmerz, der längst nicht mehr verortbar war, sich sanft von ihm distanzierte und ihn von Weitem betrachtete, ließ sich Ingo Mangold in einen Stand-by-Modus fallen. Die Gedanken glitten dann wie Filmszenen vor seinen Augen vorbei und, erstaunlich wach, analysierte er seine eigene Katastrophe.

Er war mit seiner Melancholie auf die Welt gekommen. Mit den Jahren war die Dunkelheit in seinem Inneren zu einem gigantischen Krater geworden, der geduldig darauf wartete, ihn einzusaugen, ihn zu umhüllen, die Luft mit dem Gift, das er spie, zu zersetzen. Sich dagegen zu wehren, erschöpfte ihn, die Erschöpfung ängstigte ihn und die Angst machte ihn rasend. Er schrie, er tobte, und er rief nach Erika. Die ihre Hand ausstreckte und mit ihm am Abgrund stehen blieb. Mehr nicht. Keine Rettung. Kein Licht am Ende des Tunnels. Aber die Hoffnung, solange sie an ihn glaubte.

Wann hatte sie die Zuversicht verloren? Seit wann wollte sie ihn anders, als er war, hatte ihr die verzweifelte Sehnsucht zwischen ihnen nicht mehr gereicht und war dem stummen Vorwurf gewichen? Warum kannst du es nicht gut sein lassen? Sie hatte es niemals ausgesprochen, aber er hatte es wieder und wieder gehört. Er wusste genau, warum er sich noch mit über fünfzig wie ein ausgesperrter Bub fühlte, der nach Hause wollte. Doch er konnte nicht verhindern, dass der erwachsene Mann, der er war, ihm immer wieder den Weg dahin abschnitt. Und auch nicht, dass allein die Vorstellung, dabei ertappt zu werden, einen erbarmungslosen Zerstörungsmechanismus in ihm auslöste. Dann wanderte das Gift grollend durch seinen Körper, weckte die Wut, die seinen Verstand überrollte und vordrang bis zur Kehle, auf Zunge und Lippen, bis seine Stimme zu einem Orkan anschwoll und seine Worte zu Waffen wurden. Der Krieger in ihm erwachte, und er metzelte jeden Angriff nieder. Kam Erika zuvor, richtete sich selbst, immer nah an ihrem Gesicht, ihren Händen, sie durfte nicht gehen, er durfte sie nicht verlieren. Aber sie sollte es zugeben. Immer wieder.

„Sag doch, dass du mich verachtest, hör doch auf zu lügen!"

Sie hatte aufgehört, dagegen zu reden, machte ihm schon lange keine Hoffnungen mehr. Sie ließ ihn los, sobald seine Stimme sich überschlug.

In letzter Zeit war es fast unmöglich geworden, sie aus der Reserve zu locken. Daran war Valero Schuld, da war er sicher. Mit seinem Auftauchen vor ein paar Wochen war gänzlich alles aus den Fugen geraten, und Erika ihrem Mann noch fremder geworden.

„Du machst dich lächerlich, Ingo. Werd endlich erwachsen, solange du es noch kannst."

Er hatte mit seiner allerletzten Kraft nach dem erstbesten Gegenstand gegriffen und ihr das Radio krachend vor die Füße geworfen, um etwas zwischen sich und sie zu bringen, um zu verhindern, dass er sie grob an den Handgelenken nähme, vielleicht gegen die Wand stieße, damit sie aufhörte, ihn zu provozieren, und sähe, wie außer sich er war, wie allein, wie sehr schon ohne sie.

Später, nachdem er ins Bad gegangen war und vor Erschöpfung, Schmerz und Verzweiflung leise geweint hatte, während sie die Einzelteile des Radios feinsäuberlich auf die Tischplatte legte und den Rest zusammenkehrte, hatte sie ihre Hand auf seine Brust gelegt und ihm durch die Haare gestrichen. War für einen winzigen Moment auf ihn zugekommen.

„Alles wird gut, glaub mir."

Er hatte nur stumm genickt und sich gefühlt wie ein Spielball ihrer Gefühle, nach dem er am liebsten getreten hätte. Denn sich hasste er in diesen Momenten am meisten. Dieses tollwütige, kreischende Ungeheuer, zu dem er wurde, wenn er sich in die Enge getrieben fühlte, als ob er mit dem Klang seiner Stimme einen Sturm entfesseln könnte, der alles von ihm fernhielt, was er nicht hören mochte. Bis seine Augen sich scharf stellten, blitzschnell die Umgebung abscannten, nach etwas, das zerbrechen würde an ihm, der Schwerkraft ausgesetzt, zerschellte auf dem Boden oder an der Wand. Etwas, das er mit schlafwandlerischer Sicherheit fand: sein liebstes Ding. Erst wenn sein Handy geborsten war, sein Lieblingsfüller blaue Tintenspritzer auf dem Holzfußboden hinterlassen, der Stahlschrank eine Delle hatte oder seine Handkante zu schwellen begann, wurde es besser. In der kurzen Stille nach der Sprengung und vor der Verzweiflung über das, was er angerichtet hatte, atmete er aus. Spürte, dass er sich einmal mehr abhanden gekommen war und dass ihn dieser Umstand auf sonderbare Weise erleichterte. Schon Sekunden später brach die Scham über ihn herein.

Obwohl der Krebs unerbittlich sein Inneres zerfraß, ließ er ihm von Zeit zu Zeit die Kraft, sich noch einmal aufzubäumen, als ob er sagen wollte: Das ist alles, was von dir übrig bleiben wird.

„Ich wollte das nicht, wirklich nicht. Aber ich kann es nicht besser."

Dabei wollte er Erika immerzu nur das eine sagen, auf das er selbst nicht gefasst war, nachdem sein Todesurteil gefällt war. Etwas, für das er sich verachtete, so sehr wie für die kranke Liebe zu dieser Frau, die sein Glück und sein Verderben war: Lass mich, um Gottes Willen, nicht allein.

Frank Erkner war froh, sein Büro verlassen zu können, denn im Gegensatz zu seinen Kollegen konnte es ihm gar nicht heiß genug sein. Ein Cappuccino in der Charlottenburger Augustsonne war genau die Art von Mittagspause, die ihm gefiel. Dazu bestellte er in dem kleinen Deli, vor dessen Schaufenster er an dem einzigen Tisch ohne Sonnenschirm Platz genommen hatte, ein Tramezzino mit Mozzarella und Tomaten. Dolce Vita, dachte er und betrachtete dabei die Kirche, in der am Abend zuvor Erika Mangold ihr Leben hatte lassen müssen.

„Für eine Theologin eigentlich ein guter Platz zum Sterben", hatte Berger trocken bemerkt.

Direkt daneben lag ein Spielplatz, der in reger Benutzung war: Der Sandkasten quoll vor Kindern geradezu über, auf den schattigen Bänken drängten sich Männer und Frauen, um die Schaukeln und Klettergerüste stoben Jungs und Mädchen herum – Sommerferien, unübersehbar. Sie alle wären nach sechs verschwunden, nach Hause, Abendbrot, Fernsehen, Bett. Vielleicht funktionierten die Spielplätze hier in der City West wie bei ihm in Neukölln, wo sie am frühen Abend zum Feierabendtreffpunkt für Jugendliche mutierten: Kollektives Biertrinken und Kiffen, bevor sie den Tag zur Nacht machten. Erkner musste wohl später noch einmal wiederkommen, um das herauszufinden.

„Unsere Frau Pfarrer?", hörte er plötzlich eine ältere Frau am Nachbartisch ausrufen. „Erschossen? Aber von wem denn, du lieber Himmel?"

Erkner sah, wie eine rüstige alte Dame ihrem Gegenüber bedeutete, keine Antwort darauf zu wissen, nur um kurz darauf zu sagen: „Also mich wundert das nicht!"

„Wegen dem Ausländer in der Singstunde, meinst du?"

„Na also, wie der sich aufgeführt hat!"

Erkner räusperte sich und lächelte der Grauhaarigen, deren Tönung intensiv ins Lilafarbene abdriftete, offensiv zu.

„Entschuldigen Sie, ich wollte nicht lauschen – aber haben Sie gerade etwas von Singstunde gesagt? Ich suche nämlich einen Chor, bei dem ich mitmachen kann!"

Nun drehte sich auch die andere ältere Frau herum und beide sahen ihn an, als hätte er ihnen gerade einen Heiratsantrag gemacht.

„Ich weiß nicht, ob Sie bei uns richtig wären, junger Mann!", erwiderte die Getönte kokett, „oder was meinst du, Helga?"

„Verstärkung bei den tiefen Stimmen könnten wir schon gebrauchen", kicherte die Gefragte. „Sind immer die ersten, die uns wieder verlassen!"

Der knapp dreißigjährige Oberkommissar hatte verstanden, stand auf, ging auf ihren Tisch zu, nicht ohne sich kurz davor knapp zu verbeugen.

„Frank Erkner. Es wäre mir geradezu eine Ehre, die Damen mit meinem bescheidenen Bass zu unterstützen."

Die scheinbar Ältere der beiden zwinkerte in die Sonne und bat ihm mit einer galanten Geste einen Platz an: „Sie Schmeichler! Wollen Sie etwa im Altersheim singen?"

„Warum nicht? Ist es weit von hier?"

Nach einer Viertelstunde wusste Erkner alles über die nahgelegene Seniorenresidenz und auch, dass Erika Mangold dort vor Kurzem die geistliche Betreuung übernommen hatte. Dazu gehörte nicht nur ein Gottesdienst für die Kranken und Schwachen in der heimeigenen kleinen Kapelle, sondern auch die wöchentliche Singstunde. Woher die Damen jedoch bereits wussten, dass ihre Chorleiterin brutal und aus nächster Nähe erschossen worden war, obwohl es noch nicht in der Zeitung gestanden hatte, konnten oder wollten sie ihm nicht sagen.

Aber dass die Frau Pfarrerin Ärger gehabt hatte mit einem Südländer, davon erzählten sie bereitwillig.

„Wie die Bösen in den Filmen, so sah der aus!"

„Und spanisch hat er geredet. Sagt die Anni zumindest, die versteht das." Die Jüngere schüttelte den Kopf. „Ach, was sag ich – geredet? Geschrien hat der! Und die Frau Pfarrer am Arm gerissen, weil sie nicht mit hinauskommen wollte."

Ob denn die Anni verstanden hätte, was der Fremde gesagt hat?

„Die Anni ist nicht mehr so auf dem Damm. Sie hat verstanden, dass die Frau Pfarrerin ein Kind von ihm bekommt! Aber die ist doch verheiratet!"

„Könnten Sie den Mann beschreiben?", fragte Erkner, und im selbem Moment begriff er, dass er einen Fehler gemacht hatte.

Die beiden Seniorinnen sahen sich an. „Sie wollen gar nicht singen." Es war mehr eine Feststellung als eine Frage.

Erkner schüttelte den Kopf, antwortete aber: „Doch, auch, also …“

Weiter kam er nicht. „Sind Sie ein echter Kommissar?“, unterbrach ihn die Grauhaarige jetzt mit leiser Ehrfurcht.

Ehe er sich's versah, befand sich Frank Erkner mitten in einem Verhör, und es dauerte eine geschlagene Stunde, bis er Nowak und Berger telefonisch von dem in Kenntnis setzen konnte, was er in Erfahrung gebracht hatte.

Drei

Hannes nannte man nicht behindert, er hatte ein Gymnasium besucht.

„Für einen Krüppel ist mein Abi gar nicht übel.“

Aber man erwartete, dass er mit seinen Flügeln nicht zu wild um sich schlug. Für sein Anderssein gab es ein Wort, so unberechenbar wie das Mittel, das seine Mutter während der Schwangerschaft eingenommen hatte: Contergan.

„Wenn sie mich lassen, studiere ich Medizin.“

„Und wenn nicht?“

„Dann auch.“

Er war in dem Dorf, in dem auch ich groß geworden war, der Einzige, dessen Hände an den Oberarmen herausgewachsen waren und der ungewöhnliche Verrenkungen machen musste, um sich seiner Finger zu bedienen. Nackte Füße immer, und keiner befahl ihm je, sie vom Tisch zu nehmen. Geschickte Glieder, ein beweglicher Sommermensch, der Winter sein Feind.

„Ich hasse Strümpfe. Strümpfe sind Gefängnisse, sie sperren mich ein.“ Er schaute mich an, erwartungsvoll. „Füße wollen frei sein.“

„Füße wollen Wärme", sagte ich. „Die Kälte nagelt sie fest, sie treibt das Blut über die Ränder des Körpers. Der Schmerz abgestorbener Zehen pflockt dich in die eisige Erde, nicht ans Weglaufen denkst du, nur an den Schlaf, der nicht kommt, wenn es in den Adern pocht und du fürchtest, dir platzt die Haut. Meine Füße haben sich von den Erfrierungen nie wieder erholt, drei Winter mit nichts als gewickelten Lumpen zwischen Haut und Frost, Beulen an Leib und Seele, jeder Schritt einer mehr in Richtung Eis."

„Trägst du deshalb solche Schuhe?", fragte der Leichtfüßige.

Wer nach '45 ein guter Schuhmacher war, hatte ausgesorgt. Tausende verkrüppelter Füße warteten auf quietschendes Leder, hochgeschnürt bis zu den bläulichen Knöcheln. Derbes Schuhwerk für das, was übrig geblieben war von den Märschen an die Front und durch die Lager. Siebzig Mark Zuzahlung für die orthopädische Sonderanfertigung, den Rest bezahlte die Kasse, maßgeschneiderte Wiedergutmachung für die Kriegsversehrten. Für mich hatte keiner etwas übrig. Ich wollte kein Mitleid, aber was ich noch viel weniger wollte, war Aufsehen.

„Verstehe ich nicht", sagte Hannes.

Natürlich nicht. Sein Anderssein ließ sich nicht verstecken. An seiner Stelle hätte ich danach vielleicht eine kleine Rente bekommen, Entschädigung, wer weiß. Wahrscheinlicher aber wäre gewesen, ich hätte das Ende des Krieges nie erlebt. Sadisten wie Wenger hätten mich zu medizinischen Zwecken benutzt oder gleich exterminiert. Hannes wäre ein klarer Fall für die Euthanasie gewesen. Oder für Dr. Rech, der eigentlich Zahnarzt gewesen war. Niemals habe ich Hannes von ihm erzählt, denn noch nach all den Jahren fürchtete ich, seine Seele könnte heimatlos herumirren und den Jungen in meinem Wohnzimmer vergiften.

Abspritzen.

So viele habe ich vor den Injektionen nicht retten können. Beobachtete Rechs Schatten im Krankenbau und konnte mir genau vorstellen, wie er einer Kranken oder Schwachen, die um Linderung flehte, die Todesspritze setzte. Wenn Ilse und ich dann frühmorgens in die Ambulanz kamen, um unseren Dienst anzutreten, fanden wir eine Leiche auf der Bahre. Kalt, starr, erlöst.

„Iris, sei bloß still", hüstelte Ilse. „Wir haben Glück, dass wir nicht da liegen."

Glück. Ein Wort, das ich damals nicht einmal mehr hätte buchstabieren können, und doch hatte Ilse recht. Der Todesengel, der mich am 17.03.1943 aus dem Schlaf riss, hatte ein anderes Schicksal für mich vorgesehen.

Asozial. Wie die anderen Gefangenen steckten sie uns in Streifenkleider, unförmige Hosen, zwängten uns in blaue Schürzen und krönten uns mit weißen Kopftüchern. Nähten uns den schwarzen Winkel und eine Nummer auf den linken Kleiderärmel.

„Von nun an meldest du dich so: Schutzhäftling Iris Lenz, Nr. 6745."

Und dann schnitt eine stählerne Stimme in die Dämmerung, in der wir in Fünferreihen unbeweglich stehen mussten, hungrig, frierend, die kalte Hand der Todesangst am Herzen.

„Krankenschwestern vortreten!"

Ich stand in der ersten Reihe und zögerte keine Sekunde. Machte einen großen Schritt und stand direkt vor Wenger. Eine lächerliche Figur in gestreiften Lumpen vor dem stattlich Uniformierten, der mich um einen Kopf überragte.

„Mund auf!“, befahl er mir, und ich gehorchte.

Er betrachtete mein Gebiss, und ich musste an meinen Vater denken.

Mein bestes Pferd im Stall.

Bevor er hatte merken können, was faul an mir war, war ich ihm davongaloppiert. Der SS-Lagerarzt hatte nichts an meinen Zähnen auszusetzen.

„Du willst etwas können?“, fragte er mit Blick auf meinen linken Arm.

Er hielt mein Kinn zwischen seinen Fingern und ich nuschelte: „Gelernte Krankenschwester.“

Für einen Augenblick hing alles in der Luft. Wenger ließ seine eisigen Augen über die Frauen wandern, und dann, als wäre er des Anblicks plötzlich überdrüssig geworden, drehte er ab und gab einer der Aufseherinnen einen Wink mit Blick auf mich.

„Mach sie für mich fertig.“

Am nächsten Tag fing ich an, im Krankenlager zu arbeiten.

„Warum haben Sie dich überhaupt ins KZ gesteckt?“, Hannes gab sich nicht mit einfachen Antworten zufrieden. So lange hatte ich geschwiegen und nun kam so ein armloser Bengel daher und wollte es wissen.

„Das geht dich nichts an.“

„Doch.“

„Ach?“

„Wir sind Freunde und vor Freunden hat man keine Geheimnisse.“

Ich hatte keine Freunde und jede Menge zu verbergen.

„Unsinn! Gerade Freunde sollten verstehen, wenn man etwas für sich behalten muss.“

„Will“, korrigierte mich Hannes.

Ich wollte und ich wollte doch nicht.

„Ich wüsste gar nicht, wo ich anfangen soll."
„Am Anfang, natürlich."

Dienstagmittag

„Wohin fahren wir?"
„Industriepark Ost, zu Intershop."
„Intershop? Ich dachte, die Mauer wäre weg?"
„Nicht das, was du denkst. Lass nur Erkner nicht wissen, dass du keine Ahnung hast, was Intershop ist."
Die Kommissarin stöhnte. „Dann hat es mit Internet zu tun."
„Es ist das größte Onlinekaufhaus Europas. Shoppen per Mausklick. Einkaufen für Faule." Berger fuhr auf die Stadtautobahn.
„Für Degenerierte, meinst du."
„Hast du noch nie was online bestellt?"
„Nein. Wüsste auch gar nicht, wie es geht. Und wenn ich mal keine Zeit mehr haben sollte, shoppen zu gehen, wird es Zeit, dass ich mein Leben verändere."
„Musst du mir nicht sagen. Aber wir beide gehören zur verschwindenden Minderheit der Internetmuffel. Der Rest der Welt klickt und kauft wie blöd. Ob die Kreditkarten gedeckt sind oder nicht."
„Daran würde es bei mir schon scheitern." Sie grinste.
„Deine Kreditkarte ist nicht gedeckt?"
„Ich hab gar keine."
Berger schaute sie ehrlich erstaunt von der Seite an. „Du hast keine Kreditkarte?"
„Nein. Nur eine EC-Karte. Die reicht mir völlig." Sie schaute zurück: „Und meine Kontoauszüge hole ich mir aus dem Automaten. Ich hab sogar noch ein Sparbuch!"

„So was gibt's noch?"

„Die Bank legt mir vierteljährlich die Kündigung nahe, aber ich bleibe hart!"

„Du bist ja noch schlimmer als ich!", lachte er.

Sie schüttelte verständnislos den Kopf. „Was genau machen wir bei Intershop? Oder geht mich das als Leiterin einer Mordkommission nichts an?"

„Eigentlich nein. Aber weil du's bist: Das letzte Telefonat ihres Lebens hat Erika Mangold mit einem Projektleiter genau dieses Unternehmens geführt. Estebán Valero."

„Woher wissen wir das?"

„Von ihrem Handy. Er hat sie gegen fünf angerufen, und sie hat das Gespräch angenommen. Danach gab es noch zwei Anrufe: Einen von ihrer Tochter kurz vor und einen von ihrem Mann um kurz nach acht."

„Aha." Die Kommissarin schloss die Augen und genoss den Fahrtwind im Gesicht.

„Wann kommt eigentlich Verónica?"

„Donnerstag."

„Freust du dich auf das Ende deines Singledaseins?" In seiner Stimme lag ein leichter ironischer Unterton.

„Ich will ja nicht gleich heiraten", entgegnete sie schärfer als beabsichtigt.

„Das geht oft schneller, als man denkt."

Er musste es wissen. Wolfram Berger hatte vor drei Jahren mit Mitte dreißig mehrere Monate Klinikaufenthalt absolvieren müssen, bevor er begriffen hatte, dass ihm seine Beziehung zu eng geworden war. Der privat kontaktscheue, unter Kollegen als eigenbrötlerisch verschriene Kommissar, hatte jahrelang um Jasmin gekämpft und war bei dem Versuch, ein guter Partner zu sein, an sich selbst und seinem Rückgrat gescheitert.

„Ich habe mich von ihr getrennt. Sie will, was ich ihr nicht geben kann: Familie, Kinder. Aber ich bin und bleibe ein Eigenbrötler", hatte er seiner Chefin auf Nachfragen erklärt. „Und mein Therapeut hat gesagt, das darf ich ruhig sein."

Das einzige, was an die schmerzhafteste Zeit in seinem Leben erinnerte, war die Tatsache, dass er nun jeden Morgen vor der Arbeit bei Wind und Wetter eine halbe Stunde Schwimmen ging. Und dass er nie länger als fünfundvierzig Minuten an einer Stelle sitzen blieb. Das hatte unter anderem dazu geführt, dass während der Arbeit öfter eingekauft und Kaffee geholt wurde. Der Kollege Berger hatte sich vom Rückenleidenden zum Laufburschen entwickelt.

„Entschuldige, ich wollte dir nicht zu nahe treten", sagte er, als seine Kollegin nichts erwiderte. Noch immer fürchtete er, die Grenzen der anderen falsch einzuschätzen, wenn er sich aus seiner Verschlossenheit herauswagte.

„Quatsch, das tust du nicht. Du hast ja Recht." Sie fingerte ein Päckchen Zigaretten aus der Tasche. „Darf ich, wenn ich sie aus dem Fenster halte?"

„Wenn du sie aus dem Fenster hältst, fliegt entweder dir oder mir die Glut ins Gesicht, also überlass die Arbeit gegen die Hitze der Klimaanlage und verpeste den Dienstwagen, ich verpetze dich nicht."

„Danke." Inge Nowak steckte sich sofort eine an und nahm einen tiefen Zug. „Einerseits freue ich mich, andererseits habe ich Angst um mein Territorium. Wochenenden und Urlaube zusammen verbringen ist etwas anderes als mich nach der Arbeit jemandem auszuliefern!"

Berger nickte zustimmend und bog von der Autobahn ab. „Wie lange bleibt sie denn überhaupt?"

„Sechs Monate."

Berger lachte auf.

„Was ist daran so lustig?“, fragte sie ein wenig ungehalten.

„Bei unserem Lebenswandel wirst du so schnell nicht gucken können, dann ist sie schon wieder weg!“

„Eben!“ Sie ließ nun doch die Scheibe herunter, schnippte die Asche aus dem Fenster und wie Berger befürchtete hatte, kam sie postwendend zurück. „Kaum werde ich mich daran gewöhnt haben, es am Ende noch schön finden, dann bin ich wieder allein auf weiter Flur!“ Sie schluckte. Das war weit mehr, als sie ihrem Kollegen hatte sagen wollen.

Berger verstand sofort und wechselte das Thema. „Wir sind gleich da. Da vorne müsste es sein.“

Berger parkte genau vor dem Eingang des verglasten Vorbaus eines fünfstöckigen Firmengebäudes. Intershop stand in bunten Lettern über dem Eingang und nun fiel Inge Nowak ein, dass sie den Schriftzug doch schon das ein oder andere Mal gesehen hatte.

Als sie sich am Empfang auswiesen und nach Estebán Valero fragten, wurden sie gebeten, einen Augenblick im Foyer Platz zu nehmen. Berger blätterte in einem Hochglanzmagazin des Unternehmens, das auf einem Plastiktischchen lag, seine Kollegin steckte unauffällig einen Schlüsselanhänger mit Werbeaufschrift ein. Verónica würde sich sicher freuen, wenn sie ihr daran den Haustürschlüssel überreichte.

Kurz darauf erschien ein etwa Vierzigjähriger im smarten Business-Outfit mit auffallend schwarzen Haaren.

„Estebán Valero, angenehm. Was kann ich für Sie tun?“ Der Mann sprach nahezu akzentfreies Deutsch.

„Kriminalhauptkommissarin Inge Nowak, und das ist mein Kollege Wolfram Berger. Wir möchten uns gern mit Ihnen über Frau Mangold unterhalten.“

„Über Erika?" Er zog die Augenbrauen zusammen. „Aber warum, was ist mit ihr?"

„Sie ist gestern Abend erschossen worden."

„Was?"

Die Kommissarin konzentrierte sich auf seine Pupillen. Im Schock vergrößern sie sich. Normalerweise. Doch Estebán Valeros dunkle Augen schienen ohnehin nur aus Pupillen zu bestehen, die sich zur besseren Sichtbarkeit auf weißem Untergrund bewegten. Was sie nun ziemlich hektisch taten, weil er hastig von ihr zu Berger sah.

„Und Sie", setzte Berger nach, „waren der Letzte, mit dem sie telefoniert hat."

„Das glaube ich nicht. Erika? Umgebracht? Aber wieso denn?"

„Wir dachten, Sie könnten uns bei dieser Frage vielleicht weiterhelfen." Inge Nowak schielte neidisch auf ein Glas sprudelndes Wasser, mit dem ein Mitarbeiter gerade aus der angrenzenden Cafeteria gekommen war. „Vielleicht an einem etwas ruhigeren Ort?"

Wenige Minuten später saßen sie in einem kleinen Besprechungsraum mit Blick auf die nahegelegene Autobahn, Valero servierte ihnen eine Auswahl an kühlen Erfrischungsgetränken.

„Sie haben also gestern mit Frau Mangold gesprochen?"

„Wir haben telefoniert, ja. Gestern späten Nachmittag."

„In welchem Verhältnis standen Sie denn?"

„Verhältnis?" Valero lachte trocken auf. „Unser Verhältnis, wie Sie es nennen, ist lange her! Wir waren vor beinahe zwanzig Jahren ein Paar. Ich war als Student zwei Semester in Freiburg an der Universität. Danach musste ich zurück nach Chile. Ich wollte natürlich wiederkommen, hatte alles schon arrangiert, ein Stipendium beantragt, einen Job gesucht. Aber dann hat sie sich von mir getrennt. Alle meine Briefe sind wieder zurückgekommen, Adressat unbekannt verzogen. Ans Telefon ist sie nicht mehr gegangen, und schließlich habe ich herausgefunden, dass sie nicht mehr in Freiburg wohnte. Dann habe ich es aufgegeben."

„Und wann haben Sie einander wiedergetroffen?"

„Vor drei Wochen. Ich habe sie zufällig auf der Straße gesehen." Er öffnete eine Flasche Mineralwasser und goss sich ein Glas davon ein. „Ich bin erst seit zwei Monaten in Berlin. Eigentlich arbeite ich bei Intershop in den USA. Wir setzen hier ein internationales Projekt auf, das ich leite." Er sah aus dem Fenster. „Das Letzte, was ich mir vorgestellt habe, war, Erika hier zu treffen."

„Haben Sie von ihr so gut Deutsch gelernt?"

„Nein. Ich habe Germanistik studiert." Er lächelte. „Also in meinem ersten Leben."

„Und im zweiten?"

„Informatik."

Seltene Kombination, dachte Inge Nowak. Ein Intelligenzbolzen, wie es aussah.

Noch bevor sie entscheiden konnte, ob sie einen Schuss ins Blaue wagen sollte, kam ihr Berger zuvor:

„Und dann haben Sie ihr nachspioniert, sind mitten in die Senioren-Singstunde marschiert und haben ihr gesagt, was Sie ihr schon immer mal sagen wollten?"

„Woher…?" Valero biss sich auf die Lippen und nahm schnell einen Schluck Wasser. „Nein. Das war eine Woche später."

„Aha", ermunterte ihn Nowak.

Doch Estebán Valero sprach nicht weiter.

„Würden Sie uns die Geschichte vielleicht zu Ende erzählen?“, wurde die Kommissarin nun deutlicher.

„Nein.“ Er stellte das Glas ab und stand abrupt auf. „Wenn Sie glauben, ich hätte etwas mit dem Tod von Erika zu tun, haben Sie sich getäuscht.“

„Weshalb haben Sie sie gestern angerufen?“

„Ich wollte mich mit ihr zum Essen verabreden, de facto haben wir das auch getan. Heute Abend, in einem Restaurant in der Innenstadt. Warten Sie ... “, er holte aus seinem Portemonnaie eine Visitenkarte und reichte sie Berger. „Da habe ich für uns einen Tisch reserviert. Auf meinen Namen.“

„Und was wollten Sie mit ihr besprechen?“

Valero steckte sein Portemonnaie wieder ein und die Hände in die Hosentaschen.

„Nichts Besonderes. Ich wollte mich entschuldigen für den Auftritt im Altersheim.“ Er räusperte sich. „Sie müssen das verstehen. Die ganze alte Geschichte war plötzlich wieder da, und ich wollte einfach eine Antwort auf die Frage, warum sie mich damals verlassen hat.“

„Und?“

Er sah von einer zum andern und dann auf den Boden. Als er den Blick wieder hob, atmete er tief ein und wieder aus: „Sie wollte es mir heute Abend sagen.“

Inge Nowak bedeutete ihrem Kollegen unauffällig, dass es an der Zeit war zu gehen. Als sie schon fast an der Tür waren, dreht sich Berger noch einmal um:

„Wo waren Sie eigentlich gestern Abend zwischen sieben und acht?“

„Hier. Ich habe bis spät in die Nacht noch am Computer gearbeitet. Mein Projekt ist sehr arbeitsintensiv, verstehen Sie?“

An ihrem Gesichtsausdruck konnte Berger ablesen, was er ohnehin schon wusste: Inge Nowak glaubte Estebán Valero kein Wort.

Sein Vater lag auf dem Sofa und schlief. Oder zumindest tat er so. Er schien noch immer unter Schock zu stehen, war abweisend und abwesender als je zuvor. Noch in der Nacht war er zu ihm gekommen und hatte ihn geweckt. War neben seinem Bett stehen geblieben, als wüsste er nicht, wohin mit sich, und hatte tonlos gesagt: „Jemand hat deine Mutter erschossen."

Ohne seine Reaktion abzuwarten, hatte er sich umgedreht und war nach oben gegangen. Ben hatte gehört, wie er an Saras Tür klopfte und in ihr Zimmer ging. Dort hatte er offenbar die Nacht verbracht, denn er hörte ihn nicht wieder herauskommen. Das Gespräch mit der Polizei hatte seinen Vater erschöpft, und er ließ ihn ruhen.

Sara hatte sich, nachdem sie vor den Kommissaren davongelaufen war, in ihrem Zimmer eingeschlossen.

Sie wird Mutter immer ähnlicher, hatte Ben in den letzten Wochen ein paar Mal gedacht, und es ärgerte ihn. Überhaupt ging ihm seine Schwester mit ihrem Gezicke auf die Nerven. Entweder sie redete belangloses Zeug, oder sie schmollte. Außer Hockey schien sie sich für nichts mehr zu interessieren, am wenigsten für die Menschen, mit denen sie zusammenlebte. Seit einiger Zeit wurde sie wegen nichts und wieder nichts hysterisch und war die meiste Zeit schlecht gelaunt und entsprechend unausstehlich.

„Lass sie, das ist die Pubertät", hatte seine Mutter Sara in Schutz genommen.

„War ich auch so in dem Alter?"

„Nein. Du warst um einiges umgänglicher." Sie hatte ihm lächelnd über den Kopf gestrichen, wie sie es früher oft getan hatte, doch dieses Mal hatte er sich schnell abgewandt und beide spürten, dass eine solche Geste von nun an der Vergangenheit angehören würde.

Ben stand unschlüssig im Flur. Er hatte Mitleid mit Sara, für die eine heile Welt zusammengebrochen war. Gehörte es nun zu seinen Aufgaben als großer Bruder einer Halbwaise, sich um Sara zu kümmern? Zögerlich stand er vor ihrer verschlossenen Zimmertür, hielt ein Ohr daran und lauschte. Nichts zu hören. Er atmete auf. Hätte sie geweint, hätte er geklopft. So aber konnte er davon ausgehen, dass sie schon allein zurechtkam. Was hätte er ihr auch sagen sollen? Dass alles wieder gut würde, wo er doch wusste, dass ihnen das Schlimmste erst noch bevorstand?

Auf leisen Sohlen schlich er sich wieder davon, verschwand schnell im Zimmer seiner Mutter und schloss die Tür hinter sich.

Alles war penibel aufgeräumt, die Bettdecke war akkurat zurechtgezupft, die Kissen lehnten gewollt aufgelockert an der Wand. Auf dem Schreibtisch vor dem Fenster türmten sich bedruckte und beschriebene Blätter, ordentlich aufeinander gestapelt, umrahmt von Büchern und Karteikarten. Als ob sie jeden Moment hereinkommen könnte, um an ihrer Doktorarbeit zu schreiben. Was sie schon Jahre nicht mehr getan hatte. Dennoch hatte sie ihre Aufzeichnungen und Materialien niemals entsorgt oder auch nur weggeräumt. Die Papiere waren ewig nicht mehr bewegt worden, verrückte man sie, zeichneten sich an den Druckstellen vergilbte Ränder ab. Die Zeitungsausschnitte waren allesamt Reliquien einer bedeutungslos gewordenen Recherche. Der ganze Raum war eine Art Heiligtum, es ohne Erlaubnis zu betreten war streng verboten, und außer Staub zu wischen, waren hier schon lange keine Arbeiten mehr verrichtet worden. Es gab Fotos, auf denen er als Baby in einer Wiege neben dem Schreibtisch gelegen hatte, und Ben war sicher, dass damals dieselben Aktenordner im Regal gestanden, dieselben Unterlagen in denselben Schnellheftern auf seine Mutter gewartet hatten.

„Ich promoviere", war für ihn zum Inbegriff eines Zustands geworden, der seiner Mutter anhaftete wie eine unheilbare Krankheit. Die aufrührerische Klosterschwester im Mexiko des 17. Jahrhunderts, die sich für das Recht der Frauen auf Wissen und Bildung eingesetzte hatte und deren Wirken seine Mutter erforschte, hatte ihre Brille zerstören müssen, um mit dem Schreiben aufzuhören. Seine Mutter hatte es subtiler angestellt – sie schien von ganz alleine vergessen zu haben, was sie einmal gewollt hatte. Oder war sie wirklich nur überfordert gewesen?

„Wie, bitte schön, stellst du dir das denn vor: Haushalt, Kinder, Job und Schreibtisch?", hatte sie seinen Vater mehr als einmal gefragt.

„Wir könnten eine Putzfrau beschäftigen."

„Die meine Doktorarbeit schreibt?"

Ben war gerade in die dritte Klasse gekommen, seine Schwester besuchte eine Kita, und seitdem seine Mutter begonnen hatte, als Religionslehrerin zu arbeiten, hing der Haussegen schief. Es war, als ob die Zeit mit einem Mal schneller verginge und sie alle nicht mehr hinterherkämen, als ob ein unsichtbarer Gast bei ihnen am Mittags- und Abendbrottisch säße. Viel später begriff er, dass tatsächlich etwas bei ihnen eingezogen war, das vorher keinen Platz in ihrem Leben gehabt hatte: Stress.

Er war sicher, dass es nicht daran lag, dass seine Mutter arbeitete, denn tatsächlich war sie nicht weniger zu Hause. Nur brachte sie von draußen eine Unruhe mit herein, die sich ungut mit der Erschöpfung seines Vaters vertrug, wenn er aus dem Büro kam. Meist gingen die Diskussionen erst los, wenn die Kinder schon im Bett sein sollten, und oft schlich Ben zur Treppe, setzte sich auf die oberste Stufe und verfolgte den Schlagabtausch. Wenn er die Augen schloss, schien es ihm wie ein Tennisspiel mit luftigen Worten, die immer schneller und härter hin und her flogen.

„Du hast es dir so ausgesucht. Niemand zwingt dich, arbeiten zu gehen."

„Ach, nein? Soll ich in meinem Mutterglück versauern und dir das Leben überlassen?"

„Welches Leben? Wir können gerne tauschen und du setzt dich von morgens bis abends hinter den Schreibtisch."

„Als ob du so viel hinter dem Schreibtisch sitzen würdest!"

„Was willst du mir denn damit sagen? Dass ich nichts arbeite?"

„Du verstehst überhaupt nichts. Gar nichts."

Seine Mutter, so schien es Ben, wollte gar nicht, dass alles wieder gut würde, sie war erst zufrieden, wenn einer von beiden die Türen knallte und sie sich zurückziehen konnte in ihr Zimmer, auf ihr Bett. Dort konnte sie stundenlang liegen und an die Decke starren, er hatte oft genug durch das Schlüsselloch geschaut und sich ihrer vergewissert. Und immer Angst um sie gehabt.

Unberechenbar. Das war das Wort, das ihm spontan eingefallen war, als die Kommissarin ihn nach seinen Eltern gefragt hatte. Im Grunde hielt er in dieser Familie alles für möglich. Nach außen wirkte ihr Zusammenleben vollkommen in Ordnung, doch kaum hatte man die Tür hinter sich geschlossen, begann die Welt zu schwanken. Schon lange bevor sein Vater krank geworden war.

Es war schon immer so gewesen, als ob das ganze Haus an einer Krankheit litt, an einer Schwäche, die seine Bewohner verlangsamte, sie zu Schnecken machte im eigenen Innern. Die Wände schienen unter Spannung zu stehen, die Räume hielten die Luft an, die Böden knirschten sowenig, wie die Holztreppen knarrten, es war, als ob, was hier geschähe, luftdicht abgeriegelt werden, nicht nach außen dringen sollte. Bis es sich mit Gewalt Gehör verschaffte.

Nie hatte er sich vor seinen Eltern gefürchtet, eher einen Drang verspürt, sie zu beschützen. Das erste Mal, als er seinen Vater weinend im Keller vorgefunden hatte, mit blutigen Händen zwischen Glasscherben sitzend, war er seltsam ruhig geworden. Behutsam hatte er ihm über den Rücken gestrichen und den Verbandskasten geholt. Gemeinsam hatten sie mit einer Pinzette die Splitter aus der Hand gepickt, die Wunde desinfiziert und verbunden.

Es war wie ein Spiel in Zeitlupe gewesen und Ben hatte gebetet, dass seine Mutter nicht dazukäme, die Intimität zwischen ihnen zu beenden. Doch niemand hatte sie gestört. Sein Vater war es gewesen, der das Schweigen schließlich brach: „Du bist ein toller Junge, Ben.“

Dann hatte er ihn trotz des Verbands an der Hand genommen und war mit ihm die Treppe hinaufgegangen, als wäre nichts passiert. So war es gewesen, seit er denken konnte: Katastrophen kamen und gingen, aber niemand wollte sie wahrhaben.

Vier

„Als ich in deinem Alter war…"

Weiter kam ich nicht.

Ich hatte so lange nicht an das Mädchen gedacht, das im selben Haus, in dem Hannes nun nach ihm fragte, groß geworden war. Zurechtgestutzt zur gehorsamen Tochter, adrett und wohlerzogen, schicksalsergeben und schweigsam. Eine junge Deutsche, wie sie im Buche des Führers stand.

„Also, was ist jetzt?"

„Wieso soll ich dir von mir erzählen? Es ist alles schon so lange her, die Vergangenheit hat keine Bedeutung mehr."

„Aber es interessiert mich."

„Warum?"

Hannes dachte nach. Schaute aus dem Fenster und wippte nervös mit den Füßen. „Das Vergangene ist berechenbar", sagte er schließlich. „Es ist wie ein offenes Buch, man muss nur darin lesen. Das, was kommt, sind leere Seiten. Das mag ich nicht."

Was er nicht mochte, war die Angst vor den anderen. Außenseitergedanken. „Würdest du nicht gerne das eine oder andere in dem offenen Buch ausradieren?", fragte ich ihn.

„Nein." Die Antwort kam unerwartet schnell.

„Gar nichts?"

„Nein."

„Du hast nur Schönes erlebt?"

Er lachte auf. „Im Gegenteil. Ich bin eine Missgeburt. Was glaubst du wohl, wie man mich behandelt?"

„Wie denn?"

Wie ernst dieser Junge werden konnte. Ohne Vorwarnung verschloss sich das Gesicht zu einer steinernen Maske, sein Körper wurde starr und seine Finger drehten sich nach innen.

Und plötzlich sagte er: „Wir würfeln."

Ich verstand nicht.

„Wir würfeln darum, wer anfängt zu erzählen." Er hielt inne und grinste mich an. „Darum geht es doch, oder? Ich will deine Geheimnisse wissen und du meine."

Gar keine Geheimnisse wollte ich wissen. Und schon gar keine preisgeben. Aber er war in Not. Hannes hielt sein eigenes Schweigen nicht mehr aus.

Ich besaß keine Würfel, also suchten wir nach Streichhölzern. Er brach eines durch und gab mir die längere Hälfte. Ich nahm sie in die linke Hand, in der rechten hielt ich bereits ein ungebrochenes Zündholz. Hinter dem Rücken schob ich sie hin und her, bis Hannes mir Einhalt gebot. Dann deutete er auf meinen rechten Arm.

Heute glaube ich, es wäre ihm lieber gewesen, der Erste zu sein. Vielleicht hätte es uns sogar gerettet. So aber zog er das längere Stück.

Und ich den Kürzeren.

Dienstagnachmittag

Das Seniorenheim „City Kant" lag an einer viel befahrenen Hauptverkehrsstraße, die dem Haus seinen Namen gegeben hatte. Die einst gelbe Fassade war ebenso ergraut wie die Bewohner des fünfstöckigen Siebzigerjahrebaus, sofern ihnen die Haare noch nicht ausgefallen waren. Das allerdings war bei den meisten Männern der Fall, die Frank Erkner im Vorbeigehen freundlich grüßte. Die einen saßen apathisch in abgewetzten Sesseln im Foyer und reagierten nicht auf ihn, die anderen musterten ihn kritisch oder nickten ihm bedeutungsschwanger zu. In Begleitung der Heimleiterin durchquerte der Kommissar das Erdgeschoss einmal ganz, um dann mit dem Aufzug in den dritten Stock zu fahren.

„Die Frau Pfarrer? Ja, die war sehr beliebt bei unseren Senioren. Sie hatte ein Händchen, besonders für die älteren Damen. Sie hat innerhalb von zwei Wochen die Anzahl derer, die zur Singstunde kommen, fast verdoppelt."

Die Innenräume des Seniorenheims waren weitaus ansprechender, als der Bau von außen versprach.

„Bei uns finden Sie das komplette Abbild der sogenannten dritten Generation: rüstige Rentner, alte Leute und Pflegefälle." Christiane Schirmer deutete im Vorbeigehen auf eine geöffnete Tür, hinter der eine Frau im Bett lag und fern sah.

„Wir haben den Ansatz, die Schwächeren in das soziale Leben mit einzubeziehen. Deshalb sind einige unserer Pflegebedürftigen hier in der Nähe der Aufenthaltsräume untergebracht. Auf diese Weise geht das Leben zumindest hin und wieder an ihnen vorbei und sie fühlen sich nicht ganz ausgeschlossen." Und angesichts Erkners skeptischem Blick fügte sie hinzu: „Keine Angst, wenn sie ihre Ruhe möchten, können sie die Tür zumachen. Automatisch, von ihrem Bett aus."

Ein Teil des langen Gangs, der durch das U-förmige Gebäude führte, war zum Hinterhof hin verglast. Dahinter lag ein Wohnhaus, das den Abgasen weniger ausgesetzt war und noch immer in Gelb leuchtete.

„Gehört das auch noch dazu?"

„Das ist der älteste Teil. Zumeist 1- oder 2-Zimmer-Eigentumswohnungen. Die meisten Bewohner leben ganz unabhängig von der Residenz, können aber auf Wunsch unsere Dienstleistungen in Anspruch nehmen."

„Die rüstigen Rentner", stellte Erkner fest.

Die Heimleiterin lächelte. „Genau. Einige sind wahre Fossilien und leben schon seit Jahrzehnten hier. Die Stadt hat den Wohnungskauf in den achtziger Jahren subventioniert, die ganze Einrichtung hat eine Weile lang Unterstützung erhalten. War wegen ihres modernen Ansatzes ein Vorzeigemodell." Sie wies Erkner den Weg in einen kleineren Saal. Ihrem Alter nach zu urteilen war Christiane Schirmer von Anfang an dabei gewesen, weswegen Erkner aus Respekt nachfragte.

„Und heute?"

„Heute", antwortete sie mit Bitterkeit in der Stimme, „funktionieren wir wie ein Drei-Sterne-Hotel zu Pensionspreisen. Deshalb sind wir um jeden Ehrenamtler froh und kooperieren mit den Kirchen, um unser Freizeitangebot zu erweitern."

Ob immer so viele derlei Angebote wahrnahmen oder ob das große Interesse an der heutigen Singstunde der besonderen Umstände geschuldet war, beantwortete die Heimleiterin ohne den geringsten Zweifel und mit einem leichten Grinsen: „Die sind natürlich alle wegen Ihnen hier."

Kein Platz war an den Vierertischen frei geblieben, erwartungsvoll blickten ihn etwa vierzig Augenpaare an, zumeist ältere Damen, als er durch die Flügeltür eintrat.

„Die meisten Menschen, ganz gleich, aus welchem Milieu sie stammen, müssen zuerst etwas bekommen. Information gibt es grundsätzlich und immer nur im Tausch gegen Aufmerksamkeit", hatte Inge Nowak dem jungen Kommissar mit auf den Weg gegeben, als er kurz nach Dienstantritt seine ersten Zeugen befragen sollte. Bisher hatte seine Chefin damit Recht behalten.

„Soll ich Sie vorstellen?", fragte ihn die Heimleiterin.

Er schüttelte den Kopf. „Schaff ich schon, danke."

Je weiter er den Raum durchquerte, um so stiller wurde es, und als er schließlich vorne am Klavier stand, kam er sich vor, als stünde er vor einer Schulklasse im Sexualkundeunterricht.

Vertrauen schaffen.

Er räusperte sich unnötigerweise und hob an: „Guten Tag. Frank Erkner mein Name. Was ist denn das letzte Lied, das Sie zusammen mit der Frau Mangold eingeübt haben?“

Für einen Augenblick hätte man eine Stecknadel fallen hören können, dann redeten plötzlich alle durcheinander. Es dauerte eine kleine Weile, bis man ihm ein Blatt reichte, auf dem die Melodie in Noten aufgeschrieben war. Frank Erkner, der bis vor Kurzem noch in einer Jazzband gespielt hatte, setzte sich ans Klavier und improvisierte. Kurz darauf erschallte im Haus *Hoch auf dem gelben Wagen*, so laut und mächtig, dass selbst die Hörgeschädigten die Ohren spitzten.

Inge Nowak hatte Mühe, ihre Wohnung zu betreten. Neben ihrem vollschlanken Körper mussten zwei Plastiktüten aus dem Bio-Supermarkt mit den gesammelten Einkäufen gegen ihr schlechtes Gewissen durch die Tür: Jeder Zweifel daran, sich auf Verónicas bevorstehende Ankunft uneingeschränkt zu freuen, wurde mit einer Leckerei für die Freundin bestraft. Auf diese Weise war sie nun um viele spanische Delikatessen reicher und um etwa hundert Euro ärmer. Serrano, Rioja und Manchego waren zwar eindeutige Argumente für die Aufrechterhaltung ihres andalusischen Liebeslebens in den eigenen vier Wänden, doch zugleich ertappte sich die Kommissarin bei dem Gedanken, wie schön doch auch das Singleleben mit Tiefkühlpizza war. Fast schon auf der sicheren Seite, blieb sie mit dem Riemen ihrer Handtasche an dem Knauf hängen und die Erste Kriminalhauptkommissarin der Berliner Polizeidirektion

3, Abteilung Verbrechensbekämpfung, wurde unschön nach hinten gerissen und hielt sich nur mit Mühe auf den Beinen. Wäre sie in besserer Verfassung gewesen, hätte die Szene sie zum Lachen gebracht, so aber fluchte sie: „¡Mierda!" Der zweite Versuch verlief glatt, sie stieß die Tür, ohne sich umzudrehen, mit der Ferse zu und stellte die schweren Tüten auf den Boden, bevor die bereits ausgeleierten Henkel endgültig ausreißen würden.

Verónica würde den Rest des Sommers, den ganzen Herbst und einen Teil des Winters bei ihr wohnen. Ein Praktikum in Deutschland absolvieren, als Teil des Austauschprogrammes europäischer Kriminalbeamter, an dem sie teilnahm. Sie würde nicht nur Inges Kollegin werden, sie würde auch ihr Bett, den Alltag und alle Wochenenden mit ihr teilen. Zu dem Gefühl, Verónica jeden Augenblick verlieren zu können, gesellte sich schleichend die Angst, ihre hart erkämpfte Freiheit aufgeben zu müssen. Morgens beim ersten Kaffee nicht einfach schweigen, abends auf dem Weg ins Bad nicht einfach alles fallen lassen zu können. Sich nach der Arbeit duschen zu müssen, nicht in heruntergekommenen Klamotten herumlaufen zu dürfen und vor allem – sich den Rückzug in die innere Stille einsamer Minuten am Küchenfenster nicht mehr zu gönnen. Zurück in den absoluten Wir-Modus zu fallen, war für Inge Nowak nach einer gescheiterten Ehe und zwei Beziehungen, die mehr Energie und Geld gekostet als Glück bereitet hatten, ein Alptraum. Die Kommissarin sehnte sich nach Zweisamkeit und fürchtete sie wie eine Naturkatastrophe.

Vor drei Jahren hatten sie sich ineinander verliebt und noch immer schien ihr Verónica wie ein Geschenk, das nur eine Leihgabe war. Ihre erste Liebe zu einer Frau war nicht nur ein unbeschreiblich romantisches Abenteuer, sie weckte auch jenseits erotischer Augenblicke eine Sehnsucht nach Nähe, die ihr unheimlich war. Am Anfang war sie zögerlich gewesen. Eine Wochenendbeziehung mit einer nahezu Fremden in Granada? Was sollte dabei herauskommen? Dabei war sie nicht sicher, was sie mehr fürchtete: eine Fernbeziehung oder die Tatsache, dass Verónica kein Mann war. Und dann der Altersunterschied. Mit Sicherheit würde sie früh in die Wechseljahre kommen und Verónica sich spätestens dann von ihr abwenden.

„Du spinnst, Mama!", lachte Marit sie aus. „Bis du anfängst, ins Schwitzen zu kommen, hab ich schon drei Kinder! Du hast bloß Angst, Verónica könnte dich für eine Knackigere verlassen, so wie Wolfgang damals."

Ihre Tochter hatte gut reden. Mit ihren knapp dreißig war sie noch weit entfernt von ersten schlaffen Falten am Unterarm, wenn man bloß auf die Uhr schaute. Und ganz sicher war sie nach der Extase lediglich glücklich erschöpft und nicht todmüde. Verónica sah nach einer langen Liebesnacht aus wie das blühende Leben, während Inge im Badezimmer die Nachtcreme erneuerte. Und immer die Angst, es könnte das letzte Mal gewesen sein.

„Sehe ich dich wieder?", fragte sie einmal pro Monat am Flughafen.

„Immer und immer wieder", versicherte Verónica, dann und für einen Moment glaubte Inge ihr. Doch überzeugt war sie erst, wenn die Freundin erneut durch die Glastür trat und die Arme ausbreitete, um sie freudestrahlend zu begrüßen.

„Warum glaubst du mir nicht, wie glücklich ich mit dir bin?", hatte Verónica sie bei ihrer letzten Begegnung ernst gefragt und dabei über den Tisch mit der weißen Tischdecke hinweg ihre Hand genommen, dass alle es sehen konnten.

„Das glaube ich dir", erwiderte Inge leise. „Ich frage mich nur, wann es wieder aufhört."

„Aufhört? Es fängt doch gerade erst richtig an."

Inge drückte die Kippe auf der Fensterbank aus, schraubte das alte Senfglas mit den anderen Stummeln auf, und warf sie hinein: Schluss jetzt – Verónica kam erst übermorgen und zuvor gab es noch jede Menge zu erledigen. Am liebsten hätte sie die tote Pfarrerin bis dahin vom Tisch, was vollkommen illusorisch war.

Sie hatten bisher noch keinerlei Anhaltspunkte, wer Erika Mangold getötet hatte. Dass es eine kaltblütige Tat war, stand für die Kommissarin nicht erst nach dem ballistischen Bericht fest: zwei gezielte Schüsse aus nächster Nähe, einer in die Herzgegend und einer in den Bauch. Die am Tatort gefundenen leeren Patronenhülsen gaben der Spurensicherung nur schwache Hinweise auf die Herkunft der Waffe.

„Pistole, wahrscheinlich eine Walther. Die Art der Munition lässt an einen älteren Typ denken. 9mm Parabellum. Da könnte ein Jugendlicher die Knarre seines Großvaters benutzt haben, eine P 36. Beliebtes Spielzeug der Wehrmacht und später der Alliierten. Wurde bis 1945 hergestellt, danach erst wieder für die Bundeswehr. Aber die Hülsen, die wir gefunden haben, sind eindeutig älter als die Bundesrepublik. Genauere Daten gibt's später."

Damit war ein Auftragsmord fast auszuschließen, denn kein Berufskiller würde sich auf dem hochtechnisierten Waffenmarkt eine so alte Pistole besorgen. Wer also erschoss in einer Kirche eine Geistliche mit einer Waffe aus dem zweiten Weltkrieg? Ingo Mangold, der den Gedanken nicht ertrug, vor seiner Frau zu sterben? Unwahrscheinlich, dass ein Mann wie er eine solche Waffe besitzen sollte.

Bei der Nähe zur Diplomatie traute die Kommissarin ihm eher eine kleine Automatik zu.

Estebán Valero? Die Spurensicherung hatte bestätigt, dass viele P 36 nach dem Krieg nach Chile geliefert worden waren. Aber reiste ein Informatiker keine zwei Jahre nach dem 11. September von den USA nach Deutschland mit einer Pistole im Gepäck? Niemals wäre er damit durch die Kontrollen am Flughafen gekommen. Natürlich konnte sich der Täter die Waffe kurz vor der Tat besorgt haben. Aber warum ausgerechnet ein solches Modell mit derart alter Munition? Es könnte aus militärischem Bestand stammen. Oder aus der Schublade eines Kriegsveteranen.

Oder aus den Gehirnwindungen deiner Fantasie, Nowak, echote ihre innere Stimme ungeduldig.

Sie schüttelte den Kopf und entschied, die Sache mit der Waffe ihren Kollegen zu überlassen. Sie musste jetzt endlich die Einkaufstüten auspacken, bevor die eingefrorenen Krabben gänzlich aufgetaut wären. Außerdem war noch die Bettwäsche zu waschen, der Kühlschrank zu reinigen und das Badezimmer zu putzen. Vielleicht auch noch das ein oder andere Fenster, wenigstens das im Schlafzimmer.

Ihr Handy vibrierte. Die Kommissarin klickte auf das Briefchen im Display.

Kann ich heute noch mal deine Stimme?

Inge Nowak lächelte, nippte an ihrem Glas, stand auf und ging das Festnetztelefon suchen.

Fünf

„Als ich in deinem Alter war, habe ich mich zum ersten Mal verliebt."

Hannes hatte es sich auf dem Boden bequem gemacht, hielt die Augen geschlossen. Ich wäre am liebsten davongelaufen. Noch immer. Nach all den Jahren, als läge mein despotischer Vater nicht längst unter der Erde, als wäre nicht vor Monaten das Testament meiner Mutter vollstreckt worden. Und dennoch. Die alte Angst, mich zu verraten, steckte mir so tief in den Knochen, dass keine Zeit der Welt sie mich vergessen ließ. Im selben Moment war alles wieder da: Die überheizte Stube, wenn ich am Abend nach Hause kam, das klopfende, das zerspringen wollende Herz unter dem dünnen Mantel, die glühenden Wangen, schnell vorbei an Vaters forschendem Blick.

„Warst du schon mal verliebt?", fragte ich Hannes, nicht nur, um abzulenken.

„Du bist dran."

„Nun sag schon, ich muss doch wissen, ob du weißt, wovon ich rede."

„Na, gut: Ja."

„In ein Mädchen oder in einen Jungen?"

Ich spürte, wie die Frage sich in seinem Kopf verhedderte. Einen unbekannten Alarm in ihm auslöste, den er versuchte, schnell wieder auszuschalten. Vielleicht hatte ich ihn überschätzt, vielleicht war er nicht einmal halb so erwachsen, wie er tat.

„Ist das wichtig?", fragte er ruhig zurück.

Er hatte verstanden. Hatte nicht gelacht, war nicht aufgesprungen und hatte mich keine Perverse genannt.

„Nein", erwiderte ich, „das ist nicht wichtig. Heutzutage jedenfalls nicht mehr so. In meiner Zeit war es das."

Wenn mein Vater herausgefunden hätte, dass ich mich täglich mit der Tochter von Erdmann im Stall traf, um sie zu küssen, hätte er mich auf der Stelle in ein Lazarett an die

Front geschickt. Um mir die Flausen im Kopf zu vertreiben. Und Erdmann hätte seine Tochter mit dem Erstbesten verheiratet. Deshalb hörten wir auf, uns zu treffen. Redeten uns ein, dass wir der Schande ein Ende bereiten müssten, und schworen uns, es niemandem zu erzählen. Auf immer würden wir mit der Schuld alleine fertig werden müssen, als Strafe beschlossen wir, einander nicht mehr zu kennen.

„Hammerhart", bemerkte Hannes. „Und das hat geklappt?"

Rita Erdmann vergaß ich allmählich. Meine Sehnsucht nach einer Frau vergaß ich nie. Ich träumte sie mir neben mich in die Praxis meines Vaters, der aus mir eine dem Führer treu verbundene Krankenschwester machen wollte. Die verwundeten Helden an der Front versorgen, darin sah er meine Berufung. Er hatte eine Sondergenehmigung erhalten, mich auszubilden, und so musste ich nicht im städtischen Krankenhaus an OP-Tischen stehen, sondern lernte das Dorf, in dem ich aufgewachsen und zur Schule gegangen war, durch die Krankheiten seiner Einwohner kennen. Blut siehst du noch früh genug, pflegte mein Vater zu sagen, und ich ahnte damals nicht, wie recht er damit haben sollte. Sowenig ich wissen konnte, dass mich der Blitz im Wartezimmer treffen sollte.

„Wo war denn die Praxis deines Vaters?"

„Nebenan. Der kleine Anbau, in dem jetzt der Wintergarten ist."

„Und das Wartezimmer?"

„Davor."

„Kannst du mir die Geschichte nicht dort erzählen?"

Nichts erinnerte mehr daran, dass ich achtunddreißig Jahre zuvor die Tür zum Kaminzimmer geöffnet hatte, um die letzte Patientin an diesem Tag hereinzubitten.

„Wo genau?“, wollte Hannes wissen.

„Sie saß dort auf dem gekachelten Sims.“ Ich deutete auf den Kamin. „Da war es im Winter schön warm.“

Mir war bei ihrem Anblick die Hitze zu Kopf gestiegen. So und nicht anders hatte die Frau meiner Träume ausgesehen: burschikos, tadellos gekleidet, mit einem Kurzhaarschnitt, wie ich ihn nur zu gerne gehabt hätte. Sie trug einen hellen Wollmantel, ihr Hals war von einem langen Schal umschlungen, und sie machte einen ziemlich verfrorenen Eindruck.

„Liebe auf den ersten Blick?“

Liebe. Ich war zwanzigeinhalb, Helene einunddreißig, und Hitler hatte acht Jahre zuvor die Macht ergriffen. Die Liebe lässt sich nicht ergreifen und doch haben wir es versucht. Am 26. August 1942 wurde ich einundzwanzig und war volljährig. In derselben Nacht holte mich Helene ab, und wir fuhren über Frankfurt nach Berlin. Ich weiß bis heute nicht, wie Helene an die Wohnung dort gekommen war. Nichts habe ich durchdringen wollen, außer der Beschaffenheit ihrer Haut. Nicht genug konnte ich bekommen von ihren Küssen, ihren Blicken und dem Gefühl, endlich, nach all den Jahren der Verlorenheit, angekommen zu sein.

„Wir waren selig. Trunken vor Glück.“

Und bemerkten nicht, wie wir ins Unglück taumelten.

Mittwochvormittag

31,7° Celsius. Verónica schaute auf die digitale Temperaturanzeige in der Ankunftshalle und traute ihren Augen nicht. Konnte es sein, dass die Temperatur in Berlin ebenso hoch war wie in Granada? Als sie durch die Drehtür nach draußen trat, spürte sie es am eigenen Leib. Bleierne Hitze schlug ihr entgegen, der Atem stockte für den Bruchteil einer Sekunde, bis sich die Lungen an die schwere heiße Luft gewöhnt hatten. Sie schaute sich kurz um, unauffällig und großflächig, jeden Ein- und Ausgang im Visier. Noch nie war sie angekommen, ohne von Inge abgeholt zu werden, zum ersten Mal würde sie mit dem Bus in die Stadt fahren. Bei ihrem letzten Besuch hatte sie ganz nebenbei gefragt, ob es eigentlich einen Flughafenbus gäbe, und Inge hatte ihr ebenso beiläufig die Bushaltestelle am Ernst-Reuter-Platz gezeigt.

„TXL. Steht für Tegel. Von hier steigst du in die U2, Richtung zu mir. Umsteigen in die grüne Linie am Wittenbergplatz und aussteigen am Schlesischen Tor. Falls du mich mal überraschen willst."

Diesmal wollte sie Inge nicht überraschen. Sie wollte ankommen und zwar allein. Der Stadt, die für die nächsten sechs Monate ihr Zuhause sein sollte, langsam und ohne Begleitung begegnen. Diesmal war sie nicht zu Besuch hier, und dieses Gefühl wollte sie sich einen Tag lang erlaufen. Sich treiben lassen, Kaffee trinken, in Buchläden stöbern, eine Monatsfahrkarte kaufen – Dinge tun, die schon bald alltäglich wären und die sie deshalb besonders wertschätzen wollte. Mit der Aufnahme in das europäische Austauschprogramm war für Verónica Sánz ein Traum in Erfüllung gegangen. Dafür hatte die Subinspectora zwei Jahre lang an Lehrgängen teilgenommen, ein Fernstudium absolviert, Verwaltungsdeutsch gelernt und eine brillante Abschlussarbeit über den innereuropäischen Drogenhandel geschrieben. Das von der EU finanzierte Arbeitsstipendium in Berlin hatte sie aufgrund ihrer langjährigen Berufstätigkeit im Cuerpo Nacional de Policía und nicht zuletzt wegen Inge Nowaks Empfehlungsschreiben erhalten, das außerdem von Kriminaldirektor Helmut Frickel persönlich unterzeichnet worden war. Ob sie nach den sechs Monaten eine Anstellung im deutschen Polizeidienst bekäme oder tatsächlich Chancen hatte, sich auf eine der Planstellen von Europol zu bewerben, stand in den Sternen. Sicher war nur: Kein Weg würde sie zurück in das Büro von Comisario Javier Melilla in Granada führen. Eher zöge sie es in Erwägung, den Polizeiberuf an den Nagel zu hängen und ihren Lebensunterhalt anderweitig zu verdienen. Immerhin war sie zweisprachig, mit oder ohne Dienstwaffe.

Nachdem ausgezeichneter Absolvierung der Polizeischule hatte bereits Don Gustavo, oberster Polizeichef von Málaga, mit offenen Armen auf Verónica Sánz gewartet. Hätte sich die junge Polizeibeamtin auf ihren älteren Chef in der Weise eingelassen, wie er es gerne gehabt hätte, wäre sie wohl niemals in Granada im Vorzimmer von Melilla gelandet. Mehr aus Verzweiflung denn aus freiem Willen hatte sie ihrer glänzend begonnen Karriere den Rücken gekehrt und sich nach Granada versetzen lassen. Erschöpft, allein und auf ganzer Linie frustriert, fügte sie sich dort mit der Zeit ihrem Schicksal: Der Teil, den sie in dem kleinen Büro zur Verbrechensbekämpfung leistete, bestand vornehmlich darin, Kaffee zu kochen, die Berichte der anderen zu schreiben und sämtliche Telefondienste zu übernehmen. Innendienst rund um die Uhr, während ihre Kollegen zwischen Tatort und Besprechung in den Bars rund um die Plaza Major, auf die eine oder andere Tapita oder einen schnellen Cortado Halt machten. Vielleicht hätte sie sich langfristig damit abgefunden, denn solange sie nicht aufmuckte, schob sie das, was ihre deutsche Mutter „eine ruhige Kugel“ genannt hatte. Dann aber war Inge Nowak in ihr Leben getreten, und die deutsche Kommissarin hatte sie nicht nur privat herausgefordert. Ungewollt war Verónica zur Ermittlerin im Mordfall Maike Ebling und aus ihrem geplanten Urlaub in Marokko eine Verbrecherjagd in Deutschland geworden.

„Blut geleckt?“, hatte Inge sie nach der Aufklärung des Mordes, zu dem Verónica keinen geringen Teil beigetragen hatte, gefragt.

Ja, sie war auf den Geschmack gekommen, oder besser gesagt: Sie hatte sich erinnert, was sie einmal hatte werden wollen. Danach war alles ganz schnell gegangen, und nun war sie hier, fast am Ziel ihrer Träume.

Natürlich hatte die Tatsache, dass Inge in Berlin lebte, eine Rolle gespielt. Nach zweieinhalb Jahren Fernbeziehung wollte Verónica wissen, ob ihre Liebe für ein Stück gemeinsames Leben reichte.

„Und wenn ich dir auf die Nerven gehe?“

„Kann und will ich mir nicht vorstellen“, hatte Inge ohne Zögern geantwortet, „Aber sollte der Fall eintreten, ziehst du einfach zu Marit.“

Verónica glaubte nicht, dass sie dergleichen jemals täte. Sollte sie auch nur den Hauch des Gefühls verspüren, zu einem Störfaktor für Inge zu werden, würde sie ganz schnell verschwinden. Und ganz sicher nicht nach nebenan zu ihrer Tochter ziehen. Doch für beide Frauen war die Ausweichmöglichkeit in Marits Gästezimmer ein Notausgang, der sich einfacher denken ließ als Kapitulation.

In Gedanken versunken hätte Verónica beinahe die Haltestelle am Ernst-Reuter-Platz verpasst. Hals über Kopf stürzte sie mit ihren zwei Rollkoffern und der großen Umhängetasche in Richtung Ausstieg, froh, dass ein fettleibiger Tourist Mühe hatte, sich durch die geöffnete Tür zu zwängen. Sie stolperte mehr in die Stadt hinein, als dass sie in ihr ankam.

Unvermittelt stand sie mit ihrem Gepäck in Berlin-Charlottenburg, und der Film hielt an. Gerade als sie nach einem Taxi Ausschau halten wollte, hielt ein Wagen neben ihr, der ihr mehr als bekannt vorkam, und eine vertraute Stimme fragte sie mit einem eigenartigen Unterton in der Stimme:

„Bist du eine Fata Morgana oder gibt es etwas, das ich wissen sollte?"

Schon in diesem Augenblick ahnte Verónica, dass es keine gute Idee gewesen war, Inge nicht in ihre Anreisepläne eingeweiht zu haben. Wenige Minuten später sollte sie in ihrer Befürchtung bestätigt werden. Die Kommissarin hatte ihren alten Golf in die nächste freie Parklücke manövriert, war ausgestiegen, lehnte an der Kühlerhaube und wartete.

„Bevor du etwas sagst, überleg es dir gut. Ich hasse es, belogen zu werden."

„Ich belüge dich nie." Verónica schob ihre Sonnenbrille über die Stirn ins Haar. „Dürfte ich dich zur Begrüßung küssen?"

Inge ging einen winzigen Schritt auf sie zu und ließ sich eher widerwillig umarmen.

„Freust du dich nicht, mich zu sehen?"

„Einen Tag früher als geplant, zufällig im Vorbeifahren? Ehrlich gesagt: nein."

Verónica holte tief Luft und atmete geräuschvoll aus.

„Vielleicht kommt es dir kindisch vor, aber ich wollte alleine ankommen."

„Und das musst du mir verheimlichen?"

Verónica grinste. „Sonst hätte es keinen Spaß gemacht."

„Oh, und nun habe ich dir den Spaß verdorben? Das tut mir leid. Ich kann einfach wieder fahren und wir tun so, als ob wir uns nicht begegnet wären." Inge wählte das falsche Register und sie wusste es genau.

„Müssen wir jetzt streiten?"

„Ich streite nicht."

Je länger sie vor Inges Auto standen, umso ärgerlicher wurde Verónica.

„Wieso bist du jetzt sauer? Ich habe dir überhaupt nichts getan. Musst du alles auf dich beziehen? Ich hatte Lust auf einen Tag allein in Berlin, bevor ich zu dir komme. Das ist alles und mein gutes Recht."

„Du meinst, es geht mich gar nichts an?"

„Wenn du es so drastisch formulieren willst: Ja, eigentlich geht es dich nichts an."

Inge Nowak biss die Zähne aufeinander und holte ihren Autoschlüssel wieder aus der Hosentasche.

„Na, wenn das so ist, dann betrachte ich unsere Unterhaltung als beendet."

Ohne eine Antwort abzuwarten, drehte sie sich zur Fahrertür, schloss auf und setzte sich hinters Steuer. Entgegen ihrer Erwartung unternahm Verónica nichts dagegen, sondern blieb einfach nur neben ihren Koffern stehen. Die Frau, die sie liebte, auf die sie sich so sehr gefreut hatte, die Frau, mit der sie morgen ein neues Leben beginnen wollte, ließ sie einfach gehen! Inge Nowak spürte ein ungutes Ziehen im Unterbauch und atmete tief durch. Dann eben nicht. Nach einem kurzen Blick in den Rückspiegel setzte sie zurück, bog in eine Seitenstraße ein und gab Gas.

Verónica rührte sich nicht vom Fleck. Wartete eine geschlagene halbe Stunde. Doch Inge kam nicht wieder.

„Auch schon da?" Berger saß auf den steinernen Treppen vor der Kirche und hielt sich die flache Hand vor die Stirn, damit ihn die Sonne weniger blendete.

Die Kommissarin warf ihm einen ihrer seltenen Lass-mich-besser-einfach-in-Ruhe-Blicke zu und ging an ihm vorbei zum Kirchenportal. Die große Holztür stand weit offen und führte durch zwei ebenfalls geöffnete Glastüren hinein in das Kircheninnere. Dort war eine Frau mittleren Alters gerade dabei, zwei Männer, die durch den Hintereingang Obst- und Gemüsekisten hereintrugen, zwischen den Bankreihen hindurchzulotsen Als sie Nowak und Berger erblickte, zeigte sie zu den bereits aufgebauten Tischen am Vordereingang und kam eilig auf sie zu.

„Sie sind sicher von der Polizei?" Sie wischte sich die Hände an einer Schürze ab und streckte zuerst der Kommissarin ihre Rechte entgegen.

„Inge Nowak, ja. Ich ermittle im Mordfall Erika Mangold. Das ist mein Kollege Hauptkommissar Wolfram Berger."

Die Gemeindehelferin nickte freundlich und erklärte ihnen etwas zu den Arbeiten, die gerade verrichtet wurden, doch Inge hörte nur halb zu. Sie war mit ihren Gedanken bereits wieder bei Verónica, die nicht nur aus unerfindlichen Gründen ohne ihr Wissen schon in Berlin war, sondern auch keine Anstalten gemacht hatte, sie zu begleiten. Ganz offensichtlich hatte sie gar keine Lust, mit ihr zusammen zu sein. Wahrscheinlich zog sie nur aus schlechtem Gewissen zu ihr und wollte im Grunde viel lieber ungebunden bleiben. Inge hatte es immer gewusst: Das Ganze würde über kurz oder lang nach hinten losgehen.

„Meine Kollegin ist sicher damit einverstanden." Berger räusperte sich.

„Ja, natürlich", beeilte sich Inge zu sagen und schüttelte leicht den Kopf, um die Gedanken an Verónica zu vertreiben. Die Frau, die sich als Agnes Walter vorgestellt hatte, verschwand wieder nach hinten und Berger fragte: „Schläfst du noch?"

„Schön wär's."

„Was dann?"

„Ich hab ein Gespenst gesehen."

„Wann und wo?"

„Eben am Ernst-Reuter-Platz."

„Und ist das gut oder schlecht?"

Sie erzählte ihm kurz von ihrer Begegnung mit Verónica, und als Berger anhob zu sagen: „Könnte es nicht sein …", unterbrach sie ihn harsch: „Es ist mir völlig egal, was du dazu denkst und was es gewesen sein könnte. Für mich ist die Sache klar. Punkt." Sie wühlte in ihrer Handtasche nach einem Fettstift für die Lippen. „Warum ist die Gemeindehelferin jetzt wieder abgerauscht?"

„Sie muss noch eine Ladung Lebensmittel entgegennehmen. Übrigens alles Spenden für das Mittagsmahl. Eine Art Buffet für arme Leute. Die können sich hier bedienen."

In diesem Augenblick kam Agnes Walter auch schon wieder zurück. Die hellgrauen Haare zu einer kurzen Pagenfrisur geschnitten und mit einem strengen Zug um den Mund machte sie einen resoluten Eindruck.

„Wie gut kannten Sie Frau Mangold?", wollte Inge Nowak wissen, als sie sich auf einer der Bänke niedergelassen hatten. Berger hatte sich unterdessen Richtung Tatort und Essenstische verabschiedet.

„Kennen ist zu viel gesagt." Agnes Walter strich unsicher ihre Schürze glatt. „Ich mache das hier ehrenamtlich. Na ja, und immer, wenn etwas anfällt, also heute zum Beispiel, helfe ich mit. Ich wohne gleich hier um die Ecke."

„Ach?" Die Kommissarin horchte auf. „Wo denn genau?"

„Schräg gegenüber vom Vordereingang, ganz oben, der gelbe Balkon mit den vielen Blumen."

„Und wo waren Sie vorgestern zwischen 18 Uhr und 19 Uhr?"

„Zu Hause."

„Auf dem Balkon?"

„Nein, das ist vor acht Uhr abends viel zu heiß, da scheint den ganzen Tag die Sonne drauf."

„Das heißt, Sie haben gegen Abend niemanden in die Kirche gehen sehen?"

„Aber Frau Kommissarin, das hätte ich doch schon gesagt!"

Inge Nowak seufzte.

„Wann haben Sie Frau Mangold denn das letzte Mal getroffen?"

„Am Sonntagvormittag. Ich habe ihr geholfen, nach dem Gottesdienst aufzuräumen. Der Kirchenchor hatte gesungen, und einige sind danach noch auf einen Kaffee geblieben. Wissen Sie, Pfarrer Güllner, der eigentlich der Gemeinde vorsteht, versucht aus der Kirche eine Art Begegnungszentrum zu machen. Deshalb bieten wir dienstags Gottesdienst und Frühstück für Arbeitslose, mittwochs die Lebensmittelausgabe und sonntags Kaffee und Kuchen an. Darum muss sich natürlich jemand kümmern, und ich helfe gern dabei."

So, wie Agnes Walter das sagte, klang es fast wie eine Entschuldigung für ihr Ehrenamt. Und in der Tat hätte Inge Nowak es lieber gesehen, wenn sich der Staat statt der Kirche in modernen Suppenküchen engagiert hätte. Wahrscheinlich tat er das sogar, aber es reichte nicht aus, jetzt, wo Nullwachstum angekündigt war und Deutschland mit 4,4 Millionen Erwerbslosen gerade einen neuen Rekordstand der Arbeitslosigkeit erreichte. Allein in Berlin waren derzeit 300.000 Menschen ohne Beschäftigung, Tendenz steigend.

„Am Sonntag war auch wieder dieser Mann da."

„Welcher Mann?"

„Vor ein paar Wochen ist ein Mann zum Gottesdienst hier aufgetaucht. Er saß in der letzten Reihe, und am Ende hat er auf die Frau Pfarrerin gewartet. Sie war nicht besonders erfreut, ihn zu sehen."

„Wie kommen Sie darauf?"

„Ich glaube, sie ist ziemlich erschrocken, als sie ihn bemerkt hat."

„Hatten die beiden Streit?"

Darauf wollte Agnes Walter sich nicht festlegen.

„Haben Sie denn gehört, was sie miteinander gesprochen haben?"

Agnes Walter schüttelte den Kopf. „Auf jeden Fall kein Deutsch." Und zur Erklärung fügte sie hinzu: „Frau Mangold hat mir danach erklärt, dass es ein lateinamerikanischer Studienkollege war, den sie seit fast zwanzig Jahren nicht mehr gesehen hat."

Inge Nowak machte sich ein paar Notizen.

„Wie oft haben Sie ihn denn noch mit der Pfarrerin gesehen?"

„Noch zweimal." Sie hielt inne. „Nein, das stimmt nicht. Gesehen habe ich ihn eigentlich nur noch einmal am letzten Sonntag. Aber da hat mir eine ältere Dame aus dem Seniorenheim erzählt, dass er eine Woche zuvor auch in der Singstunde aufgetaucht sei."

Valero und die Singstunde. Sie musste unbedingt mit Erkner sprechen. Vielleicht wusste er schon mehr nach seinem Besuch bei den Senioren. Andererseits hätte er sie angerufen, gäbe es bahnbrechende Neuigkeiten.

„Können Sie sich vorstellen, dass die Pfarrerin Feinde hatte?“

„Nein.“ Die Antwort kam aus fester Überzeugung. „Sie war eine so nette Person. Immer zugewandt, hilfsbereit, freundlich. Wieso sollte sie Feinde gehabt haben?“

Die Kommissarin sprach nicht aus, was sie dachte. Dass jeder Mensch Feinde hatte und es meist selbst nicht wusste. Weil jeder mindestens einmal in seinem Leben einen anderen für irgendein Leid verantwortlich machte.

Inge Nowak klappte ihr Heftchen zu und erhob sich, als sie vom Altar Berger auf sich zukommen sah. „Wissen Sie, ob sie mit irgendjemandem Probleme hatte?“

„Nur mit ihrem Sohn.“

„Mit Benjamin?“, fragte Inge Nowak überrascht.

Es war nicht zu übersehen, dass es der Gemeindehelferin unangenehm war, über die Familienangelegenheiten der Toten zu sprechen. Agnes Walter war loyal und sie wollte nicht einfach ausplaudern, was ihr anvertraut worden war.

„Ich kann darüber eigentlich gar nichts sagen.“

„Und uneigentlich?“ Die Kommissarin ließ nicht locker.

Die Frau, die inzwischen auch aufgestanden war und ihr nun gegenüberstand, zuckte ein wenig hilflos mit den Schultern. „Ich weiß nur, dass er seit ein paar Wochen nicht mehr mit ihr geredet hat. Darüber haben wir uns am Sonntag unterhalten. Die Frau Pfarrer war regelrecht verzweifelt. Ich habe auch einen Jungen in dem Alter, und sie hat mich gefragt, ob mir das auch schon einmal passiert ist.“

„Was?“

„Dass mein Sohn so wütend auf mich war, dass er nichts mehr mit mir zu tun haben wollte.“

Verónica wusste nicht, ob sie sich mehr über Inge oder mehr über sich selbst ärgerte: Sie konnte sich einfach nicht freuen, wenn sie anderen damit Schwierigkeiten bereitete. Schon als Kind hatte ihr das Stück Schokolade nicht geschmeckt, das sie ihrer Schwester im Kampf abgerungen hatte, jeder Sieg war immer auch eine Niederlage im Harmoniegemenge mit den Verlierern. Inge war enttäuscht von ihr und deshalb konnte Verónica ihren freien Tag nicht genießen. Aus der heimlichen Freude war ein verheimlichter Ego-Trip geworden, das Schuldgefühl, die Freundin gekränkt zu haben, größer als die Lust auf Abenteuer.

Statt sich in dem Hotel, das sie schon von Spanien aus für eine Nacht gebucht hatte, zu duschen, sich umzuziehen und die Stadt unsicher zu machen, warf sie einfach nur ihre Sachen aufs Bett, wusch sich die Hände, tauschte die Turnschuhe gegen Sandalen und fuhr mit dem Taxi auf direktem Weg zu Marit.

„He, was machst du denn schon hier?", fiel ihr Inges Tochter um den Hals, als sie deren kleine Goldschmiedewerkstatt am Stuttgarter Platz betrat.

Kaum saßen sie an dem runden Holztisch, an dem Marit entweder mit Kunden über ihre Trauringe sprach, plauderte oder Mittag aß, brach Verónica in Tränen aus.

„Eigentlich bin ich richtig wütend. Sie hat mir die ganze Freude verdorben. Null Verständnis. Immer hat sie bloß Angst, dass ich sie verlasse, sie nicht mehr will. Sie macht mich ganz verrückt mit ihrer Eifersucht, von der sie behauptet, dass sie nicht existiert!" Es sprudelte nur so aus Verónica heraus, und beide wussten, dass Marit die völlig falsche Adresse dafür war.

„Sie hat eben schlechte Erfahrungen gemacht."

„Dafür kann ich aber nichts."

„Stimmt."

„Ich liebe sie, bin gern mit ihr zusammen und finde es schön, viel zu teilen. Aber doch nicht immer alles! Warum kann ich keine Geheimnisse haben? Warum muss ich immer alles erklären?" Verónica nahm dankbar den Espresso entgegen, den Marit ihr hinstellte. „Und warum muss sie immer alles gegen sich auslegen? Sie denkt, alles hat mit ihr zu tun. Heute genauso. Sie kann sich überhaupt nicht vorstellen, dass ich etwas nur meinetwegen und für mich mache und sie dabei gar keine Rolle spielt: Ich kann doch wohl selbst entscheiden, wie ich hier ankomme, oder?"

Marit nickte. „Natürlich kannst du das. Und du solltest dir das von ihr auch nicht nehmen lassen. Im Gegenteil. Es ist auch für sie eine Chance." Marit verschränkte die Hände im Nacken und lehnte sich ein wenig zurück. „Sie muss endlich lernen, dass es noch etwas anderes im Leben gibt als Arbeit und Beziehung. Entweder sie kümmert sich um Tote oder sie kümmert sich um Lebende. Aber sie kümmert sich nie um sich selbst." Inges Tochter lächelte. „Jedenfalls nicht außerhalb ihrer vier Wände."

„Für mich ist es jetzt gelaufen."

„Was ist gelaufen?"

„Ich habe keine Lust, mich zu rechtfertigen und zu erklären, warum ich schon hier bin. Ich bin Mitte dreißig und kein kleines Kind mehr. Und ich weiß auch nicht mehr, ob Inge und ich dasselbe wollen."

„Das Gleiche."

„Was?"

„Du meinst, ob ihr das Gleiche wollt. Dasselbe kann man nicht wollen, dasselbe wäre identisch, das ist unmöglich. Aber auch das Gleiche zu wollen, ist äußerst selten. Ich persönlich finde das auch nicht notwendig. Und langweilig.

Ihr seid eben verschieden. Deshalb mögt ihr euch doch." Sie trank ihren Espresso in einem Zug aus. „Meine Mutter will einerseits eine symbiotische Zweierbeziehung und andererseits Single sein. Und du?"

Verónica schaute sie perplex an. „Das denkst du?"

„Davon bin ich überzeugt. Und ich kenne sie ein bisschen länger als du."

In diesem Augenblick läutete die Ladenglocke und ein Mann und eine Frau betraten das Geschäft. Marit entschuldigte sich, stand auf und Verónica hörte, wie sich die beiden nach den Trauringen erkundigten, die man in Marits Goldschmiede unter fachkundiger Anleitung selbst herstellen konnte.

Marits Frage stand noch immer im Raum. Und du?

Sie wollte leben. Mit Inge, aber auch allein. Sie genoss die gemeinsam verbrachten Wochenenden, aber sie war auch froh, wenn sie ihre Wohnung wieder für sich hatte. Sie liebte es, mit Inge einzukaufen, aber ebenso gern tat sie es ohne sie. Urlaub mit Inge am Meer war traumhaft, aber Ferien mit ihrer besten Freundin machten ihr genau soviel Spaß. Doch es fühlte sich nicht an wie ein Einerseits und Andererseits. Vielmehr wollte Verónica beides. Und auf nichts davon verzichten. Aber Inge spielte nicht mit. Sie wollte auch an dem Leben teilhaben, das sie mit anderen oder auch nur mit sich selbst verband. Oder glaubte Verónica das nur?

Die Sonne fiel auf den dunklen, unebenen Holzboden, und die Dielen zeigten tiefe Spuren unendlich vieler Schritte. Kursänderung, dachte Verónica. Sofort die Richtung korrigieren, neues altes Ziel verfolgen: frei sein.

Sie nahm das Handy aus ihrer Tasche und stellte es aus. Dann verließ sie Marits Laden mit einem kurzen Gruß. Die

Hitze empfing sie wie die warme Umarmung eines alten Freundes. Mit dem sie nun als Allererstes einen Eiskaffee trinken würde.

Sechs

Ich wusste. Mein Vater verkehrte in entsprechenden Kreisen.

„Morgen gibt es einen Großtransport. Wird auch Zeit, dass wir hier endlich judenfrei werden." Ich hatte damals nichts wissen wollen, aber er liebte es, darüber zu reden. „Nach Polen, ins Ghetto. Da sollen sie verrecken."

Vielleicht hatte ich gedacht, in der Stadt wären selbst die Nazis zivilisierter, doch in Berlin war nichts besser als bei mir zu Hause. Nur unübersichtlicher.

Ich wusste, dass Hannes mich fragen würde, was niemand je fragte. Es gab noch zu viele, die nicht erinnert werden wollten.

„Warum hast du nichts dagegen getan?"

Angst.

„Wovor?"

„Gefängnis. Sie nannten es Schutzhaft und sie drohte jedem, der sich den Kontakt zu den Juden nicht verbieten ließ. Also senkte ich den Blick, wenn Besternte meine Augen suchten. Ich ging kaum mehr zu Fuß, hielt mich von den Gehwegen fern und nahm Busse, in die sie ja nicht mehr einsteigen durften. Meine Scham, so fürchtete ich, meine Schwäche und meine Feigheit standen mir auf der Stirn geschrieben. Helene war anders. Sie und ihre Freunde versteckten Juden oder verhalfen ihnen zur Flucht.

Ob wir geahnt hatten, dass unsere Verhaftung nur eine Frage der Zeit war?

Wir lebten gegen die Wirklichkeit, gegen die Norm und bar jeder Vernunft. Während jüdische Nachbarn von heute auf Morgen verschwanden und das Wort Theresienstadt geflüstert zwischen uns die Runde machte, gingen wir tanzen. Schlichen uns über den Hintereingang in illegal geführte Ballsäle und taten für einen Abend so, als würde es die Welt draußen nicht geben. Die uns endlich mit deutschen Männern verheiratet sehen wollte, damit wir dem Führer Kinder schenken. Wir versteckten unsere Liebe, doch unser Anderssein ließ sich auch durch lange Haare und schickliche Röcke nicht verbergen. Vielleicht hätte uns mehr Maskierung gerettet. Freundinnen von uns heirateten homosexuelle Freunde, um nicht aufzufallen, oder übernachteten nicht zusammen. Ich hielt das für übertrieben, und tief in meinem Herzen schäme ich mich noch heute für den Grund: Ich fühlte mich deutsch, ich war arisch, und ich war naiv genug zu glauben, dass mich meine Herkunft schützen würde. Meinem Vater war ich entkommen, der Front war ich entkommen, doch der deutschen Moral entkam ich nicht. Es war die Frau des Hauswarts, der Helene verdächtig war und die uns verriet, die dafür sorgte, dass wir in flagranti erwischt wurden.

„Ich sah Helene das letzte Mal, wie sie sich unter den tumben Augen der Gestapo anzog."

Man kann sich das nicht vorstellen. Der Mensch, den man liebt, dem Teufel ausgeliefert, die nackte Angst auf der Haut. Und sie, die Anmutige, tat das einzig Richtige. Etwas, worüber wir zuvor nie gesprochen hatten, worum ich sie unendlich oft beneidet habe. Ihre Schuhe standen unter dem geöffneten Fenster. Sie bückte sich, warf mir einen letzten Blick zu, schnellte in die Höhe und stürzte sich aus dem vierten Stock in die Tiefe.

„Wie konntest du weiterleben?“

Ganz einfach, mein Junge: Sie ließen mich nicht sterben.

Mittwochmittag

Er stieg aus dem Bus und sah auf die Uhr. Eine Viertelstunde zu früh. Ben Mangold lief auf das größte der drei Gebäude zu und bog vor dem Eingang in die Gartenanlage ab, die den ganzen Firmenkomplex umgab. Viele Mitarbeiter aus den umliegenden Büros verbrachten ihre Mittagspause hier, saßen auf Bänken in der Sonne oder unter Schatten spendenden Pergolas, tranken Kaffee, hatten Erfrischungsgetränke neben sich stehen, einige aßen Baguettes, die es der Verpackung nach wohl in der Cafeteria geben musste.

Ben hatte Hunger. Außer einer Pizza hatte er seit dem Vortag nichts mehr gegessen. Überhaupt war sämtlicher geregelter Alltag zusammengebrochen, bei ihm zu Hause herrschte Ausnahmezustand. Sein Vater saß stumm herum, als ob er darauf wartete, dass der Tod endlich persönlich an der Haustür klingeln würde, um auch ihn abzuholen, und Sara kam aus ihrem Zimmer nur noch heraus, um ins Badezimmer zu gehen. Er hatte es schon gestern nicht mehr drinnen ausgehalten, war den ganzen Tag unterwegs gewesen, lenkte sich ab, so gut er konnte. Weder seinem Vater noch seiner Schwester konnte er helfen, er wusste nicht, wie er sie hätte trösten sollen. Was geschehen war, war geschehen und es schien, als ob er der Einzige war, der diesen Umstand begriff.

Er setzte sich auf einen Mauervorsprung in die Sonne und versuchte die Gedanken abzuwehren, die in ihm hochstiegen. Eine Mischung aus Schuldgefühl und Angst, der bittere Geschmack von schlechtem Gewissen breitete sich beharrlich in ihm aus, so sehr er sich auch bemühte, in seinem Kopf die Dinge zurechtzurücken.

Nach vorne schauen, sagte er sich wie ein Mantra vor, nach vorne schauen und nicht zurück.

Doch wenn er das wirklich tat, was machte er dann hier? Das letzte bisschen Zukunft zunichte? Er bückte sich und griff nach seinem Rucksack zwischen seinen Füßen. Das Sicherheitspersonal, das in der Grünanlage auf und ab spazierte, als ob es zwischen den friedlich Pause machenden Angestellten nach Terroristen Ausschau hielt, hätte seine wahre Freude an dem Inhalt gehabt, und für einen kurzen Augenblick fragte er sich, ob man ihn später am Eingang kontrollieren würde. Niemand konnte ihn dazu zwingen, Einblick in seine Taschen zu gewähren. Dann würde er eben unverrichteter Dinge wieder gehen.

Ben hatte sich diesen Moment, in dem er ihm hier gegenüberstehen würde, genau überlegt. Nichts würde er sagen. Nur dastehen wollte er. So lange, bis der andere das Wort ergreifen müsste. Der andere, der durch seine bloße Existenz alles durcheinandergebracht hatte. Den er nicht haben wollte und dessen Nähe er doch suchte. Der vor ihm davonlief und ihm doch nicht entkommen konnte.

Ein Uhr dreiundfünfzig. Es war soweit.

Im selben Moment sah er ihn neben einer jungen Frau über den Vorplatz auf eines der Gebäude zuschlendern. Er sah gut aus. Wie einer, der es geschafft hatte und sich nicht dafür schämte. Der im Sommer surfen ging und im Winter Ski fahren, der Flugzeuge nahm wie andere Menschen U-Bahnen und nicht an Gott, sondern an den Fortschritt glaubte. Der nun in der Drehtür verschwand, so plötzlich wie er aufgetaucht war: dynamisch, entschlossen und selbstsicher.

Ben sah an sich hinunter. Seit Tagen trug er dieselbe Jeans, seine ehemals blauen Turnschuhe hatten dunkle Flecken. Dabei war ihm sein Aussehen alles andere als gleichgültig. Er legte viel Wert auf sein Äußeres, und das nicht erst, seitdem er begonnen hatte, sich erwachsen zu fühlen. Er verspürte die dringende Notwendigkeit, sich in seiner Kleidung sicher zu fühlen. Für die Uni wählte er Hemden, Pullunder und Jacketts, trug klassische Jeans und Collegeschuhe, weshalb ihn nicht wenige seiner Kommilitonen für konservativer hielten, als er war. In seiner Freizeit bevorzugte er Markenturnschuhe und Jeans, die ihm für den Studienalltag zu verwaschen schienen, einfarbige T-Shirts und Baumwollpullover. Er besaß acht Jacken, für jede Jahreszeit zwei, und eine überschaubare Anzahl von Schuhen, Hosen und Pullis.

Einige hielten ihn für schwul, seit er die Designer-Hornbrille trug, die den weichen Glanz seiner braunen Augen und die langen Wimpern noch betonten. Es störte ihn nicht, es kam ihm sogar entgegen. Er fand, das Image des gepflegten Homosexuellen passte zur Philosophie, jener brotlosen Kunst, die er trotz gut gemeinter Ratschläge seiner Eltern im ersten Semester studierte. Ben Mangold wollte die Welt nicht verändern, er wollte sie verstehen. Und dazu gehörte ein gewisser Abstand zu den Dingen, die er innerlich reflektierte und denen er äußerlich mit einem gepflegten Äußeren Respekt zollte. Kurzum: Er zog sich gerne gut an und das nicht nur, um dem anderen Geschlecht zu gefallen.

Die Tatsache, dass er in einem derart verwahrlosten Zustand hierhergekommen war, machte ihm schlagartig klar, wie unvorbereitet und durcheinander er war. Er müsste sich sehr beeilen, wenn er jetzt noch pünktlich kommen wollte. Doch alles an ihm schien ihn auf dem Mauervorsprung festzuhalten, er konnte sich nicht rühren.

Ich will nicht, stellte er innerlich fest.

Ben Mangold saß still in der Mittagshitze und ließ die Zeit verstreichen. Dachte an den anderen, wie er irgendwo da oben in einem der Büros unruhig auf die Uhr schauen würde, vielleicht zur Tür oder aus dem Fenster sähe und schließlich verstünde, dass seine Verabredung nicht mehr käme. Diese Vorstellung ließ den jungen Mann, dessen tote Mutter gerade am anderen Ende der Stadt von der Gerichtsmedizin zur Bestattung freigegeben wurde, seltsam lächeln.

Sieben

„Mir wird das nicht passieren."

Hannes war an diesem Tag bleicher als sonst.

„Was?"

„Mich wird keiner daran hindern, mein Leben zu beenden, wenn ich das will. Niemals."

„Red keinen Unsinn. Warum solltest du dich umbringen?"

Er schwieg, und ich spürte, wie er mir innerlich die Gründe aufzählte.

„Was hättest du gemacht, wenn du damals eine Pistole in der Hand gehabt hättest?"

„Wann?"

„Als die Gestapo vor euch stand."

„Geschossen", antwortete ich ohne Zögern.

„Hättest du danach versucht, wegzulaufen?"

Ich habe immer versucht wegzulaufen. Seit ich denken kann. Und ich bin nie angekommen. Wenn man die Angst im Nacken hat, verliert man sein Ziel aus den Augen. Man will fort statt nach Hause.

„Weglaufen bringt es nur, wenn man der Schnellere ist." Hannes kramte mit den Füßen umständlich in seiner Umhängetasche. „Macht bei mir gar keinen Sinn." Dann beugte er sich nach unten, angelte nach einem Gegenstand und legte etwas Schweres auf den Tisch. „Deshalb hab ich die da."

Zwischen unseren Teetassen lag bleiern eine Pistole.

„Woher hast du die?", fragte ich.

„Gefunden." Und als ob er mich beunruhigen wollte: „Samt Munition. Sie ist geladen."

„Hast du keine Angst, dass sie plötzlich losgeht?"

Er schüttelte lächelnd den Kopf. „Ich kann damit umgehen."

„Wozu trägst du eine Waffe mit dir herum?"

„Um zu schießen, wenn es nötig wäre."

„Auf wen?"

„Auf alle."

Ich konnte ihn verstehen. Und wusste es doch besser.

„Töten rettet nicht."

Langsam nahm er die Waffe zwischen die Füße und hob sie hoch, damit er sie mit den Händen zu fassen bekam. Zwischen seinen Fingern war sie auf Höhe seines Kinns und er führte den Lauf an die Schläfe.

„Retten nicht", sagte er, „aber erlösen vielleicht."

Es war das erste Mal, dass ich ihn hinauswarf.

Kriminaldirektor Helmut Frickel hatte die Angewohnheit, Termine mit Hauptkommissarin Nowak zu vergessen und danach zu behaupten, sie versuche ihn aus den Ermittlungen auszuschließen. Dementsprechend angespannt war er, als er urplötzlich in ihrem Büro aufgetaucht war, nachdem er am Vortag das Meeting verpasst hatte. Die Frage nach dem Stand im Mordfall der Charlottenburger Pfarrerin klang eher wie ein Vorwurf.

„Es ist eine Zehlendorfer Pfarrerin“, berichtigte die Hauptkommissarin ihren Vorgesetzten, womit das Gespräch nicht ungünstiger hätte beginnen können.

„Mich interessiert nicht, woher sie kommt, ich will wissen, wer sie auf dem Gewissen hat“, stellte er unfreundlich klar und tupfte sich die Stirn mit einem gebügelten Taschentuch.

„Der Mann, der Ex, der Sohn“,, antwortete Inge Nowak, „sie alle haben möglicherweise ein Motiv.“ Die Leiterin der Mordkommission legte die Stirn in Falten. „Ob vielleicht auch der ein oder andere Arbeitslose, die Gemeindehelferin, ein Pfarrer aus Charlottenburg oder ein Bewohner des naheliegenden Altersheims in Frage kommen, prüfen wir noch.“

Frickel kochte, nicht nur wegen der Hitze, und beschränkte sich, wie die Leiterin der Mordkommission gehofft hatte, darauf, einen Befehl zu geben und jedem weiteren Konflikt auszuweichen.

„Morgen früh habe ich einen ausführlichen Bericht auf meinem Schreibtisch.“ Er wandte sich der Tür zu und drehte sich noch einmal um. „Um neun.“ Dann rauschte er davon.

„Dass du immer so diplomatisch sein musst“, seufzte Berger, und Erkner fügte hinzu: „Schon klar, wer in den sauren Apfel beißen muss.“

Ihre Chefin winkte ab. „Vergesst ihn. Den Bericht schreibe ich."

Erkner kniff die Augenbrauen zusammen. „Du?"

„Ja, wieso nicht ich? Ich bin doch sowieso schon lange mal wieder dran."

Inge Nowak sah aus dem Fenster und wusste nur zu gut, weshalb ihr die Arbeit gerade gelegen kam.

„Wo waren wir stehen geblieben?", nahm Berger den Faden des vorangegangenen Gesprächs wieder auf.

„*Hoch auf dem gelben Wagen*", antwortete Erkner. „Es scheint, als hätte die Pfarrerin großen Erfolg bei den Alten gehabt. Jedenfalls haben sie ganz begeistert von ihr erzählt."

„Und was ist mit Valeros Auftritt?", fragte Berger.

„Eine der Seniorinnen will gehört haben, dass sich die Mangold und der Valero über ein Baby gestritten haben."

„Frau Mangold und Herr Valero", korrigierte ihn seine Chefin, die es nicht mochte, wenn man über Tote und Verdächtige herablassend redete.

„Sorry", entschuldigte sich Erkner. „Jedenfalls ist die alte Dame über achtzig, hat Alzheimer und konnte sich heute nicht einmal mehr an ihren Namen erinnern, geschweige denn an eine Singstunde." Erkner grinste. „Sie dachte, ich wäre ihr Mann. Der ist aber 1943 in Stalingrad gefallen." Dann wurde er wieder ernst. „Allerdings hat Annegret Hagen in der Tat Spanischkenntnisse, sie war Fremdsprachensekretärin. Insofern könnte sie uns schon behilflich sein, wenn sie eins ihrer Erinnerungsfenster aufmacht. Das tut sie etwa zweimal am Tag für eine halbe Stunde, und dann kann sie sich so einiges aus jüngster Vergangenheit ins Gedächtnis rufen. Vor allem Männer, die ihr gefallen haben. Und nach Aussage ihrer Freundinnen hat Valero Eindruck bei ihr hinterlassen."

„Und nun setzt du dich das ganze Wochenende neben die Annegret und wartest, bis das Fenster aufgeht?"

„Nein. Die Heimleiterin hat mir versprochen, dass sie mich sofort auf dem Handy anruft, sollte das der Fall sein, und sie bei Laune hält, bis ich komme." Erkner schaute seine Chefin verunsichert an. Wertete sie das etwa bereits als einen seiner Alleingänge?

„Einsatz ist alles", kommentierte Berger trocken und wechselte das Thema. „Also: Wer war's?"

„Hast du einen Favoriten?"

„Mir gefällt der Chilene nicht. Erika Mangold hat ihm vor vielen Jahren eine Kränkung zugefügt und sein Lebensmodell zerstört. Wer weiß, was das für Konsequenzen für ihn hatte. Wir sollten uns seine Vergangenheit genauer anschauen. Und", fügte Berger hinzu, „er lügt."

„Sehe ich genauso. Übernimmst du das?"

Wolfram Berger nickte.

„Auch ein Tipp?", fragte sie Erkner.

„Ganz klar: der Ehemann. Er hat nichts mehr zu verlieren und gönnt seiner Frau das Leben nicht. Vielleicht hatte sie ja wieder etwas mit Valero, sorry: Herrn Valero, angefangen, er hat es mitbekommen, sich in seinem Todeskampf verlassen gefühlt und überreagiert."

„Überreagiert", wiederholte Inge Nowak. „Auch ein interessantes Synonym für töten." Dann nickte sie. „Der Argumentation kann ich aber folgen. Vielleicht solltest du noch einmal mit Ingo Mangold sprechen, so einfühlsam, wie du bist?"

„Okay. Gleich morgen, wenn ich sowieso standby für das Altersheim bin?"

„Alleine auf keinen Fall. Nimm Verónica mit, sie kommt morgen." Die Hauptkommissarin hob die Augenbrauen und sagte mehr zu sich selbst: „Zumindest ins Büro."

„Prima“, antwortete Erkner und dann, mit einem Seitenblick zu seiner Chefin: „Und wen hältst du für Mr. X?“

„Ich frage mich, wieso der Sohn mit seiner Mutter seit Wochen nicht mehr geredet hat. Wenn Erika Mangold sich darüber Sorgen gemacht hat, wie die Gemeindehelferin sagt, dann, weil etwas wirklich Dramatisches vorgefallen sein muss. Das sollten wir herausfinden.“

„Na, dann haben wir ja genug zu tun“, schloss Berger und verkündete: „Ich hol jetzt erst mal Eis.“

Kannst du mich sehen?

Mehr als diese Frage brachte sie nicht zu Papier. Das viele Weinen hatte sie erschöpft, eine bleierne Schwere lag auf ihr, dumpf starrte sie aus dem Fenster. Um diese Zeit hätte ihre Mutter gegossen. Wäre zuvor mit dem kleinen, roten Plastikeimer in der einen und der Gartenschere in der anderen Hand durch die Beete gegangen und hätte die verwelkten Blüten abgeschnitten.

„Auf jedes Sterben kommt neues Leben.“ Das hatte sie gesagt, als der Kälteeinbruch im Frühjahr fast alle Knospen hatte abfallen lassen und sie im April die Sträucher radikal auf ein Minimum kürzte. Kahle Zweige, nackt, kein schöner Anblick.

„Da kommt doch nie mehr was“, hatte ihr Vater von seinem Terrassenstuhl aus matt gesagt und ihre Mutter hatte lächelnd geantwortet: „Abwarten.“

Nun stand alles in voller Blüte und sie war tot.

Tot.

Sara saß an ihrem Schreibtisch und malte die drei Buchstaben unter die Frage, auf die sie seit zwei Tagen keine Antwort bekam. Je länger sie wartete, umso wütender wurde sie. Wenn ihre Mutter bei Gott war, warum gab sie ihr kein

Zeichen, und wenn sie noch nicht bei Gott war, warum gab er ihr kein Zeichen? Und warum hatte keiner von beiden ihr vorher ein Zeichen gegeben? Immer hatte sie die Nähe zu einem der beiden verspürt, ein ganzes Leben lang, Tag und Nacht, nun war der Kontakt abgebrochen. Sie fühlte ihre Füße auf dem Teppichboden, die Unterarme auf der Schreibtischplatte, alles seltsam kühl, trotz der flirrenden Hitze, die sich durch alle Ritzen zwängte. Im Haus war es still, jeder Winkel schien eingeschlossen von dem Schweigen, das über sie hereingebrochen war, ihren schmächtigen Körper ausfüllte, sich immer mehr ausweitete in ihrem Inneren, bis selbst ihre Gedanken leiser wurden.

Allein.

Wie ein ungebetener Gast schob sich das Wort von ihrem Kopf in ihr Herz, wo es erschöpft liegen blieb. Wenn ihre Mutter sie verlassen hatte, dann hatte Gott sie verlassen. Der, auf den sie immer vertrauen sollte, der immer an ihrer Seite wäre, der auf sie aufpassen würde, er meldete sich einfach nicht mehr. Seit zwei Tagen und Nächten betete Sara Mangold, und Gott antwortete nicht. Sie hatten Wort gebrochen, beide. Sich aus dem Staub gemacht und ließen sie zurück mit einem verrückten Bruder und einem sterbenden Vater. Als ob sie nicht wüsste, was los war!

Es war die erste Lüge, die sie ihr hatten auftischen wollen: „Vati wird wieder gesund, mein Schatz."

Wahrscheinlich hatte ihre Mutter längst gewusst, dass auch sie sterben musste. Wenn sie wirklich mit Gott reden konnte – wieso hatte sie ihr nichts davon gesagt? Vielleicht war sie deshalb in letzter Zeit so oft in der Kirche gewesen, um mit ihm zu diskutieren. Den Zeitpunkt zu verschieben.

„Gott holt die Menschen zu sich, wenn es an der Zeit ist. Er hat seine Gründe."

Und wann holt er mich? Oder holt er mich gar nicht? Will er mich gar nicht?

Der Magen des Mädchen zog sich zusammen. Sara hatte nichts von dem angerührt, was der Vater ihr zum Essen vor die Tür gestellt hatte, seit sie sich eingeschlossen hatte. Auch auf sein Bitten und Flehen hatte sie nicht reagiert. Aufschließen solle sie und herauskommen, miteinander reden müssten sie und er brauche sie doch jetzt. Ihre Mutter würde wollen, dass sie jetzt füreinander das wären. Sara hatte gehört, dass ihn das Reden Mühe kostete. Durch das Schlüsselloch geschaut und gesehen, wie er auf der Treppe zusammengesackt war, bevor er wieder nach unten verschwand.

Konnte sich jemand Gottes Willen widersetzen?

„Wir sind für alles verantwortlich, was wir tun. Gott lehrt uns, was falsch und richtig ist."

Wenn aber Gott den Zeitpunkt bestimmt, wann er einen Menschen zu sich holt, dann braucht er auch einen, der die Arbeit für ihn übernimmt. Eine Krankheit. Einen Unfall. Oder einen Mörder. Was, wenn sich ein Mörder weigert?

Du sollst nicht töten.

Kommt dann ein anderer ins Spiel? Oder bestimmt Gott am Ende doch alles? Und die Menschen haben keine Chance, sich seinem Willen zu widersetzen? Versteckt er sich deshalb?

Umbringen, schreibt Sara unter das Wort tot.

Sie hat es ganz genau gehört. Obwohl ihr Vater ganz leise gesprochen hat, ungewöhnlich leise, mit einer Stimme, die ihr einen Schauer den Rücken hinuntergejagt hatte.

„Wenn du es ihm sagst, solange ich noch lebe, bring ich dich um!"

Acht

Es gefiel ihm nicht, aber Hannes willigte ein, die Pistole in der Schublade meines Küchenschranks zu deponieren. Aber ich musste versprechen, sie ihm auszuhändigen, wenn er danach verlangen würde.

„Hier ist sie besser aufgehoben als in deiner Tasche“, sagte ich und war mir nicht sicher, ob das stimmte.

Allein die Gewissheit, eine Waffe im Haus zu haben, machte mich nervös. Zu deutlich hatte sich der Klang des Krieges in meinem Gedächtnis festgesetzt, der bloße Gedanke an dunkles Metall ließ mich erschauern. So durchdringend, so schnell, so unberechenbar war eine Kugel, so tief fraß sie sich in Fleisch und Blut, zerschnitt mit Leichtigkeit den Faden, an dem ein Leben hing. Doch das Schlimmste war das Geräusch. Das eiserne Peitschen, als ob sich zwei in Stahl getriebene Nägel am Horizont verfolgten. Der pfeifende Ton, der sich im Windkanal verfing, Wolken durchbrach und zerschellte an Mauern, eindrang in Holz oder zu langsame Körper. Es sind nicht die Schüsse, die fallen, es sind ihre Ziele. Wer Glück hatte, starb gleich. Wer Pech hatte, wurde nur leicht getroffen. Und vom Teufel geholt. Wie die Polinnen im Lager, die nicht getroffen, sondern ausgesucht worden waren.

„Wofür?“, fragte Hannes

„Sie waren ihre Versuchskaninchen. Das Militär hatte ein Problem mit der Wundinfektion der Soldaten an der Front. Man suchte nach einem Mittel, Verwundete zu retten. Also haben sie es an den Frauen ausprobiert.“

„Sie haben mit ihren Wunden experimentiert?“

Ich nickte nur. Ich erzählte nicht, dass sie ihnen, wenn sie keine hatten, welche zufügten. Dass ihnen die Waden aufgeschnitten und mit Holz- und Glassplittern gespickt wurden, nur, um sie zu infizieren. Wie die Frauen schrien vor Schmerzen, bettelten um Medikamente, Fieber bekamen und elend zugrunde gingen. Wie ich daneben stand und nichts für sie tun konnte, außer ihnen den Schweiß von der Stirn zu tupfen, ihre Lippen zu befeuchten, das eine oder andere Schmerzmittel in ein Glas Wasser zu mischen und zu hoffen, ihr Immunsystem möge gnädig sein und schnell zusammenbrechen.

Ja, es gab Momente, in denen auch ich an Selbstmord dachte. Mehr als solche, die mich auf Erlösung hoffen ließen. Vielleicht bereitete mir auch deshalb der Gedanke an eine Pistole in Griffbereitschaft Unbehagen.

Ich konnte ja nicht wissen.

Schlimmes hat man nie hinter sich, denn die Angst, es könnte wieder passieren, läuft vor einem her, solange man lebt. Überleben heißt, den Tod im Nacken spüren müssen, um ein wenig Ruhe zu finden. Und doch wird der müde Geist unvorsichtig. Ruht sich mit den Jahren aus und glaubt an etwas so Unvorstellbares wie Frieden. Bis an einem Sonntagnachmittag das Grauen aus heiterem Himmel über ihn hereinbricht und ihn eines Besseren belehrt.

Ich hätte den Vogel ängstlich flattern sehen müssen. Wachsamer sein. Doch Hannes hatte etwas in mir zum Leben wieder erweckt, das mich unvorsichtig machte.

Ein zweites Mal in meinem Leben öffnete ich dem Unglück die Tür. Und wieder waren sie zu dritt.

Ich hatte verlernt zu schreien. Vielleicht hatte ich auch gelernt, dass niemand gerne Schreie hört.

Hannes war nicht schnell genug am Küchenschrank. Er war wehrlos: Ich hatte ihn entwaffnet.

Und keiner von uns konnte schnell genug aus dem Fenster springen.

In Gefangenschaft wird der Körper zum Aufbewahrungsort der Seele. Er schließt sie ein, versenkt sie in der Tiefe eines unberührbaren Inneren. Und wird zur Hülle.

Mich haben viele Hände angefasst, berührt hat mich keiner.

Als seine Peiniger Hannes in meinem Schlafzimmer gefesselt und ausgezogen hatten, wünschte ich mir nichts sehnlicher, als dass er seine Seele in Sicherheit gebracht hätte.

Als sie mich auf das Bett stießen und an meinen Kleidern zerrten, war ich mir nicht sicher, ob es richtig war, meine Seele fortzuschicken und ihn den Augen der anderen preiszugeben.

Als seine glatte, weiße Haut auf meinen Panzer traf, versuchte ich ihn zu schützen. Einen Mantel der Unerschütterlichkeit über ihn zu werfen, gewebt aus dem letzten Rest Glauben an Gerechtigkeit und der Gnade zu verdrängen.

In seinen Augen pure Fassungslosigkeit. Die Finger gespreizt, die Muskeln angespannt, seine Mitte hilflos mir ausgeliefert.

Ritschratschklick.

Ritschratschklick.

Ritschratschklick.

Zwischen uns die Blitze und ihr blechernes Lachen. Die Dummheit satter Überlegenheit, das niedere Kleinmachen des Höhergeglaubten.

Ja, Hannes war ein Engel, und sie spürten es.

Wie sie spürten, dass ich sie niemals an den Pranger stellen könnte.

Wer würde mir, einer Verrückten, schon glauben?

Als die Flügel des Vogels brachen, ließen sie von ihm ab.

„Ein Wort zu irgendwem, und die Fotos stehen in der Zeitung. Und ihr seid tot."

Nicht mehr nötig, dachte ich und blieb solange auf dem schmächtigen Körper liegen, bis ihre Stimmen verklungen waren.

Dann stand ich auf, holte ein Messer und schnitt Hannes die Fesseln durch. Zog mich an, schloss die Tür hinter mir, ging in die Küche und kochte Tee.

Und versteckte seine Pistole an einem anderen Ort.

Mittwochabend

Die Ergebnisse ihrer Recherchen waren eher dürftig: Estebán Valero stellte sich als der erfolgreiche Manager heraus, der er vorgab zu sein. Es gab keine Vorstrafen, keine Auffälligkeiten, keine Unstimmigkeiten.

„Hat er keine Freundin?"

„Er ist verheiratet und lebt mit seiner Frau in Boston."

„Woher wissen wir das?"

„Interpol und clevere Recherche."

Berger grinste, Erkner hob den Blick nicht von dem Bildschirm seines Laptops.

„Ihr habt schon wieder Fantasietelefonate geführt?" Es war nicht das erste Mal, dass ihre Kollegen unter falschem Namen versucht hatten, an Informationen zu gelangen. Berger nannte das Vorgehen unorthodox und besser als nichts, Erkner fand, zur Verbrechensbekämpfung sei fast jedes Mittel recht.

„Das können wir nicht mal zu den Akten nehmen."

„Doch. Unser chilenischer Freund hat bereits alles telefonisch bestätigt." Berger bog eine Büroklammer auf. „Er scheint verstanden zu haben, dass es besser für ihn ist, mit uns zusammenzuarbeiten." Die Spitze der Büroklammer verschwand in einem Radiergummi. „Aber er verschweigt uns immer noch etwas. Als ob er unter Druck stünde."

„Hast du ihm das gesagt?"

„Ja."

„Sehr gut." Die Hauptkommissarin fächelte sich ein wenig Wind mit einer Mappe zu und ließ sie dann auf die Tischplatte fallen. „Bericht ist übrigens schon fertig. Der Sohn kommt mir immer wichtiger vor. Ich würde gerne mit jemandem reden, der uns etwas über Ben Mangold sagen kann."

„Semesterferien. An der Uni wird es schwierig, Kommilitonen zu finden", gab Frank Erkner zu bedenken. „Hat er keine Freundin? Kumpels?"

„Das müssen wir herausfinden, aber ohne gleich die Familie aufzumischen. Wir sollten ihn eine Weile beschatten. Er wird doch das Bedürfnis haben, mit einem Vertrauten zu sprechen. Immerhin ist seine Mutter tot und sein Vater am Sterben. Überhaupt – wie geht das alles weiter? Ben ist ja schon volljährig, aber was ist mit Sara, wenn der Vater weiter abbaut? Wer übernimmt ihre Vormundschaft? Ist das geregelt?" Inge Nowak erwachte plötzlich aus ihrer Nachmittagsschläfrigkeit. „Was ist mit Testamenten? Wer erbt? Verdient jemand am Tod von Erika Mangold?"

„Also, Frank, du fährst morgen nicht allein. Wir sollten alle nach Zehlendorf fahren", stellte Berger fest. „Hier kommen wir so nicht weiter. Wir nehmen uns Ingo Mangold noch einmal vor, Krankheit hin, Krankheit her. Und wenn wir schon mal da sind, befragen wir noch die Nachbarn und fühlen Sohn und Tochter auf den Zahn."

„Du hast recht." Inge Nowak erhob sich und strich sich die verknitterte Hose glatt. „Wurden die persönlichen Sachen des Opfers eigentlich schon aus der Wohnung geholt und untersucht?

Kopfschütteln.

„Hätten wir gleich machen sollen, als wir gestern da waren. Die Hitze benebelt mich völlig."

Doch es war nicht nur die Hitze, die die Mordkommission unter Leitung von Inge Nowak seltsam gelähmt hatte. Es war die beklemmende Anwesenheit des Todes in der Person Ingo Mangolds, die zu einer unguten Mischung aus Mitleid und Respekt führte und damit schnell zu Nachlässigkeit.

Das Telefon auf Wolfram Bergers Schreibtisch klingelte. Es war nur ein kurzer Wortwechsel, bis sich das Gesicht des Hauptkommissars verfinsterte, er sich knapp für die Information bedankte und auflegte.

„Der Pflegedienst von Ingo Mangold hat ihn tot in seinem Bett gefunden. Überdosis Morphium."

„Verdammt." Seine Kollegin atmete tief aus und ließ die Handtasche, die sie gerade vom Stuhl genommen hatte, auf den Tisch sinken. „Wir sind zu langsam."

Eine Polizeipsychologin versuchte Sara Mangold in ihrem Zimmer zu beruhigen. Das Mädchen hatte einen Nervenzusammenbruch erlitten und war, selbst nach der Beruhigungsspritze, die ihr die Sanitätsärztin verabreicht hatte, noch immer vollkommen außer sich. Ab und an drangen laute Schluchzer und Weinen in das Zimmer, in dem Gerichtsmediziner und die Spurensicherung ihre Arbeit verrichteten.

„Und die Überdosierung kann kein Versehen gewesen sein?" Berger hatte sich mit der Krankenschwester des Pflegedienstes in die Küche zurückgezogen.

Hiltrud Meisner, eine sportlich wirkende Mittdreißigerin, schüttelte den Kopf. „Ausgeschlossen. Herr Mangold kannte seine Medikation genau. Wenn er die Wirkung hätte verstärken wollen, hätte er zusätzlich ein anderes Mittel genommen und auf mich gewartet. Man muss eine Erhöhung, und ist sie noch so leicht, genau abstimmen. Morphium wirkt nur gut, wenn es regelmäßig im richtigen Rhythmus verabreicht wird. Jeder, der Krebs im Endstadium hat, weiß das. Außerdem ist es ungewöhnlich, dass er so viel hier hatte. Man bekommt die Infusionen wöchentlich verschrieben, oft bringen wir sie mit oder holen sie für unsere Patienten aus der Apotheke. Er muss das Zeug gehortet haben."

„Wann wäre er denn wohl gestorben, wenn niemand nachgeholfen hätte?"

„Schwer zu sagen. Ein paar Wochen, vielleicht zwei Monate."

„Hat er jemals über Selbstmord mit Ihnen gesprochen?"

„Wir sind im Schnitt eine halbe Stunde täglich bei einem Patienten und wechseln oft die Schichten. Das reicht in aller Regel nicht, um mit jemandem über Leben und Sterben zu reden. Wir sind froh, wenn wir die Leute versorgen können. Psychologische Betreuung können wir nicht leisten."

„Also: nein?"

„Nein. Er hat nie von Selbstmord gesprochen. Aber er war der typische Kranke, der …", sie brach ab.

„Der was?"

„Das klingt jetzt vielleicht komisch. Aber es gibt Kämpfer unter den Todkranken und welche, die ganz schnell aufgeben. Solche, die noch an ihre Familie denken und versuchen, es den anderen nicht allzu schwer zu machen. Und solche, die sich nur noch bemitleiden und gehen lassen.

So war Herr Mangold. Er wollte schon lange nicht mehr leben, und wenn Sie mich fragen, waren ihm die anderen auch schon ziemlich egal."

„Wie lange haben Sie ihn denn schon gepflegt?"

„Der Dienst kommt seit zweieinhalb Monaten, ich selbst bin hier seit sechs Wochen eingeteilt."

„Wie war denn das Verhältnis zwischen Herrn Mangold und seiner Frau und seinen Kindern?"

Die Krankenschwester überlegte einen Moment.

„Ich glaube nicht, dass er überhaupt noch zu Beziehungen in der Lage war. Im Grunde war er schon lange auf der anderen Seite, nur sein Körper wehrte sich noch. Aber er konnte auch nicht loslassen. Es schien noch etwas zu geben, das ihn hier hält."

„Zum Beispiel?"

„Angst? Hoffnung? Schuld? Es sind oft die großen Empfindungen, die an Sterbenden festhalten und sie nicht gehen lassen."

Berger sah die Frau von der Seite an. „Machen Sie das schon lange?"

„Was?"

„Sterbebegleitung."

„Ich habe mir das nicht ausgesucht. Das ergibt sich so." Sie hatte etwas schroff geantwortet und lächelte nun ein wenig versöhnlich. „Aber ich mache es auch gern. Es ist eine sehr persönliche Erfahrung und man lernt dabei viel. Über die anderen und über sich."

Gerade als der Hauptkommissar weiterfragen wollte, sah er, wie Inge Nowak ihm durch die geöffnete Tür ein Zeichen machte.

„Falls Ihnen noch etwas einfällt, rufen Sie mich an, ja?", beendete er das Gespräch und reichte der Frau seine Karte. „Dürfte ich sie noch um eine Adresse bitten, wo ich Sie erreichen kann?"

„Wozu das denn?", fragte sie und las seinen Namen ab, „Herr Berger?"

„Das kann man nie wissen, Frau Meisner", antwortete Berger.

Der Kommissar verließ schnell den Raum, bevor er vor ihr erröten konnte, und gesellte sich zu seiner Kollegin.

„Hier ist man sich eigentlich einig: Selbstmord."

„Dort auch", antwortete Berger und wies mit dem Kopf in Richtung Küche. Und mit Blick auf den Infusionsständer: „Keine Spuren von Fremdeinwirken?"

„Übersät von Fingerabdrücken. Aber die Art und Weise, wie das Zeug in die Kanüle kam, deutet wohl darauf hin, dass er es selbst war. Und dann ist da noch dieser Brief an mich."

Die Kommissarin hielt eine Plastiktüte mit einem Zettel und einem Kuvert darin hoch. „Ich bin am Tod meiner Frau Erika schuld", las Inge Nowak vor.

„Wo lag der?"

„Auf seinem Schreibtisch, in einem Umschlag mit meinem Namen darauf. Samt seiner Unterschrift und Datum von heute." Sie gab die Plastiktüte einem Kollegen der Spurensicherung zurück. „Wenn es überhaupt seine Schrift ist und uns hier niemand etwas anderes glauben machen will."

Das Gespräch der beiden Kommissare wurde jäh von dem Erscheinen einer hochgewachsenen Frau mit einer Jacke über dem Arm unterbrochen. Sie war etwa in Inges Alter und machte den Eindruck, als wäre sie gerade aus dem Urlaub zurückgekehrt.

„Mathilde Taylor. Mein Schwager hat mich gestern angerufen. Ich lebe in London und habe sofort den nächsten

Flieger genommen. Was ist denn überhaupt passiert? Wo ist Sara?"

In deiner Haut möchte ich jetzt nicht stecken, dachte die Kommissarin und war froh, dass endlich eine Angehörige gekommen war. Dann erst fiel ihr auf, dass sie nicht nach Ben gefragt hatte, der wie vom Erdboden verschluckt war.

Neun

Der Vogel war ausgeflogen und kam nicht wieder.

Vielleicht hätte ich nach ihm suchen sollen, doch ich verließ meinen Käfig nicht mehr. Meine Speisekammer glich einem Bunker; der Vorrat an Konserven und überlebenswichtigen Dingen würde Monate ausreichen. Die Welt draußen war wieder zu dem geworden, was sie nie aufgehörte hatte zu sein, auch wenn sie mir fast vier Jahrzehnte versucht hatte etwas anderes vorzugaukeln: Feindesland.

Ich bezog meinen Platz am Fenster, ich schlief in seiner Nähe. Ich betrachtete meine faltig gewordenen Hände, die Altersflecken. Die Bilder des Gefallenen in meinem Kopf schickte ich hinaus in die Weite des Sommerhimmels, die Sonne spannte sich wie ein Laken über das Bett, in dem er gefangen war, und blendete jede Erinnerung.

Fast jede.

Komm wieder, wann immer du willst, hätte ich ihm gerne gesagt, als er das Haus verließ. Erschüttert, verletzt, gebrochen.

Gib ihnen keine Genugtuung.

Es ist keine Schande.

Es gibt keine Schande.

Doch ich stand nur stumm in der Tür, eine alte Frau, deren Fleisch er gerochen hatte, und ließ ihn gehen.

Ich wartete.

Der Brief kam über eine Woche danach. Er enthielt nur ein Foto. Verschwommen zwar, doch man erkannte uns genau.

Manche Dinge hält man nur aus, wenn man bereits ein Leben verloren hat. Hannes hatte nur noch ein einziges vor sich. Und ich wusste, wenn ich seinen Stolz nicht retten konnte, würde er es verlieren.

Blanke Wut trieb mich auf den staubigen Weg, von dem sie gekommen waren. Die Kinder der Kinder meiner Schulkameraden. Die, sahen sie mich auf der Straße, die Köpfe zusammensteckten und tuschelten. Die Söhne und Töchter derer, die mich in die Hölle geworfen hatten. Die bis heute nichts gewusst haben wollen. Wie der alte Erdmann, Freund meines Vaters. Erich hatte sich nach dreiunddreißig gleich auf die richtige Seite geschlagen, Grundbesitzer mit Parteibuch waren gern gesehen. Blut und Boden, davon wollte später niemand mehr etwas wissen, so wenig wie von den Zwangsarbeitern bei der Ernte.

„Das bildest du dir doch alles nur ein, Iris."

In der heilen Welt meiner Mutter hatte eine ebenso gründliche Säuberungsaktion stattgefunden wie in den Köpfen meiner Altersgenossen. Sie alle wollten vergessen, was sie niemals hatten wissen wollen.

Doch nun hatte der Enkel eines Nazis seinem Großvater alle Ehre gemacht: Udo Erdmann hatte meinen Engel im Flug abgefangen.

Und dafür würde er büßen.

In mir breitete sich eine kindliche Aufregung aus. Zum ersten Mal war ich diejenige, die den Tod bestellte, und nicht umgekehrt.

Bevor die Polizei kam, hatte er das Grundstück über den Garten verlassen. Seine Tante würde sich um Sara kümmern. Er war erwachsen. Er brauchte niemanden. Und ab jetzt war er ohnehin auf sich selbst gestellt. Das Haus würde sicher ihm und seiner Schwester zu gleichen Teilen gehören. Er könnte es ohne ihr Einverständnis nicht verkaufen. Bis sie volljährig wäre, würde sie einen Vormund bekommen, mit Sicherheit Mathilde. Am besten ginge sie mit ihr nach England, und er würde alleine hierbleiben. Oder spielten sie etwa mit dem Gedanken, alle hierherzukommen: sein unausstehlicher Cousin Edward, sein Onkel Mike und der zottelige Köter mit dem schwachsinnigen Namen Einstein? War er es, der gehen musste, und würde man ihm genug Geld ausbezahlen, um sich eine eigene Wohnung zu mieten? Kaufen, dachte Ben, kaufen ist viel besser als mieten. Oder ich ziehe in ein Studentenwohnheim. Als Vollwaise bekomme ich mit Sicherheit genug BaFöG, um meinen Lebensunterhalt damit zu bestreiten. Und wenn nicht, dann gibt es ja noch Estebán.

Die Menschen am See packten allmählich ihre Badesachen, setzten sich auf ihre Fahrräder oder in ihre Autos und traten den Weg nach Hause an. Wo eine Familie oder Freunde sie erwarteten, um mit ihnen zu grillen, fernzusehen oder auszugehen. Auf ihn wartetet niemand. Sein Kopf schmerzte. Er hatte sich so oft den Tod seines Vaters vorgestellt, dass ihn die Nachricht nicht besonders überraschte. Auch die Möglichkeit, dass sein Vater sich das Leben nehmen könnte, hatte er mehrfach durchgespielt. Sie hatten sich sogar darüber unterhalten.

„Es kann sein, dass ich nicht bis ganz zum Ende warte."

„Kann ich verstehen."

„Gut zu wissen."

„Sagst du mir vorher Bescheid?"

„Das ist eher unwahrscheinlich." Sein Vater hatte den Kopf schief gelegt und zu lächeln versucht. „Aber ich werde mich anständig verabschieden."

Warum hatte er es nicht getan? Weil ihn die Umstände aus der Bahn geworfen hatten? So war sein Vater nicht gewesen. Er hätte ihn nicht einfach vergessen – oder doch?

Ben Mangold zog sein T-Shirt über den Kopf, seine Jeans aus und ließ beides achtlos in den Sand fallen. Langsam lief er auf das Wasser zu und ging Schritt für Schritt hinein, bis seine Füße den Kontakt mit dem schlammigen Boden verloren. Er tauchte kopfüber in den See ein, betrachtete während einiger Schwimmzüge das milchige undurchdringliche Grünbraun und tauchte ein paar Meter weiter wieder auf. Dann setzte er an, mit kräftigen Armschlägen bis zur anderen Seite zu kraulen. Der Schlachtensee war angeblich der tiefste See der ganzen Stadt, Angler wollten riesige Welse aus ihm herausgeholt haben. Jedes Mal, wenn Ben etwa in der Mitte angekommen war, stellte er sich vor, wie unter ihm handtellergroße ungläubige Fischaugen seine zappelnden Füße betrachteten. Das ließ ihn schneller werden.

Heute schwamm er keine Bestzeit. Niemand war ihm auf den Fersen, nicht einmal ein kleiner Hai. Er wurde, im Gegenteil, bald müde und es kostete ihn Anstrengung, umzudrehen und sich bis zur Uferböschung durchzuschlagen, an der seine Kleider lagen. Erschöpft rollte er sich auf den Sand, streckte Arme und Beine aus und schaute in den Abendhimmel. Die Sonne versteckte sich bereits hinter den Baumwipfeln, die Stimmen der am Weg Vorbeilaufenden wurden weniger und seine Augen schwer.

„Warum kannst du keine Ruhe geben?“, fragte ihn seine Mutter.

Sie war über und über mit Federn bedeckt, ihr Gesicht war kaum zu sehen. Doch es schien sie nicht zu stören, Erika Mangold strahlte unendliche Ruhe aus.

„Warum hast du mir nicht die Wahrheit gesagt?“ Ben versuchte sich durch das Dickicht zu kämpfen, das ihn von seiner Mutter trennte.

„Es gibt nicht nur eine Wahrheit, es gibt viele Wahrheiten. Jede einzelne hat ihre Zeit. Der Moment für eine neue ist noch nicht reif.“

„Aber ich weiß doch schon alles.“ Seine Stimme klang blechern, als spräche er von weit her, verfolgte ihn sein eigenes Echo.

„Nichts weißt du. Du glaubst nur dem Duft der Rosen, die Dornen willst du nicht fühlen.“

In diesem Augenblick begannen die Pflanzen sich um ihn herum zu bewegen, wuchsen ihm über den Kopf, zwischen den Beinen empor, legten sich wie Arme um seinen Körper, rankten sich ihm um den Hals. Je enger sie ihn umschlangen, umso deutlicher stach es ihm in die Haut, bis er begriff, dass sich ihre Spitzen und die scharfen Ränder der Blätter in seine Haut schnitten, sein Fleisch durchdrangen und sich ihm in die Eingeweide bohrten. Er wollte die grünen Ketten sprengen, aber seine Kräfte hatten bereits nachgelassen, er spiegelte sich bereits in seinem eigenen Blut, in dem seine Füße badeten. Ganz tief aus ihm kam ein stummer Schrei, er kämpfte sich durch Mark und Bein, schließlich durch die Kehle und endete in einem lauten Stöhnen, von dem er zitternd erwachte.

Die Dämmerung hatte den See und den Wald in silbriges Grau getaucht, trotz der anhaltenden Wärme schien es ihm, als hätte sich eisige Kälte auf ihn nieder gesenkt. Hastig sprang er auf, zog sich Hose und T-Shirt an und schlüpfte in seine Schuhe. Erst dann setzte er sich in den Sand, verschränkte die Arme auf den Knien und begann, nach einem tiefen Luftholen, zu weinen.

Du verschwendest Wasser, Sánz, mahnte eine innere Stimme, doch Verónica schaffte es nicht, den breiten Strahl der Dusche, der sich in der genau richtigen Temperatur mit angenehmem Druck über ihre nackte Haut ergoss, abzudrehen und sich abzutrocknen. Mit geschlossenen Augen lehnte sie an der gekachelten Wand und versuchte an nichts anderes zu denken als an das gleichmäßige Rauschen, das sie umgab. Schaumige Wellen, wilder Wind, stürmische See. Das einzige, das nicht dazu passte, waren die stakkatoartigen hohen Töne, die sich durch den Spalt der geschlossenen Badezimmertür, die Verglasung der Duschkabine, an ihrem feuchten Körper hinauf zu ihrem Ohr drängten: Ihr Handy klingelte.

Abrupt drehte sie das Wasser ab, wickelte sich ein Badehandtuch um die Hüften, riss die Tür auf, stürzte zum Bett, griff in die rechte Hosentasche ihrer Jeans, klappte das Handy auf und drückte auf die Taste mit dem kleinen grünen Hörer.

„Sánz?“

„Nowak.“

„Hallo.“

„Hallo.“ Inge räusperte sich. „Ich wollte fragen, ob es bei unserer Verabredung morgen bleibt?“

„Von mir aus schon.“

„Gut.“

Verónica wusste, dass es an ihr war, jetzt etwas Versöhnliches zu sagen, aber nichts Freundliches wollte ihr über die Lippen. Sie hatte eine Entschuldigung erwartet, keine Terminabsprache.

„Ich versuche, gegen sechs zu Hause zu sein, wenn nicht, weißt du ja, wo der Schlüssel liegt."

„Klar." Sie wusste, was es Inge gekostet haben musste, überhaupt anzurufen. Und doch konnte sie den Streit vom Morgen nicht einfach so ad acta legen. Die Kränkung hielt sie zurück, ein Entgegenkommen war nicht möglich.

„Ich weiß", Inges Stimme wurde dunkler, „das war keine Glanzleistung, heute morgen. Aber ich war einfach geschockt." Dann, schneller: „Und ich verstehe es einfach nicht."

„Vielleicht muss man nicht immer alles verstehen."

„Tut mir leid."

„Wirklich?"

„Was meinst du damit? Reicht es dir nicht, wenn ich mich entschuldige?"

„Mir geht es nicht darum, dass du die Schuld auf dich nimmst. Ich will wissen, ob du verstehst, was es mit mir gemacht hat."

„Was glaubst du wohl, was es mit mir macht, wenn ich meine Freundin unverhofft auf der Straße treffe, wo ich sie in einem anderen Land vermute?"

„Aha. Jetzt geht es also um dich."

„Es geht vor allem nicht nur um dich."

„Vor allem, klar."

Aus ihren nassen Haaren liefen dicke Tropfen über ihr Gesicht und Verónica hätte sich dafür ohrfeigen können, unter der Dusche hervorgesprungen zu sein, um das Gespräch entgegenzunehmen.

„Müssen wir schon wieder streiten? Kann ich nicht einfach einen Tag früher in Berlin sein und meine Sachen machen?“ Sie hatte den Satz noch nicht zu Ende gesprochen, da wusste sie bereits, wohin er führen würde.

„Ich habe es dir heute morgen schon gesagt: Du kannst machen, was du willst. Lass mich nur einfach wissen, wo die Grenze zwischen deinen und meinen Sachen ist.“ Inge holte Luft. „Und wundere dich nicht, wenn ich in Zukunft auch meine Sachen mache, ohne dich davon in Kenntnis zu setzen.“

„Inge …“

„Ich weiß, wie ich heiße.“

„Wieso, verdammt, kannst du nicht einfach mal einen Fehler zugeben? Du bist nicht Señora Perfecta!“ Nun war es Verónica, die zum Angriff überging. „Immer gibt es einen Grund und eine Erklärung für dein Verhalten. Du verträgst einfach keine Kritik. Schon mal was davon gehört, dass die Medaille immer zwei Seiten hat? Für dich zählt immer nur eine: deine!“

„Möchte nur mal wissen, was du mit einer solchen Egomanin wie mir eigentlich willst? Gute Kontakte zur deutschen Polizei?“

Schweigen.

Verónica kämpfte gegen die Tränen. Sie hatten sich selten so heftig gestritten. Eigentlich war ihr danach, einfach aufzulegen. Doch sie wusste zu gut, dass sie selbst nach ein paar Minuten wieder anrufen würde.

„Nimm das zurück“, sagte sie stattdessen leise.

Inge atmete schwer am anderen Ende. „Okay, das war drüber.“

Gegenüber dem Hotel entdeckte Verónica beim Blick durch das Fenster ein italienisches Restaurant mit einer Terrasse. Auf den weiß gedeckten Holztischen standen Windlichter mit großen Kerzen, die den kleinen Platz am frühen Abend in rötliches Licht tauchten. Hölzerne Pfeffermühlen und Olivenölflaschen in unterschiedlicher Form und Größe auf einem Beistellwagen deuteten ebenso auf gutes Essen wie dic Wein trinkenden Gäste vor großen Tellern und Schüsseln.

„Können wir bei einer Pasta weiterstreiten?"

„Wenn ich sie nicht kochen muss."

„Knesebeckstraße, Ecke Goethe."

„Wann?"

„Gleich." Verónica musste ungewollt grinsen. „Und bring deine Zahnbürste mit."

Zehn

Die Bussarde mussten in jenem Jahr viele Junge bekommen haben, sie kreisten jetzt öfter über dem Feld, dessen Halme sich hochgewachsen im leichten Wind wiegten. Nur Vogelaugen konnten sehen, was sich dort unten am Boden bewegte, stets auf der Hut, nicht ins Visier zu geraten. Es war nur eine Frage der Zeit, bis sich noch mehr Gefederte steil vom Himmel gen Erde stürzen würden, ihre scharfen Krallen blitzschnell durch weiches Fell in zitterndes Fleisch zu schlagen. Aus den unerbittlichen Klauen gab es kein Entkommen, so sehr sich die sich windenden Leiber auch wehren mochten. Stoisch transportierten die Bussarde ihre Beute unter sich ab, gelangweilte Sieger, die an einem sicheren Ort die lebendigen Leiber zerrissen und verschlangen.

Was dem einen die Not, dem andern die Pracht, so stand es in Erdmanns Hof gemeißelt, und ich habe nie begriffen, ob Ritas Vater den Spruch über dem Scheunentor als Rat oder Warnung verstanden haben wollte.

Plötzlich schreckten die Bussarde auf. Ein Motorengeräusch hatte sie vertrieben. Ich sah den Mähdrescher herauffahren und versteckte mich. Die Sonne brannte unerbittlich auf den goldgelben Weizen, während Udo Erdmanns Vater die Messer auf den Boden setzte, die Maschine in Position brachte und in Bewegung setzte.

Das hatte ich nicht gewollt.

Eine Weile zog der Mähdrescher gleichmäßig seine Bahnen über das Feld, doch dann kam er ins Stocken. Ich konnte förmlich fühlen, wie die Räder über eine Erhebung glitten, wie Ritas Bruder kräftig Gas geben musste, um weiterzukommen, und dann merkte, dass der Widerstand weiter hinten vor den rotierenden Schneideflächen zu groß war. Wahrscheinlich ein Stück Holz, ein Kaninchen oder ein Fasan, wird er gedacht haben, und ich hätte ihm den Anblick der Wahrheit lieber erspart. Wie gern hätte ich den lebensfrohen Schwung, mit dem er auf den Boden federte in ein harmloses Hindernis überführt, das im Weg gelegen hätte. So aber hatte ich genau vor Augen, wie er um das Schneidwerk herumging und sich bückte, ungläubig auf das starrte, was vor ihm lag. Wie er allmählich begriff, was die Bussarde so verrückt gemacht hatte, und das verdrehte, blutige Bündel Mensch als seinen Sohn erkannte.

Der Junge war nicht zur verabredeten Zeit gekommen. Ob er zur Polizei ging? Und wenn schon. Sie konnten ihm nichts beweisen. Auch wenn er ein Motiv hatte. Das reichte nicht.

Im Grunde war es ihm gleichgültig, ob man ihn verdächtigte oder nicht. Das einzige, was ihn interessierte, war der Junge. Ben. War es Ironie des Schicksals, dass sie ihn „Sohn der rechten Hand“ genannt hatte? Die Rechte war die glückliche Hand. Benjamin war also ein Glückskind. Sein Pech, dass er ihn gesehen hatte.

Er hatte Erika nicht in die Kirche folgen wollen und stand dann doch plötzlich vor ihr.

„Was willst du schon wieder hier?"

„Erklär es mir."

„Da gibt es nichts zu erklären."

„Du hattest kein Recht dazu."

Sie hatten diese Diskussion nicht zum ersten Mal geführt. Er wollte verstehen und sie nichts erklären.

„Warum kannst du mich nicht ein für alle Mal in Ruhe lassen. Du hast mir genug angetan."

„Ich dir angetan? Und was hast du mir angetan? Warum hast du mir nicht die Wahrheit gesagt?"

Sie drehten sich im Kreis, wie Menschen sich umkreisen, die vor ihren Wunden fortlaufen wollen.

Er verstand sich selbst nicht mehr. Bis vor ein paar Wochen schien in seinem Leben alles in Ordnung zu sein. Wer konnte schon von sich behaupten, die Frau geheiratet zu haben, die er wirklich liebte, und einen Job zu machen, der ihm tatsächlich gefiel? Dass Sandra und er keine Kinder bekommen konnten, hatte er nie als Problem empfunden, vielmehr hatte es ihm die Entscheidung abgenommen, eine Familie zu gründen oder nicht. Vielleicht würden sie eines Tages ein Mädchen adoptieren, dann, wenn er auf der Karriereleiter noch die ein oder andere Stufe nach oben geklettert und Sandra zu alt wäre zum Modeln. Im Moment war alles perfekt.

Gewesen.

Es hatte den Bruchteil einer Sekunde gedauert, bis er Erika erkannt hatte und einen weiteren, bis jedes noch so gut im Innern verpackte Gefühl an die Oberfläche getreten war und sich in ihm ausgebreitet hatte wie ein Flächenbrand. Mitten in Berlin stand er in Flammen, hatte ihn ein Funke entzündet, der beinahe zwei Jahrzehnte unerkannt in ihm geglimmt hatte. Ungeschützt erfasste ihn eine rasende Wut, ihm wurde übel und er musste sich an der Ampel festhalten, die Erika noch untersagte, sich auf ihn zuzubewegen. Dann sprang das Licht auf Grün, er ließ sie an sich vorbeigehen und sah ihr nach.

Als er ihr das erste Mal folgte, fühlte er nichts außer seinem Herzschlag bis in die Schläfen. Sein Kopf vermeldete Triumph, Euphorie und Angst. Er war nach ihr in die S-Bahn gestiegen, hatte sie von Weitem beobachtet, wie sie in einer Zeitschrift blätterte und um zu lesen eine Brille aus der Tasche holen musste. Ihm war, als könnte er jede einzelne ihrer Bewegungen voraussehen, so vertraut war sie ihm, gerade auf die Distanz. Nie hatte er sie vergessen, sich immer gefragt, wie sie wohl aussähe, heute, wenn es so sein sollte, dass sie noch lebte. Sie war wie vom Erdboden verschluckt gewesen, nun wusste er auch, weshalb: Sie hatte so schnell einen anderen geheiratet, dass ihm selbst ihr Name entglitten war. Er las ihn an dem Gartentor, hinter dem sie verschwunden war.

Mangold.

Von da an, folgte er ihr, wann immer sich ihm eine Gelegenheit bot. Er fand heraus, wo sie einkaufte, wann sie wo arbeitete und was sie tat, wenn sie nichts zu tun hatte. Immer hielt er gebührenden Abstand, obwohl er beinahe enttäuscht darüber war, dass sie ihn nicht bemerkte. Nach ein paar Tagen war er davon überzeugt, dass sie ihn selbst dann nicht erkennen würde, wenn er vor ihr stünde: Sie hatte ihn damals ausradiert wie einen Fehler im System, und die Möglichkeit seiner Existenz, noch dazu in ihrer Nähe, musste sie für vollkommen ausgeschlossen halten.

Erikas Beschattung brachte seinen ganzen Aufenthalt durcheinander. Statt um neun kam er erst gegen halb elf ins Büro, am Nachmittag verschwand er für zwei Stunden und am Abend parkte er unweit von ihrem Haus, um zu sehen, ob sie noch ausging. Er hätte nicht genau sagen können, warum er all das tat, weshalb er so fahrig, nervös und rastlos war. Selbst die Telefonate mit Sandra konnten ihn nicht beruhigen. Er fühlte sich getrieben, als ob er etwas zu Ende bringen müsste, etwas ihm Unbekanntes, das ganz sicher nichts mit dem erfolgreichen Manager zu tun hatte, der er noch bis vor Kurzem gewesen war. Ein Dämon war in ihm aufgestiegen, ein Dämon, den er gut kannte, der ihn anstachelte, dafür sorgte, dass er sich in seinen Leihwagen setzte, immer auf der Spur einer Frau, die nicht weniger gealtert war als er selbst und unnahbar. Und doch glaubte er, ihr in die Seele schauen zu können, wenn er nur lange genug hinsähe. Immer noch wollte er sie haben und es trieb ihm Nägel in die Brust, dass sie ihn immer noch verschmähte.

Im Laufe der Tage und Wochen hatte er sich immer näher an sie herangewagt, bis er fast die Hand nach ihr hätte ausstrecken können. An einer Straßenecke in der Nähe der Kirche hatte sie sich dann beim Telefonieren unverhofft schnell umgedreht und ihm geradewegs in die Augen geblickt. Wie in Zeitlupe hatte sie das Handy sinken lassen und war einen Schritt zurückgewichen, so, als hätte sie den leibhaftigen Teufel gesehen. Valero hatte sich nicht vom Fleck gerührt. Er wusste, wohin auch immer sie würde flüchten wollen, sie könnte nicht mehr vor ihm fortlaufen.

Elf

Es war einfach gewesen, abzudrücken. Ich musste bloß das Foto in mir aufsteigen lassen, das Hannes und mich halbnackt und gefesselt in meinem Bett zeigte, und ich wusste: Wer dazu fähig war, würde auch einen Schritt weitergehen. Oder zwei. Oder so viele, wie nötig waren, um sich wie Gott zu fühlen.

Udo Erdmann fühlte gar nichts mehr. Ich hatte ihn mit vorgehaltener Waffe in das Weizenfeld geführt und hingerichtet. Im vollen Besitz meiner geistigen Kräfte. Ob es mir leid getan hat? Vielleicht hätte es das. Wenn ich Hannes danach hätte in die Augen sehen müssen. Ihm hätte erklären sollen, warum ich getötet hatte, obwohl ich doch wusste, dass der Tod keine Rettung war. Doch dazu kam es nicht.

Ich habe mir unzählige Male vorgestellt, was in Hannes vorgegangen sein muss. Wie lange überhaupt noch etwas in ihm vorgegangen war, bevor es dunkel wurde um ihn.

Während das Schicksal meine Spuren verwischte und die Aufmerksamkeit des Dorfes auf das Geschrei des alten Erdmann lenkte, der sich auf Krücken zu der Stelle geschleppt hatte, an dem sein Enkel unter die Messer seines Sohnes geraten war, währenddessen hatte Hannes seinen letzten Weg bereits angetreten.

Er war an diesem Morgen, hieß es, früh aus dem Haus gegangen, hatte seinen grünen Army-Rucksack geschultert, seine Mutter wollte nichts Auffälliges an ihm bemerkt haben. Er hatte sich wie jeden Tag von ihr bis zum Abend verabschiedet, die Tür leise hinter sich zugezogen und war in die Felder gelaufen. Er tat das oft.

„Draußen bin ich frei, es zieht mich immer nach oben."

Ich frage mich, ob er ein letztes Mal über die Landschaft hatte blicken wollen, deren Horizont er leichtfüßig hätte überschreiten können, wenn man ihm das Rückgrat nicht gebrochen hätte. Wirbel für Wirbel hatte er um sein Aufrechtsein gekämpft, als ihm das Wasser bis zum Halse stand, muss er den Schmerz in der Brust nicht mehr ausgehalten haben.

Der Mensch steht solange wieder auf, wie seine Seele sich nicht für ihn schämt. Wenn die Scham sich mit der Ausweglosigkeit verbündet, gibt der Körper auf. Will vergessen sein. Ich habe sie alle fallen und wieder aufstehen sehen. Fallen und wieder aufstehen. Fallen und liegen bleiben.

Hannes war auf Nummer sicher gegangen. Vielleicht hatte er gefürchtet, im Angesicht der letzten Wahrheit den Mut zu verlieren, Angst gehabt, dass der Horror ihn zu einer Vernunft bringen könnte, die ihn an seine tiefe Liebe zum Leben erinnert hätte.

Man fand ihn an einen Baum gekettet, der mit ihm verbrannte.

Ein kleines Vorhängeschloss hielt die stählerne Ösen zusammen, mit Handschellen hatte er seine Füße an den Stamm gefesselt. Ich sehe ihn, wie er auf dem Boden liegt. Wie lange mag er da gelegen haben, bevor er den winzigen Schlüssel zwischen seinen Zehen fallen ließ? Wie lange seinen Kopf auf dem trockenen Waldboden gerieben haben und in den Baumwipfel gestarrt, bevor er seine getränkten Kleider mit einem Feuerzeug entzündete? Wie lange die Zähne zusammengebissen bis zum ersten Schrei? Wie lange sich aufgebäumt gegen die Flammen, gezerrt und um sich geschlagen, bis sich der unaushaltbare Schmerz schließlich in Ohnmacht verwandelte, bis sich der Brand in ihm ausbreitete auf das Laub, die Äste, die Erde, die ihm keine Heimat war?

Als ich den Funken versprühte, der seine Glut neu entfachen sollte, war sein Feuer schon erloschen.

Ich hörte beim Bäcker davon.

„Dem Hoffmann Hubert seiner. Der Contergan. Hat sich mit Benzin übergossen und angezündet. Bei lebendigem Leib. Der Förster hat das Feuer bemerkt. Zu spät. Ein paar Meter weg sein Personalausweis. Sonst nichts."

Es ist schwer, einen wilden Vogel zu beerdigen, denn er ist so leicht, dass er zum Engel wird, bevor seine Seele sich verabschiedet.

Ich bin vielen Lebensmüden begegnet: Sie lösen sich von einem auf den nächsten Augenblick auf, eben waren sie noch da, auf der Pritsche, vor der Baracke im Morgenlicht oder im Dreck. Schwache Körper, näher am Tod als am Leben, gebrochene Schwingen, die keine Träume mehr in den Himmel tragen. Und doch bin ich immer sicher gewesen, dass sie am Ende dort ankommen würden, taumelnd wie Federn, ohne Ziel, erleichtert, endlich zu schweben.

Hannes' Sarg war weiß, und er hätte darüber gelacht.

„Wir Behindis sollen immer rein und unschuldig sein! Als ob wir keiner Fliege etwas zu Leide tun könnten."

Der Pfarrer redete von Schuld und Vergebung, die Gräber der beiden Jungen lagen einen Steinwurf voneinander entfernt. Zwischen den Kieseln auf dem Weg wuchs Unkraut, und die Schritte derer, die ihre Kinder verloren hatten, säten Hass dazwischen.

Das ganze Dorf dachte, was keiner auszusprechen wagte.

Zwei Wochen spielte ich mit dem Gedanken, mich zu stellen. Oder auf die Jagd nach den beiden anderen zu gehen.

Dann erinnerte ich mich daran, was Hannes mir als Letztes erzählt hatte, und tat nichts dagegen, dass wenigstens einer seiner Wünsche erfüllt werden sollte:

„Weißt du, was ich als kleiner Junge werden wollte? Also, bevor ich Ghandi entdeckt hatte."

„Soldat?"

„Falsch"

„Präsident von Amerika?"

„Quatsch."

„Was dann?"

„Mörder."

Nun hielt man ihn dafür.

Die Polizei stellte die Ermittlungen mangels Beweisen gegen ihn ein, erklärte ihn jedoch als dringend tatverdächtig. Seinen Selbstmord wertete man als Geständnis, als Motiv geisterte ein ungeklärter Streit zwischen den beiden Jungen in den Köpfen herum. Es gab zwei Gleichaltrige, die entsprechende Aussagen gemacht haben sollten.

Die Tatwaffe wurde nie gefunden.

Sie war in meinem Gepäck, als ich die Tür meines Elternhauses für immer hinter mir zuzog.

Donnerstagmorgen

Helmut Frickel begrüßte Verónica Sánz mit einem ungelenken Händedruck.

„Sie kommen genau im richtigen Moment, meine Liebe, wir können Ihre Unterstützung hier sehr gut gebrauchen. Nicht wahr, Frau Nowak?"

Hätte der Kriminaldirektor gewusst, dass beide Frauen knapp eine Stunde zuvor dasselbe Hotelzimmer verlassen hatten, wäre ihm diese Frage sicher nicht über die Lippen gekommen.

„Ja, wir sind auch froh, dass wir Frau Sánz haben", antwortete die Hauptkommissarin lächelnd, und Erkner stieß Berger grinsend mit dem Fuß unter dem Tisch an. „Zumal wir es mit einem zweiten Toten in der Sache zu tun haben: Der Ehemann der Ermordeten hat gestern Abend ganz offenbar Suizid verübt."

„Dann wäre der Fall ja wohl geklärt. Habe ich ja gleich gesagt: Riecht nach Familiendrama", stellte Frickel mit einer gewissen Zufriedenheit fest.

Inge Nowak schüttelte den Kopf. „Dafür gibt es überhaupt noch keine Beweise."

„Aber doch genügend Indizien!"

„Wir haben einen Abschiedsbrief, in dem Ingo Mangold die Schuld am Tod seiner Frau übernimmt. Sonst nichts."

„Aber Frau Kommissarin! Nun seien Sie nicht so engstirnig!" Er gab nicht auf. „Was ist mit Fingerabdrücken?"

„Die ganze Familie hat irgendwann irgendwo Fingerabdrücke in der Kirche hinterlassen. Von Sohn und Ehemann lassen sich auch welche auf den Türklinken nachweisen."

„Na, bitte."

Die Hauptkommissarin runzelte die Stirn: „Wollen wir riskieren, dass wir einen Staatsbeamten fälschlicherweise des Mordes verdächtigen?" Genüsslich lehnte sich Nowak zurück. „Ich sehe schon die Titelseite vor mir: Berliner Polizei ruiniert vorbildliche Beamtenkarriere." Beinahe musste sie selbst über die maßlose Übertreibung lachen: Kein Mensch interessierte sich in Berlin für zweitrangige Schreibtischhengste, da mussten schon Staatssekretäre betrunken über rote Ampeln fahren und dabei auf den Kanzler fluchen, damit es eine Meldung wert war. Doch bei Helmut Frickel tat die bloße Vorstellung schlechter Nachrichten seine Wirkung.

„Natürlich nicht!", erwiderte der Kriminaldirektor schnell. „Sie sollen natürlich in alle Richtungen ermitteln und den wahren Täter fassen!"

Die Sache mit dem wahren Täter belustigte Nowak & Co stets aufs Neue. Für ihren obersten Chef schien es zwei Kategorien von Mördern zu geben: Die, die es waren, und die, die man dafür hielt. Letztere waren ihm zur Steigerung der Aufklärungsquote durchaus Recht, wenn es an ersteren mangelte. Allerdings nur, wenn es niemals herauskam. Weshalb er mit seiner Chefermittlerin nicht selten im Clinch darüber lag, ein Verfahren einzustellen oder nicht. Frickel liebte geschlossene Akten, Nowak die Wahrheitsfindung.

Sichtlich nervös sah der Kriminaldirektor den in seinem Kopf sicher schon geschriebenen Abschlussbericht dahinschwinden und wandte sich an Berger: „Was sagen Sie dazu?"

„Ich glaube auch nicht, dass er es war."

„Und warum nicht, wenn ich fragen darf?" Frickel begann noch mehr zu schwitzen, als es die Temperatur ihm ohnehin abverlangte.

„Weil es für einen zivilisierten und kultivierten Menschen wie Ingo Mangold das Schlimmste ist, wenn er sterben muss. Was sollte er damit bewirken wollen, zuvor einen anderen Menschen zu töten?"

„Ein Geheimnis zu bewahren?", schlug Verónica vor und erntete dafür vier unterschiedliche Blicke.

Berger fuhr fort: „Guter Punkt. Aber welche Sorte Geheimnis darf über den Tod hinaus nicht gelüftet werden?"

„Eines, das nicht für den Sterbenden, sondern für die Lebenden von Bedeutung ist?", schlug Erkner vor.

„Du meinst die Kinder?"

„Zum Beispiel. Etwas, was der Junge und das Mädchen nicht erfahren sollten."

„Aber sind die beiden nicht fast erwachsen?", fragte Verónica.

Inge Nowak dachte nach. „Schon. Aber wenn es etwas ist, das mit Ansehen und Moralvorstellung zu tun hat? Also nehmen wir nur mal an, der Vater hätte als einflussreicher Beamter im Entwicklungsministerium krumme Sachen gedreht. Vielleicht war er ja gar nicht der sozial engagierte Referent in Sachen Menschenrechte und Gerechtigkeit. Er könnte in Waffengeschäfte verwickelt gewesen sein. Drogenkartelle begünstigt haben, Menschenhandel geduldet…"

„Und dann erschießt er kurz vorm Sterben seine Frau, die davon weiß, damit die Kinder nichts mitbekommen?" Berger schüttelte den Kopf. „Unwahrscheinlich. So etwas erzählst du niemandem. Und wenn, dann einem Priester. Was in dem Fall seine Frau ja allerdings fast war. Welchen Grund hätte sie haben sollen, ihn vor den Kindern anzuschwärzen?"

„Außerdem ist solchen Typen doch alles egal", gab ihm Erkner Recht. „Wer skrupellos genug ist, um sich an Armen und Schwachen zu bereichern, handelt nach dem Prinzip: nach mir die Sintflut!"

Nowak nickte. „Stimmt. Aber könnte es nicht sein, dass er auspacken wollte, und man ihm mit dem Mord an seiner Frau klarmachen wollte, dass er das besser lässt?"

Verónica wurde hellhörig. „Du meinst, irgendjemand droht damit, seine Familie auszuradieren, wenn er nicht den Mund hält?"

Berger hob die Hände. „Vielleicht sollten wir ein wenig den Rückwärtsgang einlegen mit unseren Mutmaßungen.

Es gibt bisher keine Anhaltspunkte, dass Ingo Mangold etwas zu verbergen hätte. Wir haben alles um ihn herum checken lassen, oder Frank?"

Erkner nickte. „Ein Vorzeigebeamter. Keine merkwürdigen Kontobewegungen, keine direkten Kontakte zu ausländischen Gruppen, beziehungsweise so viele, dass es nicht so aussieht, als läge ein korruptes System dahinter. Seine Reisen beschränkten sich in den letzten Jahren auf die Begleitung diplomatischer Abgesandter, die Konzeption von internationalen Kooperationsprojekten und die Arbeit in Ausschüssen. Bis zum Ausbruch seiner Krankheit vor ein paar Monaten war er ein gefragter Lateinamerika-Experte und hat regelmäßig Vorträge auf Konferenzen gehalten." Erkner tippte etwas in sein Notebook. „Dafür hat er ganz gut Geld bekommen, auch für die ein oder andere Beratertätigkeit. Allerdings alles nicht verdächtig. Im Schnitt hatte er einen Monatsverdienst von 6000 Euro, also für Leute, die in Politik und Wirtschaft arbeiten, durchaus normal."

„Und wenn es gar nichts mit seiner Arbeit zu tun hat, sondern doch familiäre Gründe hat?" Helmut Frickel ließ nicht locker. „Eifersucht?"

„Wir haben inzwischen auch die Aussage des unmittelbaren Nachbarn, dass Ingo Mangold am Tatabend gegen 19.30 Uhr zu Hause war. Der Nachbar wollte sich ein Gartengerät ausleihen und kam vom angrenzenden Grundstück über die Terrasse. Er hat Mangold auf dem Sofa liegen sehen, wollte ihn nicht stören und hat sich das Gerät selbst aus dem Schuppen geholt. Eine Stunde später hat er ihn dann wegfahren sehen, da war er dann wohl auf dem Weg zum Tatort, wo er seine Frau gefunden hat. Er kann es also beim besten Willen nicht gewesen sein."

„Warum nimmt er dann die Schuld auf sich?"

„Weil er jemanden decken will?“

„Seinen Sohn?“ Inge Nowak blickte in die Runde. „Ich weiß, dass euch die Idee nicht gefällt, aber ich würde den jungen Mann nach wie vor gern etwas genauer unter die Lupe nehmen. Und zwar am besten jetzt gleich.“ Sie schaute zu ihrem Vorgesetzten, der wie immer nicht saß, sondern im Türrahmen lehnte. „Für Frau Sánz habe ich auch gleich einen Sonderauftrag. Sie wird sich um unseren spanischsprachigen Verdächtigen kümmern. Vielleicht spricht Herr Valero mit ihr ja Klartext.“ Sie wandte sich an Verónica. „Frank wird dich begleiten.“

Berger stand auf: „Und wir machen einen weiteren Familienbesuch?“

„Genau.“

Freundlich, aber bestimmt schoben sich Nowak & Co an Helmut Frickel vorbei, der einmal mehr vergaß, sich für die pünktlich abgelieferten Berichte zu bedanken, die er bei Dienstantritt auf seinem Schreibtisch vorgefunden hatte, und mit den Gedanken bereits beim Mittagessen war.

Zwölf

Einen Ort zu verlassen, den man niemals Heimat nennen würde, auf dessen Erde man jedoch die ersten Schritte getan hat, ist nie leicht. Nicht das erste Mal und nicht das letzte Mal. Und doch verließ ich mein Dorf mit einem Ausatmen. Als Mörderin und Verlassene.

Es war nicht schwer, das Haus zu verkaufen. Ideal zur Errichtung eines Dreifamilienhauses mit Gartenparzellen und Garagen stand es auf begehrtem Bauland und wartete auf die Erfüllung eines Lebenstraums mit Bausparvertrag. Mein

Herz machte Sprünge bei der Vorstellung, wie eine riesige Abrissbirne die steinernen Mauern einreißen würde: Eine kleine Weile könnten sie widerstehen und unter der Erschütterung zittern, dass die alten Bilder im oberen Stockwerk von den Wänden und aus ihren dunklen Holzrahmen fielen. Die dunklen, schweren Stillleben, die ich ignoriert und wie alles oberhalb der Treppe unberührt gelassen hatte. Die knarrenden Betten mit den gedrechselten Stumpen an den Ecken, die mit Stroh gefüllten Matratzen, die massiven Eichenschränke ohne Spiegel, weil man sich vor dem eigenen Antlitz schämen musste. Doch die Backsteine würden nachgeben, darauf baute ich, das eiserne Rund schließlich ein Loch reißen, sich festhaken und den Mörtel meines Urgroßvaters zum Bröckeln bringen. Und mit ihm das ganze Haus voller schlechter Erinnerung, Gewalt und vergiftetem Atem.

Das Haus hatte mir immer Unglück gebracht, und ich hatte es vergessen gehabt. Geglaubt, nach all den Jahren könnte mir kein Dach über dem Kopf mehr etwas anhaben, wäre ich immun gegen die Geister, die sich zuerst in der Behausung der Menschen, ihren Kleidern und dann erst in ihren Köpfen festsetzen. War sicher gewesen, durchlässig zu sein für die Angriffe aus dem fliehenden Reich der Angst. Hatte zugelassen, dass das Schöne Einzug hält und zusehen müssen, wie es zerbricht. Deshalb wollte ich das Haus zerstört wissen, dem Erdboden gleich gemacht, in Sand und Schutt zerfallen. Wiederaufbau ausgeschlossen.

„Sie bekommen nichts mehr für die Möbel“, hatte die Bank gesagt.

„Soll die Heilsarmee sie holen. Oder die Ratten. Ich verkaufe es nur so oder gar nicht.“

„Aber es wird schwer, einen Käufer zu finden, der es möbliert kauft.“

Sie dachten tatsächlich, ich wüsste nicht, was das Grundstück wert war. Alles, was man in mir sah, war eine Frührentnerin, eine arme Irre, die im Krieg durchgedreht war. Daran musste meine Mutter Schuld sein oder vielleicht auch die Gemeindeangestellte, bei der ich mich hatte anmelden müssen. Sie hatte mich mitleidig angesehen, nachdem sie in einer großen Akte geblättert hatte, und ich frage mich noch heute, was dort über mich geschrieben steht. Dass ich verrückt bin? Dass ich 1945 durch die kaputten Straßen von Berlin gerannt bin und mich versteckt habe, weil ich nicht glauben konnte, dass die besiegten deutschen Frauen auch nur einen Deut besser wären als ihre gefallenen oder verhafteten Männer? Keine Steine mit ihnen aufgehäuft habe, keinen Kriegsschutt fortgeräumt vom Morgengrauen bis in die Abendstunden, weil es keinen Ort mehr für mich gab, den ich hätte wiederhaben wollen?

“What did you do during the war?”

“Ravensbrück.”

“Fucking hell.”

Zum ersten Mal war ich froh, dass man uns bei der Befreiung registriert hatte.

Über Nacht war ich wieder jemand: *The german nurse who survived the concentration camp!*, und trug Grün.

Wunden wurden wieder zu einem lösbaren Problem, Krankheiten zu einem behebbaren Übel, Gesichter, Hände, Arme und Beine wieder zu Menschen. Sie sprachen eine fremde Sprache, die mich umhüllte wie ein seidener Mantel mit großen Taschen. Manchmal steckte ich ein Wort auf der linken Seite ein und suchte nach seinem Pendant auf der rechten. Man hörte viel Englisch, nicht nur in dem Krankenhaus, in dem ich für die Amerikaner arbeitete. Auch auf den Straßen, in denen ein rauer Wind herrschte, weil der Ostwind ungehindert durch die Ruinen zog. Die Liebe wilderte in der aufgefächerten Stadt, die Überlebenden erinnerten sich ihrer Körper, und bevor es Brot zu kaufen gab, waren die Astern da.

Donnerstagmittag

„Man sieht es jeden Abend im Fernsehen und liest es in der Zeitung. Es gehört zum Alltag dazu. Aber wenn es einen selbst betrifft, dann denkt man, man wäre im falschen Film." Mathilde Taylor hatte eine Kanne Eistee auf die Terrasse gebracht und setzte sich zu Inge Nowak und Wolfram Berger an den Tisch. Es war ihr dritter Besuch in dem Einfamilienhaus innerhalb von drei Tagen, aber es fühlte sich an, als wäre seit dem letzten unendlich viel Zeit vergangen. Obwohl die beiden Toten noch nicht begraben waren, war jegliche Erinnerung an die Katastrophe nach außen hin aus der Wohnung verbannt. Es war der Hauptkommissarin ein Rätsel, wie die Schwester es in so kurzer Zeit geschafft hatte, die Krankenpflegeutensilien aus dem Wohnzimmer verschwinden und die Wohnung lichter aussehen zu lassen. Überall standen frische Blumen in Kristallvasen, die Vorhänge waren auf- und sämtliche Rollläden trotz der Hitze hochgezogen, und aus der Küche roch es nach frisch Gekochtem. „In einem Horrorfilm, um es genau zu sagen", setzte Mathilde Taylor nach und schenkte Eistee ein.

„Sie scheinen die Situation aber gut im Griff zu haben", bemerkte Inge Nowak.

„Ich bin Psychotherapeutin von Beruf. Dadurch weiß ich zumindest theoretisch, wie man mit derlei Katastrophen umgehen sollte. Das heißt aber nicht, dass sie mich nicht umhauen würden. Meine Aufgabe hier heißt nur gerade, der Fels in der Brandung zu sein, und deshalb gebe ich mein Bestes." Sie lächelte traurig, und wenn man genau hinsah, konnte man unter dem leichten Make-up sehen, dass sie viel geweint hatte.

„Hatten Sie ein gutes Verhältnis zu Ihrer Schwester?"

„In den letzten Jahren haben wir uns nur noch sporadisch gesehen. Wir hatten unterschiedliche Lebensentwürfe. Mein Mann und ich führen eine offene Beziehung, ich konnte wenig mit der christlich-bürgerlichen Lebensweise von Erika anfangen. Aber wir haben uns respektiert. Ich bin die Patin von Sara, und als Ingo krank wurde, habe ich mich mehr um sie gekümmert. Sie hat uns in London besucht, und Erika und ich hatten geplant, dass sie nach dem zehnten Schuljahr ein Jahr bei uns zur Schule gehen würde."

„Können Sie sich vorstellen, wer Ihre Schwester getötet hat?"

„Ingo jedenfalls nicht." Sie seufzte. „Die beiden hatten zwar eine kranke, aber keine lebensgefährliche Beziehung."

„Krank? Inwiefern?"

„Depressive Symbiose. Beide litten unter Depressionen, Ingo mehr als Erika. Sie haben ihre Kindheitstraumata aneinander abgearbeitet: Verlustängste, Todesangst und Gewalterfahrung." Sie schlug die Beine übereinander. „Wir sind groß geworden in einem – sagen wir mal locker – prolligen Milieu. Mein Vater hat getrunken und gerne zugeschlagen, wenn er überfordert war von seinen Kindern. Unsere Mutter hat ein paar Jahre zugeschaut und hat sich dann entschieden zu sterben. Am Rande eines piefigen Dorfes in der bleiernen Zeit, das Konterfei von Baader und Meinhof an jeder Bushaltestelle. Soziale Kontrolle überall, und keiner hat gesehen, wenn dir einer zwischen die Beine gefasst hat. Erika muss mehr passiert sein als das, aber sie hat nie darüber geredet."

„Wie kommen Sie darauf?"

„Als sie sechzehn oder siebzehn war, hat sie sich von einem auf den anderen Tag verändert. Ich habe damals schon nicht mehr zu Hause gewohnt. Wir hatten beide Glück im Unglück: Eine Lehrerin in der Grundschule hat nicht locker gelassen, bis wir beide aufs Gymnasium gehen durften. Unser Vater hätte uns lieber in eine Lehre gesteckt. Wozu müssen Mädchen auf die höhere Schule? Na, Sie wissen schon. Jedenfalls bekamen wir Unterstützung von der Gemeinde, Schulbuchgutscheine und die Fahrkarte für den Bus. Schließlich konnte unser Vater nichts mehr dagegen einwenden. Nach dem Abitur bin ich gleich nach Frankfurt in ein Studentenwohnheim gezogen. Einmal kam Erika mich besuchen, war vollkommen verstört. Damals wusste ich nicht, was los war, hielt es für eine pubertäre Phase. Heute würde ich sagen, sie hatte eine traumatische Erfahrung gemacht und konnte sich nicht mitteilen."

„Wie hat sich das geäußert?"

„Sie war plötzlich besessen von der Idee, ins Kloster zu gehen. Vorher hatte sie sich kaum für Religion interessiert." Die Schwester strich sich eine Strähne zurück, die ihr ins Gesicht gefallen war, und fuhr sich dabei müde über die Augen. „Ein ziemlich klares Zeichen dafür, dass ihr etwas große Angst gemacht hatte, dass sie Schutz suchte. Sie hat sich dann tatsächlich gleich nach dem Abitur in Freiburg für evangelische Theologie eingeschrieben. Danach ist unser Kontakt für eine Weile abgebrochen, weil mein Verhältnis zu Gott damals nicht zum Besten stand.“ Sie lächelte. „Ich habe eher an Mao und die Revolution geglaubt.“

„Wussten Sie, dass Sie kürzlich hier in Berlin einen damaligen Freund wiedergetroffen hat?“

„Valero? Ja, das hat sie mir erzählt. Sie war vollkommen geschockt davon.“

„Warum?“

„Weil Sie Angst hatte, dass er von Ben erfährt.“ Sie angelte nach ihrer Tasche und den Zigaretten, die in einer ledernen Umhüllung steckten. Inge Nowak hätte gerne von dem Angebot, eine davon zu nehmen, Gebrauch gemacht, lehnte aber höflich ab. „Ben ist Valeros Sohn.“

Berger und Nowak sahen sich schnell an. Und nun wusste die Kommissarin, was sie in den letzten Tagen immer wieder verwirrt hatte: das Gefühl, Estebán Valero schon einmal irgendwo gesehen zu haben. Dabei war es Ben gewesen, an den er sie erinnerte.

„Wer wusste das?“

„Eigentlich niemand außer mir und Ingo.“

„Sicher?“ Berger kombinierte schnell.

„Ganz sicher. Erika und Ingo hatten eigentlich die Abmachung, es Ben zu sagen, wenn er achtzehn würde. Sie haben es dann aber noch hinausgezögert, dann wurde Ingo so krank, und sie haben sich entschieden, dass Erika erst nach Ingos Tod mit ihm darüber sprechen sollte.“

„Hat Ihre Schwester Ihnen von dem Treffen mit Herrn Valero erzählt?“

„Sie wollte überhaupt nicht mit ihm reden. Aber er hat nicht locker gelassen. Er muss etwas geahnt haben. Als er sie direkt gefragt hat, hat sie alles abgestritten und ihn für übergeschnappt erklärt.“

Bei dem Wort übergeschnappt musste Inge Nowak an Sara denken, die zur stationären Behandlung in ein nahegelegenes Krankenhaus eingewiesen worden war, nachdem sie trotz der Medikamente nicht zur Ruhe gekommen war.

„Kümmern Sie sich weiter um Sara?"

„Natürlich. Sie bleibt noch ein paar Tage in der Krisenintervention, es ist sehr wichtig, dass sie jetzt unter psychologischer Beobachtung ist. Im Moment geht es nur darum, den Schock zu dämpfen. Sie hat eine lange schmerzliche Reise vor sich. Wenn wir in London sind, wird sie in therapeutische Behandlung müssen, und ich hoffe, dass meine Familie und ich die schlimmsten Folgeschäden abfedern können. Beide Elternteile innerhalb so kurzer Zeit zu verlieren, ist ein einschneidendes, schwer zu verarbeitendes traumatisches Erlebnis."

„Können Sie Ihre Nichte denn so einfach mitnehmen?"

„Ingo und Erika haben mir schon vor Jahren die Vormundschaft übertragen, für den Fall, dass ihnen etwas zustoßen sollte, solange sie noch minderjährig ist."

„Und was ist mit Ben?"

„Für Ben auch. Aber er ist erwachsen. Und er wird hierbleiben wollen. Unser beider Verhältnis ist nicht besonders gut. Der Junge ist ein Eigenbrötler."

„Wo ist er überhaupt?"

„Ich weiß es nicht. Ich habe ihn seit gestern Abend nicht mehr gesehen."

Alarmiert sah Inge Nowak zu ihrem Kollegen, der bereits aufstand und sein Handy aus der Hosentasche holte.

Ben hatte eine Antenne für Lügen. Es war, als ob die Worte, die er hörte, eine andere Farbe bekämen, wenn sie nicht der Wahrheit entsprachen. Es gab helle und dunkle Töne und es gab solche, die er signalrot vor sich sah. Die Antwort seiner Mutter an Estebán Valero hatte ihn fast geblendet.

„Dummes Zeug! Das hättest du wohl gern gehabt – ein Kind von mir! Damit ich bei dir bleibe. Aber ich habe dich nicht geliebt, wann begreifst du das endlich? Im Gegenteil, ich habe dich gehasst. Und heute verachte ich dich für das, was du getan hast!“

Es hatte überzeugend geklungen, aber es war gelogen, das hatte Ben feuerrot durch die Kirchenwand hindurch gesehen, die ihn von seiner Mutter und Estebán Valero trennte. Und er hatte in diesem Augenblick noch mehr gesehen. Das Besondere nämlich, das ihn vom ersten Augenblick an mit seinem Vater verbunden hatte: Er war nicht sein Sohn.

Ben war eigentlich nicht mit seiner Mutter verabredet gewesen, er war nur zufällig in der Buchhandlung um die Ecke. Wenn er sie abholte, so hatte er gedacht, würde vielleicht ein Zuschuss zu den Büchern herausspringen, obwohl sie ihm gesagt hatte, er solle zuerst alles, was sich bei ihm neben dem Bett stapelte, lesen, bevor er neue Lektüre kaufte, aber was verstand sie schon von Philosophie: Manche Schriften musste man einfach haben; die grundlegenden Gedanken zur Phänomenologie von Husserl, zum Beispiel, die er gerade als Taschenbuchausgabe erstanden hatte. Allein das Gefühl, darin nachschlagen zu können, wann immer ihm danach war, ließ sein Herz höher schlagen. Zwar mochte er Bibliotheken und die seiner Fakultät insbesonders, dennoch wollte er das, was er las, auch besitzen.

Die Stimmen hatte er schon gehört, bevor er die große Holztür des Hintereingangs geöffnet hatte, die nur angelehnt gewesen war. Wie angewurzelt war er stehengelieben und hatte gelauscht.

„Und warum sieht er mir dann so ähnlich? Er hat meine Augen, glaubst du, ich bin blind?"

„Wenn alle Jungs in seinem Alter in Berlin mit dunklen Augen von dir wären, dann müsstest du ziemlich viel Alimente zahlen! Und nun lass mich in Ruhe, ich bin nämlich verabredet und ich komme ungern zu spät."

„Erika ... "

„Lass mich sofort los, sonst hole ich die Polizei. Das hätte ich schon vor zwanzig Jahren tun sollen."

„Ich warne dich. Du weißt nicht, wozu ich fähig bin!"

„Doch, das weiß ich. Und nun verschwinde aus meinem Leben. Und zwar für immer."

„Wenn er mein Sohn ist, finde ich es heraus. Und dann gnade dir Gott."

Ben war auf dem Sprung, aber dann wurde die Innentür aufgerissen und er konnte gerade noch zur Seite springen, als Valero die Tür ins Freie aufstieß, hinter der er stand. Für einen kurzen Moment hatten sich die beiden in die Augen gesehen, dann hatte der Ältere sich abgewandt und war mit schnellen Schritten davongeeilt. Ben hatte noch einen Augenblick gezögert, bevor auch er im Gedränge der nahgelegenen Fußgängerzone verschwand.

Sein Vater war also nicht sein leiblicher Vater und seine Mutter enthielt ihm seinen Erzeuger vor. War das wichtig? Sooft er versuchte, in den nächsten Tagen und Nächten diese Antwort vor sich selbst zu verneinen, spürte er einen Widerwillen. Natürlich ist es wichtig, flüsterte eine Stimme in ihm, es ist wichtig, es muss wichtig sein, wenn es ein Geheimnis ist. Geheimnisse waren immer Geschichten, die eine Wahrheit in Frage stellten, so wie die von Kopernikus, der bewies, dass die Erde nicht im Mittelpunkt des Sonnensystems steht, sondern die Sonne. Doch der clevere

Astronom befürchtete, sich bei seinen Kollegen lächerlich zu machen, und hatte Angst, sich gegen die Glaubenssätze der Kirche zu stellen. Er weihte nur wenige in seine revolutionären Studien ein. Die Wahreheit war noch nie für Einfältige gedacht gewesen. War er jetzt der Dumme, dem man nicht zutraute zu verkraften, dass die Erde, auf der er stand, sich plötzlich anders drehte? Dachte seine Mutter, er hätte Angst, herunterzufallen, wenn er dahinter käme, dass der feste Boden unter seinen Füßen keine gerade Fläche war? Für wen hielten sie ihn? Für einen kleinen Jungen? Einen Idioten? Oder waren es doch seine Eltern selbst, die nicht ertrugen, dass ihre Gewissheit ins Schwanken geriet und mit ihr das flache Weltbild, in dem sie es sich gemütlich zurechtgemacht hatten? Wie konservativ war seine moderne Mutter, dass sie sich schämte für einen unehelichen Sohn von einem Ausländer? Estebán Valero. Ein wohlklingender Name und sein Träger ein gutaussehende Mann. Es stimmte: Sie hatten die gleichen dunklen Augen, und das Gesicht des Mannes kam ihm vertraut vor. Er kannte es aus dem Spiegel.

Seiner Mutter ging er von da an so gut es ging aus dem Weg. Seltsamerweise war kein Bedürfnis in ihm erwachsen, sie zur Rede zu stellen. Es war eher so, dass er in eine Seifenblase abgetaucht war und versuchte, die neue Erkenntnis einzukreisen: Seit er es wusste, verschlang er alles zum Thema Vater-Sohn-Bindung, was er zu fassen bekam, von psychologischen Ratgebern über philosophische Abhandlungen bis hin zu griechischer Mythologie. Außerdem hatte er Valero auf der Firmenwebsite von Intershop gefunden, mit Bild und kurzem Profil. Während im Erdgeschoss Ingo Mangold, der nicht mehr sein Vater war und doch immer sein Vater bleiben würde, sich seinem

Ende näherte, war Estebán Valero, der niemals sein Vater werden konnte, ein Stockwerk höher auf dem Bildschirm erschien. Ihm hatte man den Sohn weggenommen und ihn einem anderen in die Wiege gelegt. Hatte Ingo Mangold davon gewusst, als er Erika Klinger heiratete? Oder war er, Ben, ein Kuckuckskind? Würde diese Tatsache bei seiner Entwicklung eine Rolle gespielt haben, war er so und nicht anders, weil er immer schon gespürt hatte, nirgendwo hinzugehören? Wie nannte man das Phänomen, wenn das, woran man glaubte, sich als Schwindel herausstellte und dennoch keine Lüge war? Moralphilosophisch betrachtet hatte seine Mutter sicher aus hehren Motiven gehandelt. Oder nicht? Er musste das herausfinden, und derjenige, von dem er darüber Auskunft wollte, war Estebán Valero. Lange hatte Ben nicht überlegen müssen, wo er ihn finden würde: über kurz oder lang in der Nähe seiner Mutter. Dort heftete er sich an seine Fersen: Parkte Valero im Dunkeln vor dem Haus, saß Ben unweit davon im Garten und beobachtete ihn mit einem Fernglas durch die Büsche. Setzte sich Valero auf die Bank vor der Kirche, um auf seine Mutter zu warten, stand er nicht weit davon an einer Ecke. Gingen die beiden in ein Café und diskutierten heftig miteinander, hielt er Abstand und sah ihre Silhouetten streiten. Einmal nahm er ein Taxi und bat den Fahrer Valero hinterherzufahren. Die Fahrt führte sie an die Stadtgrenze, in einen Industriepark, zu dem auch ein Hotel gehörte. Dort stellte Estebán seinen Wagen ab und betrat das Foyer ohne Gepäck. Er musste also dort wohnen, und nachdem Ben beim Wenden des Taxis die Leuchtschrift an einem der Bürogebäude erblickt hatte, wusste er auch, warum. Hier befand sich die deutsche Niederlassung von Intershop. Ben legte den Nacken zurück und schaute durch die Heckscheibe in den violettfarbenen Abendhimmel. Merkwürdigerweise beruhigte ihn der Gedanke, dass sein Vater in Berlin arbeitete. Das würde es ihm leichter machen, ihn aufzusuchen. Er wollte ihn damit konfrontieren, dass er Bescheid wusste. Denn was Ben einfach nicht verstehen konnte, war, weshalb er sich mit seiner Mutter traf und nicht mit ihm, wenn er sich doch so sicher war, sein Vater zu sein.

Hilfe, Mama, bitte.

Die Worte drehten sich in ihrem Kopf wie Wegweiser, die ins Leere zeigten. Um sie herum war alles weiß, die Bilder an den Wänden nahm sie nur als Schatten wahr, ebenso die Konturen des Fensters und des Nachtisches, auf dem das Kästchen mit dem roten Knopf lag.

„Wenn du etwas brauchst, wenn ich kommen soll", hatte die Krankenschwester gesagt, „drückst du einfach hier drauf. Und jetzt versuch zu schlafen." Sara konnte nichts dagegen tun, dass sie ihr über die Stirn strich, nur die Augen schließen und denken: Nicht anfassen, nicht anfassen, nicht anfassen.

Meine Eltern sind tot.

Wie sie den Satz auch drehte und wendete, er hatte keinen Sinn, verhallte in dem Wolkengebirge, das sich um ihren Kopf türmte.

War Ben auch schon tot?

Vielleicht war ja alles nur ein großer Plan, von Gott ausgetüftelt: Sie würden sich alle bald wiedertreffen, und sie war die letzte, die noch unterwegs zu ihm war. Deshalb war sie im Krankenhaus, deshalb bekam sie die Spritzen. Ihre Mutter musste das arrangiert haben. Nur so machte die Krankheit ihres Vaters Sinn, nur deswegen starben sie so schnell hintereinander, daher war Ben verschwunden. Die drei saßen längst wieder irgendwo zusammen und warteten auf sie. Musste sie sich beeilen mit dem Sterben? Machte sie etwas falsch?

Sara Mangold öffnete die Augen, und ihr Herz schlug trotz der Schwere, die auf ihm lag, schnell. Sie wollte nicht sterben! Der Landesauswahltrainer hatte sie persönlich zum Auswahltraining eingeladen, sie konnte unmöglich absagen. Und Sven – sie hatten sich vor einer Woche das erste Mal geküsst. Wie weich seine Lippen waren, wie vorsichtig seine Hände und wie wunderschön seine Augen, wenn er sie ansah und lächelte.

Sie war doch noch so jung, und Ben war doch auch noch nicht richtig erwachsen. War er weggelaufen? Rannte er dem Tod davon? Wohin? Sie musste ihn finden, durfte keine Zeit verlieren. Wenn sie hierbliebe, hatte sie keine Chance. Sie musste mit Tilde sprechen, sofort. Ihre Tante hatte sicher keine Ahnung von alldem, wusste nicht, dass man sie auch töten wollte.

Vorsichtig versuchte sie ihre Beine zu bewegen, doch sie schienen wie festgebunden. Tonnenschwer lag die Bettdecke darauf, sie spürte die nackte Haut darunter nicht. War sie schon tot? Hatte sie unnötig Angst und alles war gut und sie benahm sich wie ein kleines Kind?

„Gott kannst du immer vertrauen!“, hörte sie ihre Mutter sagen.

Und wenn nicht?

Durch die geöffnete Tür kamen zwei große Schatten. Mama? Papa?

Die Riesen hatten keine Gesichter, ihre Körper waren strahlend. Ein paar Schritte vor ihrem Bett blieben sie stehen und Sara hörte ein Rauschen. Kamen die Engel?

Einer von ihnen beugte sich über sie und nun konnte sie genau zwei Augen und eine Nase sehen.

„Sara?"

Sie nahm all ihren Mut, all ihre Kraft zusammen.

„Ich bleibe hier", flüsterte sie. „Ich gehe nicht mit."

„Kein Problem", antwortete die Stimme sanft. „Du kannst hierbleiben, solange du willst."

Erleichtert schloss sie die Augen und bevor sie einschlief, erschienen ihr das traurige Gesicht ihrer Mutter und die ernsten Augen ihres Vaters.

Sie hatte ihre Eltern verlassen. Dafür gab es keine Entschuldigung.

Dreizehn

Nicht immer kennt das Älterwerden die Gnade des Vergessens. Mein Gehirn löscht nichts, es ist nur nicht mehr bereit, die Ordnung einzuhalten, die ihm ein Leben lang auferlegt wurde: Seine Archive bersten und an die Oberfläche schwemmt das, was am wenigsten fest in den Schubladen und Regalen verankert ist. All das Unbezeichnete, das aus Verzweiflung und Angst Weggesteckte drängt heraus. Am schlimmsten sind die Nächte. Wer einmal eingesperrt gewesen ist, findet keine Ruhe mehr im Schlaf. Wer je getötet hat, träumt nie mehr vom Leben. Je älter, umso schwerer die Last im Dunkeln und die Erinnerung am helllichten Tag.

Kurz nach dem Krieg hatte ich noch an das Vergessen geglaubt. Und auch in den ersten Jahren der zerbrechlichen Freiheit. Mit den Verletzungen der amerikanischen Soldaten heilte meine eigene Verwundung, doch die Narben blieben tiefe Unebenheiten, an meine Haut ließ ich nur Sonne und Wind. Und eines Morgens die flüchtige Berührung von Charlotte.

„Kommst du mit, Tauben füttern?“

Ich hatte nie zuvor Tauben gefüttert, mehr noch, mir lag nichts ferner, als Tauben zu füttern, Brot aus meinen Händen führte immer nur in meinen Mund, niemals in aufgesperrte Schnäbel. 1954 trugen die Frauen Kopftücher, die sie im Nacken zusammenbanden. Ich löste den Knoten und Charlottes langes Haar fiel mir in die Hände. Voll und schwer glitt es zwischen meine Finger, es roch nach Sommer, und meine Augen liefen über.

„Warum weinst du?“

„Vor Glück.“

Sie nahm mir die Lüge nicht übel und mich in den Arm. Wiegte mich Wochen, bis ich endlich ein Stück des trockenen Brotes auf den Boden werfen konnte ohne Scham. Bis ich ihr folgte, die Treppe hinauf in ihr möbliertes Zimmer, mich auf das Bett mit der karierten Tagesdecke setzte, die sie zurückgeschlagen hatte. Auf dem kleinen Tisch zwei Gläser, eine Flasche Wein, schon entkorkt.

„So sicher warst du dir?“, fragte ich sie und war mit den Augen schon wieder an der Tür.

Charlotte schüttelte den Kopf. „Nein. Aber du kannst nicht ein Leben lang davonlaufen.“

Ich blieb.

Draußen heulten Martinshörner, in mir tobte ein Krieg um die Besetzung meiner letzten, meiner einzigen Heimat. Längst war ich nackt, doch mein Körper hatte die Flucht ergriffen.

„Iris.“

„Ja?“

„Die Iris regelt den Lichteinfall des Augen.“

„Und?“

„Sie funktioniert wie die Blende bei einem Fotoapparat. Ohne sie keine scharfen Bilder.“

Die Dämmerung verwischte die Konturen, wir sahen uns ohne Ränder.

„Verschwommen fügen sich die Dinge besser ineinander.“

„Schließ die Augen.“

„Ich kann nicht.“

„Noch nicht.“ Charlotte deckte mich zu. „Ich kann warten.“

Dann legte sie ihren Kopf an meine Schulter, ihre Haarspitzen kitzelten mein Kinn, schmiegte sich an mich und summte eine Melodie, die ich nie zuvor gehört hatte.

In jener Nacht schlief ich mich in eine zarte, unschuldige Leere.

Donnerstagnachmittag

Das Team der Mordkommission traf sich gegen drei und tauschte die dürftigen Ergebnisse aus: Weder hatten Erkner und Verónica Estebán Valero in seiner Firma angetroffen, noch waren Berger und Nowak auf der Suche nach Ben Mangold fündig geworden.

„Wollen wir eine Fahndung ausschreiben?“

„Nach wem? Nach Vater und Sohn? Weshalb? Die Fingerabdrücke von Ben Mangold können uralt sein, und von Valero haben wir nicht einmal welche, um zu überprüfen, ob er am Tatort war. Geschweige denn Zeugen, die sie gesehen hätten! Die beiden sind unsere einzigen Verdächtigen, das ist alles.“

„Estebán Valero hat sich heute morgen telefonisch krank gemeldet und behauptet, er müsse zum Arzt. Sein Wagen steht nicht auf dem Parkplatz, das Hotel hat er heute morgen um neun verlassen, sein Handy ist ausgestellt." Frank Erkner seufzte. „Und es gibt keinen Hinweis darauf, wo er sein könnte."

„Was, wenn er sich mit dem jungen Mangold trifft?", mutmaßte Berger.

„Möglich. Du denkst auch, dass die beiden wissen, dass sie Vater und Sohn sind?" Inge Nowak blätterte in der Akte vor sich, in der sämtliche Informationen abgeheftet waren, die sie bisher beschafft hatten. „Und dass Erika Mangolds Tod etwas damit zu tun hat?"

„Das würde auch erklären, weshalb ihr Mann sie getötet haben könnte. Nehmen wir mal an, er hat es nicht gewusst", sagte Erkner.

„Er hat es aber gewusst", klärte Nowak ihn und Verónica auf und gab kurz das Gespräch mit Mathilde Taylor, der Schwester von Erika Mangold, wieder. „Das heißt, wir brauchen eine neue Strategie."

„Und mehr Informationen über Ingo Mangold."

„Wir haben gleich um vier einen Termin mit Ingo Mangolds ehemaliger Sekretärin", sagte Berger. „Sie hat elf Jahre lang für ihn gearbeitet, mehr Zeit hat kaum jemand mit ihm verbracht. Wenn eine ihn kannte, dann sie."

„Gut." Nowak nickte anerkennend. „Dann fahren wir beide ins Entwicklungsministerium." Und zu Frank Erkner gewandt: „Bleibt immer noch zu klären, wo Vater und Sohn abgeblieben sind. Könnt ihr euch darum kümmern?"

„Wir sollten auf jeden Fall sichergehen, dass keiner von beiden sich absetzt", schlug Frank Erkner vor.

„Stimmt. Leitest du das mit den Flughäfen in die Wege?"

Erkner nickte und notierte etwas in sein Notebook.

„Vielleicht sollten wir jemanden vor dem Haus abstellen, falls der Sohn nach Hause kommt?"

„Und wen genau?"

„Das könnte ich doch machen", schlug Verónica vor.

„Du hast ihn ja noch nie gesehen und alleine machst du das schon mal gar nicht", bemerkte die Hauptkommissarin strenger als gewollt. „Wer weiß, wie er reagiert, wenn er nervös wird." Sie schüttelte den Kopf. „Nein, wir erklären ihn jetzt offiziell zum Verdächtigen und ihr observiert das Haus zu zweit."

Erkner nickte.

„Hat inzwischen eigentlich irgendjemand die persönlichen Sachen von Erika Mangold ausgewertet, die die Spurensicherung gestern Abend hoffentlich sichergestellt hat? Gibt es Adressbücher? Briefe? Hinweise auf irgendwelche neuen Kontakte in den letzten Wochen?"

„Sie war eine sehr ordentliche Person, hat ihre Unterlagen und Korrespondenz penibel abgeheftet oder in Kisten aufgehoben. Ich hab alles unseren beiden neuen Praktikanten überlassen und wenn ich es richtig gesehen habe, legen sie jede Menge Listen an. Sie sitzen in dem ehemaligen Abstellraum, den haben sie sich mit Frickels Erlaubnis zu einem kleinen Büro umgebaut. Ganz pfiffig, die zwei."

„Welche Praktikanten?", fragte Nowak alarmiert. Bekam sie gar nicht mehr mit, was in dieser Kriminaldirektion passierte?"

„Du hast sie selbst mit uns ausgesucht!"

„Die beiden Jurastudenten? Die sind schon da?"

„Kaum hatten sie die Zusage, schon standen sie auf der Matte. Und Arbeit haben wir ja wirklich genug, hat unser aller Chef gesagt!" Erkner grinste.

„Na, dann gehe ich mir die beiden mal anschauen. Bevor ich sie beim nächsten Verhör noch für Verdächtige halte." Die Hauptkommissarin schwächelte ein wenig beim Aufstehen. „Gott, ist mir heiß. Kann man Praktikanten auch Cola schicken holen? Oder verstößt dass gegen gewerkschaftlich festgelegte Arbeitsbedingungen?"

„Nein, wenn ich das richtig verstehe, sind es einfache Haussklaven mit erstem Staatsexamen", antwortete Berger ungerührt.

„Na, dann …" Nowak hielt noch einmal inne. „Dabei fällt mir ein: Wann kommt eigentlich Frau Schröder endlich aus dem Urlaub wieder?"

„Am Montag."

„Hoffentlich. Noch zwei Wochen ohne guten Kaffee und ich kaufe eine Espressomaschine."

Ben Mangold hatte sich nicht mit Estebán Valero treffen wollen, ohne seiner Mutter Bescheid zu sagen. Er mochte keine Spielchen und er hatte nichts zu verbergen. Im Gegenteil.

Als Ben gerade den Spielplatz vor der Kirche überquert hatte, sah er plötzlich Valero hastig die Kirche verlassen. Für einen Moment blieb er unschlüssig stehen, als ob er nicht wüsste, wohin er gehen sollte, schaute nervös nach links und nach rechts und kam dann geradewegs auf ihn zu. Zu spät hatte Valero ihn erkannt, und als wäre er einem Ungeheuer begegnet, war er wie besessen davongerannt.

Wieso, hatte Ben gedacht, hat er Angst vor mir?

Langsam war er auf die Kirche zugegangen. Es hatte nach tropfendem Gras und Sträuchern gerochen, die kurz zuvor gegossen worden sein mussten, die warme Luft hatte in der Abendhitze gedampft. Die hintere Eingangstür stand weit offen und auch die Zwischentür zu dem kleinen Zimmer, das seine Mutter so sehr mochte. Hier sprach sie sich für gewöhnlich mit der Gemeindehelferin ab, zog sich um oder einfach nur zurück, wenn sie abschalten wollte. Es war ihr neues Refugium geworden.

„Wieso musst du unbedingt diese blöde Vertretung übernehmen? Du hast doch schon genug zu tun!“, hatte Ben sie vor Wochen gefragt.

„Weil ich schon immer mal mitten in der Stadt ein eigenes Arbeitszimmer mit Telefonanschluss haben wollte, in dem mich keiner kontrolliert!“

„Standleitung zu Gott?“, hatte er ironisch nachgefragt.

„Standleitung zu einer anderen Welt“, hatte sie geantwortet und er hatte sich gefragt, was sie wohl damit meinte.

Nun wusste er es.

Was er jedoch nicht wissen konnte, war, dass jegliche Verbindung zu ihr abgebrochen war. Seine Pupillen brauchten einen Moment, bis sie sich nach dem noch immer hellen Abendlicht an die Dunkelheit in dem finsteren Steingewölbe gewöhnt hatten, sich leiten ließen von dem gelblichen Lichtschein, den die angeschaltete Zimmerlampe in den Vorraum strahlte. Noch bevor er den Raum betrat, ahnte er, dass etwas nicht stimmte.

„Mutter?“

Schritt für Schritt ging er auf die geöffnete Tür zu, bis er aus einigen Metern Entfernung sehen konnte, weshalb sie ihm nicht antwortete. Sie lag mit weit aufgerissenen Augen zwischen Schreibtisch und Liege in einer riesigen Blutlache, die Arme weit von sich gestreckt.

Ben war einige Sekunden wie gelähmt gewesen, hatte auf den leblosen Körper gestarrt und etwas hatte ihm die Worte Krankenwagen und Polizei ins Gehirn buchstabiert.

Dann hatte er tief durchgeatmet, war wie in Zeitlupe rückwärts wieder hinausgegangen, vorsichtig, um weder die Wände noch die Tür zu berühren. Am Hinterausgang hatte er gewartet, bis gerade niemand den kleinen Weg zum Spielplatz entlanggelaufen kam und war dann, wie benommen, in eine der Seitenstraßen gelaufen. Dort traf er eine Entscheidung.

Vierzehn

Ich war neununddreißig, als die Mauer gebaut wurde. John F. Kennedy sagte dazu: „Keine schöne Lösung, aber tausendmal besser als Krieg“, und ich gab ihm recht. Vielleicht hätte ich anders gedacht, wäre ich in der sowjetischen Besatzungszone beschäftigt gewesen und nicht in einem Kreuzberger Krankenhaus. Wenn ich –wie Charlotte – in der Bernauer Straße gewohnt hätte, die dort ganz in der Nähe in einem Fotolabor Arbeit gefunden hatte.

„Das mit der Mauer ist doch völliger Quatsch! Hier lässt sich keiner einsperren! Wart nur ab, das legt sich wieder“, hatte sie noch Anfang August gesagt. „Ich komm gut mit den Russen klar, den Amis trau ich noch weniger. Ich hab nichts gegen die sozialistische Umgestaltung.“

Und dann gab es plötzlich kein Durchkommen mehr. Meinen vierzigsten Geburtstag feierte ich allein und war seltsam froh. Walter Ulbricht hatte uns die Trennung abgenommen, das quälende Zehren voneinander, wenn man offen voreinander liegt und zugeben muss, dass es nichts mehr zu entdecken gibt. Charlotte und ich hatten uns bis zu der bitteren Erkenntnis geliebt, dass wir nicht füreinander gemacht waren. Sie war lebenslustig, ich war untauglich zu genießen. Sie wollte die Revolution, ich traumlos schlafen. Ihre Leichtigkeit erstickte unter meiner Schwere und daran konnte auch das Gewicht ihrer Leidenschaft nichts ändern. Mit den Jahren füllte sich jede einzelne Pore meiner Haut mit ungeweinten Tränen, ich löschte ihr Lachen mit jedem Kuss. Je näher wir uns kamen, umso schmerzlicher wurde mir bewusst, dass ich längst eingeschlossen war. Lange vor der Mauer hatte mich eine Grenze umgeben, die unpassierbar wurde – Charlotte konnte mir die Freiheit nicht wiedergeben, die ich in den Jahren zwischen Leid und Sterben verloren hatte.

Wir schrieben uns noch einige Male von West nach Ost und umgekehrt, doch zwischen den Zeilen schwelte schon der Abschied. Keine von uns wusste je, ob es die Umstände waren, die uns schließlich ins Schweigen trieben oder die Einsicht, keine Worte mehr füreinander zu haben.

Plötzlich war ich wieder umgeben von Stacheldraht in einem überschaubaren Terrain, und es hätte mich nicht gewundert, wenn man uns wieder Nummern gegeben hätte. Immerhin saßen wir im Schaufenster des Westens, die Welt schaute auf die geteilte Stadt, die amerikanischen Panzer standen zu unserem Schutz bereit. All das beruhigte mich nicht.

Hinter der Mauer wurde auf Flüchtende geschossen, das erzählten die, die es im letzten Moment geschafft hatten, aus dem Fenster zu springen. Wie der Mann, der, als er mit gebrochenen Knöcheln zu uns kam, sechs Anzüge übereinander trug. Er hatte sie nicht zurücklassen wollen, anders als seine Frau und seine Kinder. Der Bruch durch den Sprung aus dem zweiten Stock verheilte schnell, die Lungenembolie, die er im Krankenhaus bekam, überlebte er nicht. Die Anzüge verschenkten wir einige Tage nach seinem Tod ans Rote Kreuz.

Donnerstagabend

„Ich habe ihn geliebt."

Berger und Nowak tauschten einen kurzen Blick.

„Sie würden mich doch sowieso danach fragen, in welchem Verhältnis wir zueinander standen, oder?"

Die Hauptkommissarin nickte. „Das ist richtig."

„Ich habe vor elf Jahren angefangen für Ingo zu arbeiten und mich sofort in ihn verliebt. Für mich hat es nie einen anderen Mann gegeben, auch wenn ich Affären hatte, sogar einmal verlobt war. Aber ich hätte mich niemals wirklich auf einen anderen einlassen können." Gisela Kleinert lächelte müde. Sie trug eine leichte schwarze Bluse offen über einem schwarzen Trägerhemd und auch der Rest der Kleidung wies darauf hin, dass sie in Trauer war. Ihre Augen ließen daran ebenfalls keinen Zweifel. „Er hat mich lange ignoriert. Bis zu unserer Dienstreise vor vier Jahren nach Brüssel. Danach hat er mir gesagt, dass er sich niemals von seiner Frau trennen würde und die Sache mit mir nicht den Stellenwert einer Affäre übersteigen würde."

Ingo Mangolds Sekretärin hatte inzwischen ein neues Büro bezogen und arbeitete in einer neuen Abteilung.

„Im Ministerium wusste niemand etwas von uns. Ingo hatte eine Sonderstellung hier. Eigentlich ist das für Lateinamerika zuständige Referat ja in Bonn. Ingo hat aber an so vielen Schnittstellen gearbeitet, dass man ihm '92 hier in Berlin ein Büro eingerichtet hat. Ich war seine einzige direkte Mitarbeiterin."

Berger konnte gerade noch die Frage unterdrücken, ob sie sozusagen sein Mädchen für alles gewesen sei, als seine Kollegin schon nachhakte: „Das heißt, Sie haben sich sowohl beruflich als auch privat sehr gut gekannt."

„So könnte man es sagen, ja."

„Und es hat Sie nie gestört…?", Inge Nowak kam nicht dazu, den Satz zu beenden.

„Ich war nicht nur seine Geliebte", fiel ihr Gisela Kleinert mit Bestimmtheit ins Wort. „Wir haben zwar nicht zusammengewohnt, hatten keine Kinder, aber für mich waren wir ein Paar." Sie hob den Kopf, als ob sie ein Stück über sich hinauswachsen wollte. „Vielleicht kein normales, aber ein Paar."

„Das heißt, sie wussten früh von seiner Krankheit?"

„Ich war die erste, die es wusste. Er kam direkt vom Arzt ins Büro. „Es stimmt etwas nicht, Gisi, hat er gesagt, und ich glaube, ich bin ernsthaft krank." Sie stand aus dem Besuchersessel auf und stellte sich ans Fenster. „Er hat mich sofort aus dem Krankenhaus angerufen, als er die Diagnose bekam." Sie dreht sich um. „Obwohl seine Frau bei ihm war."

„Kann es sein, dass Sie diese Situation ändern wollten?", fragte Berger ohne Vorwarnung.

„Wie meinen Sie das?" Ihre Unterlippe zitterte.

„Vielleicht wollten Sie Ingo Mangold in seinen letzten Wochen für sich allein? War Ihnen seine Ehefrau im Weg?"

Der Gesichtsausdruck von Gisela Kleinert veränderte sich schlagartig. Sie wurde bleich, ihre Hände suchten Halt an dem Drehstuhl, der vor dem Schreibtisch stand.

„Ich habe diesen Menschen geliebt. Glauben Sie, ich nehme ihm, kurz vor seinem programmierten Tod, das, was ihm am wichtigsten im Leben war?" Sie starrte Berger an, als wäre er von allen guten Geistern verlassen. „Halten Sie mich für ein gefühlloses Monster?"

Sie schien diese Frage ernst zu meinen, und weder Inge noch ihrem Kollegen gelang es danach noch, befriedigende Antworten auf ihre Fragen zu erhalten. Wie es aussah, hatten sie die trauernde Geliebte in ihrem Stolz gekränkt, und sie war zu keiner Kooperation mehr bereit.

„Wir kommen sicher noch einmal auf Sie zurück, Frau Kleinert", sagte Inge Nowak schließlich. „Verraten Sie uns noch, was Sie am vergangenen Montagabend zwischen 18 und 19 Uhr gemacht haben?"

„Yoga."

„Kann das jemand bestätigen?"

„Yogazentrum Mitte, Leipziger Straße. Der Kursleiter heißt Marian. Ich bin dort jeden Montag. Yoga für Frauen."

Die beiden Kommissare verabschiedeten sich und verlegten die Lagebesprechung in ein kleines Bistro an der Spree.

„Glaubst du ihr?", fragte Berger.

„Aufs Wort."

„Wieso?"

„So bescheuert können nur Frauen sein. Lassen sich jahrelang vertrösten und halten dem Typen bis zum Schluss die Treue."

„Ihm, ja. Aber seiner Familie?"

„Ich weiß nicht. Was hätte sie davon haben sollen, Erika Mangold kurz vor seinem Tod umzubringen? Die Genugtuung, später als trauernde Witwe dazustehen? Hätte ihr doch sowieso niemand geglaubt, hat doch kein Mensch davon gewusst."

„Vielleicht hat er sich angesichts des bevorstehenden Todes von ihr abgewandt? War ihm die Geliebte zuviel?"

„Das ist möglich und wäre ein Motiv. Wie finden wir das heraus?“

„Seine Korrespondenz, alte E-Mails, Briefe, das ganze Programm.“

Inge Nowak stöhnte. „Das heißt, wir müssen schon wieder zu ihm nach Hause?“

Berger grinste. „Daran hat dein fleißigster Mitarbeiter gestern schon gedacht! Ingo Mangolds Laptop ist schon bei der Spurensicherung, und der Inhalt seines Sekretärs steht in zwei Kisten zur Aufarbeitung bereit.“

„Schon wieder Überstunden?“

„Sieht fast so aus. Oder hattest du heute Abend schon etwas anderes vor?“

Sie warf ihm einen langen Blick zu, der ihn dazu veranlasste, den Kellner zu rufen und schleunigst die Rechnung zu begleichen.

Verónica schloss Inges Wohnungstür nach einem kurzen Klingeln auf.

„Jemand daheim?“

Unschlüssig stellte sie ihr Gepäck ab, steckte den Schlüssel mit dem überdimensioniert langen Schlüsselanhänger in die Hosentasche und ging in die Küche. Dort ließ sie sich auf einen der Holzstühle fallen und verschränkte die Arme hinter dem Kopf. Sie war erschöpft. Frank Erkner und sie hatten drei Stunden vor dem Mangold'schen Haus ausgeharrt, nachdem sie überprüft hatten, dass Ben Mangold nicht zu Hause gewesen war und sichergestellt, dass er es nicht ungesehen würde betreten können.

„Wir müssen unbedingt mit ihm sprechen“, hatte der Oberkommissar ernst zu Mathilde Taylor gesagt, „zu seiner eigenen Sicherheit. Geben Sie uns also bitte sofort ein Zeichen, wenn er hier auftaucht. Sie müssen nur ans Fenster gehen."

„Er war seit gestern nicht mehr hier, und es sieht auch nicht so aus, als hätte er hier geschlafen oder Sachen geholt. Irgendwann braucht er ja mal etwas zum Anziehen. Da ist er eigentlich ziemlich pingelig." Sie fuhr sich über das Gesicht und lächelte traurig. „Wie meine Schwester, übrigens. Er ist auch genauso sensibel. Deshalb mache ich mir große Sorgen um ihn. Nach solchen kaum zu verarbeitenden Verlusten sind gerade junge Menschen in der Entwicklung besonders gefährdet."

„Was meinen Sie damit?"

„Sie verlieren den Bezug zur Wirklichkeit, weil das Erlebte kaum zu fassen ist und eigentlich die eigene Vorstellung überschreitet. Man befindet sich in einer Art Schockzustand, den man selbst als solchen kaum wahrnimmt."

Wo, hatten Verónica und Frank Erkner zurück im Wagen überlegt, könnte sich Ben aufhalten und wieso mied er das Zusammentreffen mit seiner Schwester und seiner Tante?

„Hältst du es auch für möglich, dass er der Mörder seiner Mutter ist?"

Erkner schüttelte den Kopf. „Ich habe meine Mutter in dem Alter gehasst. Sie hat meinen Vater verlassen, einen anderen geheiratet und sich einen Dreck um mich gekümmert. Aber sie umbringen? Dazu gehört eine ganze Menge, gerade in dem Alter. Vor allem in dem sozialen Milieu, aus dem er kommt."

„Aber sind die Jugendlichen heute nicht so abgebrüht durch die ganzen Gewaltspiele, mit denen sie jahrelang konfrontiert werden?"

„Wir haben früher Räuber und Gendarm gespielt. Wenn wir einen Räuber gefangen hatten, haben wir ihn an einen

Baum gebunden, ihm die Schuhe ausgezogen und gewartet, bis sich die Ameisen über seine nackten Füße und Beine hermachten. Das ist zwar nicht tödlich gewesen, aber auch nicht weniger sadistisch als das, was Jugendliche heutzutage auf dem Schulhof miteinander anstellen." Erkner zuckte mit den Schultern. „Und ich weiß nicht, ob Supermann viel weniger brutal war als Tomb Raider. Die Ausrüstung ist besser, aber das Prinzip ist doch das Gleiche. Und im Übrigen ist Ben Mangold ein Student der Philosophie, der seine Zeit ganz sicher nicht mit Ballerspielen zubringt. Soviel ich weiß, liest er Kant und lernt Griechisch."

Nach vier Stunden kam die Ablösung, und Erkner hatte Verónica ohne Nachfragen geholfen, ihre Sachen vom Hotel zu Inge Nowak zu bringen.

„Bleib doch einfach hier, ich bring den Wagen ins Präsidium und melde uns für heute ab."

Ihr war sein Vorschlag mehr als entgegengekommen, sie sehnte sich nach einem Moment der Stille und des Ankommens. Auch wenn sie mit Inge einen versöhnlichen Abend und eine leidenschaftliche Nacht verbracht hatte, war doch eine verwirrende Unruhe in ihr zurückgeblieben, eine leichte Beklemmung, wenn sie daran dachte, wie unschön ihre Ankunft verlaufen war und wie deutlich Inge über ihre Grenzen gegangen war. Grenzen, von denen sie bis am Tag zuvor nicht so klar hätte sagen können, dass sie überhaupt existieren. Bis dahin hatte sie nur vage darüber nachgedacht, wie das Zusammenwohnen mit Inge werden würde, sich nie die Frage gestellt, wohin sie sich zurückziehen sollte, wenn sie streiten würden. Oder wenn sie, Verónica, alleine sein wollte. Seit ihrer Ankunft empfand sie ein tiefes, fast aggressives Bedürfnis nach Rückzug.

Die Inspectora sah aus dem Fenster in den wolkenlosen, diffus bläulichen Abendhimmel Berlins und wusste längst, was sie sich noch nicht eingestehen mochte: Sie wollte ein eigenes Zimmer in Berlin. Am liebsten nebenan.

Es war gut, reiche Freunde zu haben, noch besser, solche, die einem in den Ferien die Schlüssel für die ganze Wohnung überließen. Als hätte Marco geahnt, dass Ben in den Semesterferien einen Unterschlupf brauchen würde.

„Mann, nun nimm den Schlüssel und zieh bei mir ein. Das Tonstudiozeug ist ein Vermögen wert. Und selbst wenn die Versicherung bei einem Einbruch zahlt – das dauert tausend Jahre, bis ich alles wieder so zusammen habe! Pass einfach auf, dass keiner einsteigt, damit würdest du mir einen Riesengefallen tun!"

Die beiden kannten sich schon seit Kita-Zeiten, Marcos Eltern gehörte die Villa schräg gegenüber. Gleich nach dem Abitur war er ausgezogen, seine Eltern hatten ihm eine Dachgeschosswohnung in Mitte gekauft. Wenigstens machte er neben seiner experimentellen Musik auch noch eine Ausbildung zum Tontechniker, wenn er schon nicht in die Fußstapfen seines Vaters treten wollte, der eine renommierte Anwaltskanzlei führte. Damit der Sohn es sich nicht wieder anders überlegen konnte und der privaten Medienhochschule den Rücken kehrte, hatten sie ihm gleich das gesamte Equipment finanziert. Marco sah es gelassen, produzierte eigenwillige Musikaufnahmen mit Singvögeln, Percussioninstrumenten und seiner Stimme, und hin und wieder eine kleine Master-CD für Musiker, die es sich anderswo nicht leisten konnten.

Außer den beiden winzigen Studioräumen verfügte die Wohnung über ein großes Wohnzimmer, das auf eine kleine Dachterrasse hinausführte, mit Blick über die Dächer der Hauptstadt, und ein kleineres Schlafzimmer, in dem auf Tatami-Matten ein Futon lag. Ein begehbarer Kleiderschrank beherbergte die wenigen Kleidungsstücke, die der Zwanzigjährige besaß, in Sachen Aussehen war er geradezu das Gegenteil von seinem Freund Ben. Auch las er keine Bücher, nur Mangas, die er nach der Lektüre sofort verschenkte, die Wände waren weiß gestrichen und unbebildert, wie die ganze Wohnung einen kühlen Grundton hatte.

„Fühl dich ganz wie zu Hause!", hatte er zu Ben gesagt, als er ihm am Flughafen den Haustürschlüssel in die Hand gedrückt hatte. „Und bedien dich: in Kühlschrank und Gefrierfach findest du alles, was du brauchst!"

Wie zu Hause. So wollte sich Ben Mangold am allerwenigsten fühlen. Er war froh, dass Zuhause am anderen Ende der Stadt lag und dass niemand wusste, wo er war.

Fast niemand.

Estebán Valero hatte es für besser gehalten, abzutauchen, bis er mit Ben gesprochen hatte. Mit seinem Sohn. Inzwischen war er sicher, dass er der Vater des Jungen war.

Er dachte nicht gerne an diesen Abend des 31. Januar 1984. Erika hatte keine Anstalten gemacht, ihn zum Flughafen zu bringen, und das, obwohl ihnen Monate der Trennung bevorstanden. Valero hatte auf seinem winzigen Bett im Studentenwohnheim gesessen, dem Zimmer, das am nächsten Tag schon ein anderer beziehen würde, und vergeblich auf sie gewartet. Gegen zehn hatte er sie von dem öffentlichen Fernsprecher aus angerufen, aber sie war nicht ans Telefon gegangen. Dann hatte er sich auf den Weg gemacht, ohne Socken in Turnschuhen und mit einer Wut im Bauch, die er kaum ertragen konnte. Er fühlte sich gedemütigt, in seinem Stolz gekränkt und ungerecht behandelt. War er ihr nicht monatelang ein Freund gewesen, einer, der immer für sie da gewesen war, auf den sie zählen konnte? Und nun, da er ging, wollte sie sich nicht einmal von ihm verabschieden, tat nicht einmal so, als ob es ihr etwas ausmachen würde, dass er die Stadt verließ?

Er klingelte solange an ihrer Wohnungstür, bis sie öffnete. Sie war schon zu Bett gegangen, trug nur ein Nachthemd und stand barfuß vor ihm im Türrahmen.

„Du bist ja immer noch hier!", war alles, was sie zu ihm sagte.

In diesem Augenblick überschritt er eine Grenze in seinem Kopf. Er stieß die Tür auf, drängte sich in die Wohnung, ließ die Tür ins Schloss fallen, packte sie um die Hüfte und trug sie zum Bett. Erika war zu perplex, um zu schreien. Erst als er seinen Gürtel löste, begriff sie, was er vorhatte und versuchte, wegzulaufen. Weit kam sie nicht, in seiner Erinnerung ging alles ganz schnell: Wie er ihr den Flanellstoff zerriss und endlich ihre Brüste zu fassen bekam. Wie er ihr die Hand auf den Mund presste und gleichzeitig versuchte, in sie einzudringen, solange, bis sie aufhörte, sich zu wehren, bis sie sich ihm kraftlos überließ und er in ihr triumphierte.

Irgendwann später hatte er wieder auf seiner Bettkante im Studentenwohnheim gesessen und auf seine Schuhe gestarrt. Sich geduscht und sich einzureden versucht, dass sie es so und nicht anders gewollt hatte. Dass sie ihm verzeihen müsse, weil er ihr verfallen war.

Warum eigentlich?

Erika Klinger war unnahbar gewesen. Sie strahlte jene Unberührbarkeit aus, die Männer wie Estebán Valero anzog und verrückt machte. Was auch immer er getan hatte – sie hatte ihm kaum Beachtung geschenkt. Erst als er ihr angeboten hatte, sie mit Pinochet-kritischen Mitgliedern der Evangelischen Kirche in Chile in Kontakt zu bringen, hatte sie ihm Gehör geschenkt. Von da an trafen sie sich regelmäßig, um im wahrsten Sinne des Wortes über Gott und die Welt zu reden. Zum ersten Mal hatte Estebán Valero, der selbst aus einer der besser gestellten Familien Santiagos stammte, das Gefühl, im echten Leben angekommen zu sein. Die junge deutsche Theologin und der noch jüngere chilenische Germanistikstudent wurden einen Winter lang ein ungleiches Paar: Erika dozierte, und Estebán gab vor, zu verstehen. Sie träumte von einer Vernetzung der deutsch-chilenischen Protestanten, und er hielt sie mit erfundenen Namen und Aktionen hin. Fantasierte sich in eine Widerstandsbewegung, die nur in seinem Kopf existierte. Bis zu dem Tag, an dem er sich verriet und Erika bemerkte, dass er nicht einmal wusste, dass es mit dem Militärputsch in Chile zum Bruch innerhalb der lutherischen Kirche gekommen war und es seither zwei Stränge gab: die regierungstreue Iglesia Luterana en Chile und die Iglesia Evangélica Luterana en Chile. Letztere war wie Erika Klinger der Meinung, die Kirche müsse Flüchtlingen und politisch Verfolgten helfen und gegen soziale Ungerechtigkeit kämpfen.

„Du hast überhaupt keine Ahnung, wie es in deinem Land aussieht!"

„Nein."

„Warum lügst du mich dann an?"

„Weil ich wissen will, wie es in dir aussieht."

Er fand, dass er ihr eine Liebeserklärung gemacht hatte. Sie fand sein spätes Geständnis unerträglich.

„Was ist so schlimm daran, dass ich mich in dich verliebt habe?"

„Nichts. Aber erstens interessiert es mich nicht und zweitens hast du mein Vertrauen missbraucht."

Sie wandte sich von ihm ab, und er hatte sie nur noch mehr gewollt. Je mehr sie sich zurückzog, umso entschlossener suchte er ihre Nähe.

„Lass mich in Ruhe."

„Ich liebe dich."

„Du weißt doch gar nicht, was Liebe ist. Du bist doch nur an dir selbst interessiert!"

All das war ihm im Kopf herumgegangen, als er schließlich im Morgengrauen seinen Koffer genommen hatte und in den Zug zum Frankfurter Flughafen gestiegen war. Ja, er hatte die Kontrolle verloren, hatte sie verletzt. Aber er würde alles tun, damit sie ihm verzeihen würde. Beweisen wollte er ihr, dass er sehr wohl wusste, was Liebe war. Wiederkommen, sie heiraten und ein Kind mit ihr haben. Da war er ganz sicher gewesen.

Fast zwanzig Jahre später stand Estebán Valero mit pochendem Kopf und klopfendem Herzen in Berlin vor einem Altbau und suchte nach dem Klingelschild der Wohnung, in der sein Sohn ihn erwartete.

Fünfzehn

Aufstehen, essen, arbeiten, schlafen. Nach den Nachtschichten zwei Tage frei. Einkaufen, spazierengehen, lesen. Frühling, Sommer, Herbst und Winter. Ostern '72, Grenzübergang Sonnenallee: Die DDR zeigte sich zum ersten Mal für Westberliner ohne Passierschein offen, und ich wollte sehen, wo Charlotte wohnt. Drei Stunden später war ich wieder auf der sicheren Seite. Ich hatte es nicht weit geschafft, war nur ein wenig mit der Straßenbahn herumgefahren, auf der Suche nach etwas, das ich nicht wirklich benötigte. Mir schienen die Häuser im Osten dunkler und der Flieder weißer, die Menschen so fremd wie meine Nachbarn. Ich kehrte nach Hause zurück und stellte fest, dass ich der Welt abhanden gekommen war, ganz gleich in welche Himmelsrichtung ich mich drehte. Die Zeitungshändlerin grüßte mich, der Hauswart freute sich, wenn ich die Treppe zu meiner Zweizimmerwohnung im dritten Stock eines Neuköllner Hinterhauses putzte, der Bäcker kannte meinen Geschmack und verkaufte mir immer das dunkelste Graubrot von allen. Und doch trieb ich ankerlos.

Nie habe ich aufgehört zu träumen.

Ich wäre lieber nicht allein gestorben. Einen Garten hätte ich gerne gehabt, Kräuter hätte ich anbauen wollen und einen Baum pflanzen. Um mich herum hätte ich mir Gesichter gewünscht, die niemals aufgehört hätten zu lächeln. Ich hätte keine Worte gebraucht, kein Schulterklopfen und keine Umarmung. Nur manchmal einen Augenblick der Absolution für mein Überleben. Das sich vollzog, als ob mich eine unsichtbare Mauer davon trennte. Ich nahm die Verhaftung von Andreas Baader und die Entführung israelischer Athleten in München ebenso teilnahmslos auf wie Jahre zuvor die Mondlandung und noch früher das Gesetz zur Entschädigung für Opfer der nationalsozialistischen Verfolgung. Ich hätte rechtzeitig einen Antrag stellen können. Vielleicht Recht bekommen und Geld. Ich hätte kegeln können mit meinen Arbeitskollegen. Mir ein kleines Auto kaufen oder schwimmen im Wannsee. Versuchen, ein Teil zu werden des Blühens und Vergehens, das mich umgab. Doch mehr als eine unbeteiligte Beobachterin bin ich nie gewesen, und es hätte mich nicht überrascht, hätte ich eines Tages durch Wände gehen können, so unsichtbar wie ich mich fühlte. Manchmal, nachdem ich meine Blumen auf der Fensterbank gegossen hatte, ging ich noch einmal zu den Töpfen und überprüfte, ob die Erde wirklich feucht geworden war, so sehr fühlte ich mich wie ein schlafwandelnder Geist. Mein Körper verfiel in dem Maße, wie ich mich nicht um ihn kümmerte, ich alterte schnell und eines Tages, ich war noch keine fünfzig, begannen mir die Haare auszufallen, büschelweise.

Ich rupfte, bis die Kopfhaut blutete und endlich, endlich erkannte ich mich im Spiegel wieder.

Freitagmorgen

Inge Nowak hatte schlecht geschlafen. Bis spät abends war sie mit Berger zusammen die persönlichen Sachen von Ingo Mangold durchgegangen. Dabei waren sie auf nichts gestoßen, was sie nicht schon gewusst hatten. Erkner hatte kurz vor Dienstschluss mit dem IT-Spezialisten den Zugang zu Mangolds Notebook geknackt, und zumindest der E-Mail-Verkehr gab darüber Aufschluss, dass er noch immer in regem Kontakt zu seiner ehemaligen Sekretärin und Geliebten stand. Offenbar hatten sich die beiden drei Tage vor Mangolds Tod bei ihr getroffen. Seine Nachrichten an sie klangen wie eine Mischung aus Danksagung und Abschiedsbrief, während sie ihm Gedichte und Lebensweisheiten schrieb.

„Kein Grund zur Annahme, dass er sie abwickeln wollte. Klingt eher nach Umwandlung eines Liebesverhältnisses in eine gute Freundschaft."

Gegen zehn hatten die beiden beschlossen, dass es sich nicht weiter lohnte, in Ingo Mangolds Unterlagen herumzusuchen.

„Ich glaube, der war einfach sauber", schloss Berger, und seine Kollegin musste ihm beipflichten.

Als Inge nach Haus gekommen war, lag Verónica mit Kopfhörern auf dem Sofa und schlief. Sie hatte sich aus dem Schlafzimmer eine dünne Decke geholt, ihr Pyjamaoberteil angezogen, und alles sah danach aus, als wollte sie die Nacht bei weit geöffnetem Fenster im Wohnzimmer verbringen. Inge schlich sich auf Zehenspitzen in den Flur, zog die Tür hinter sich zu und nahm trotz der anhaltenden Hitze ein Bad. Die leise Hoffnung, Verónica könnte sie doch noch hören und ins Schlafzimmer umziehen, wurde enttäuscht. Stunden später fand sie sich alleine und schweißdurchnässt zwischen den Laken wieder.

Bis fünf hatte sie es im Bett ausgehalten, nun saß sie mit angezogenen Knien auf einem der Küchenstühle und rauchte ihre erste Zigarette.

„Guten Morgen." Verónica umarmte sie von hinten.

„Hab ich dich geweckt?"

„Nein, ich kann auch nicht mehr schlafen."

„Kaffee?"

„Gern."

Inge stand auf und setzte einen zweiten Espresso auf.

„Haben wir ein Problem?", fragte sie unvermittelt.

„Ich weiß nicht, ob wir dasselbe haben."

„Hast du eins?"

Verónica nickte. „Glaube schon. Und du?"

„Ich auch. Wie heißt deins?"

„Ich habe Angst."

„Dann haben wir dasselbe."

Verónica stand auf und lehnte sich gegen die Anrichte. „Ich hab noch eins."

„Aha."

„Ich muss dringend wissen, ob du mich so liebst, wie ich bin."

„Weiß ich, wie du bist?"

„Ich fürchte, nein."

„Wie soll ich dir dann die Frage beantworten?"

„Versuch es."

Inge Nowak mochte derartige Gespräche nicht. Sie dachte in Schwarz oder Weiß, nicht in Grauzonen.

„Das ist Haarspalterei, Verónica. ich liebe dich so, wie ich dich kenne. Und in letzter Zeit tust du Dinge, die neu für mich sind. Das liegt wahrscheinlich daran, dass wir nicht alltagsgewöhnt sind. Ich kenne dich am Wochenende, wenn du nicht arbeiten musst, und ich kenne mich mit dir in Spanien, wo mich keiner kennt."

„Was dir lieber ist, oder?"

„Wie meinst du das?"

„Dein Chef weiß nicht, dass wir ein Paar sind, oder?"

Inge Nowak fuhr herum. „Bist du verrückt? Was geht das Frickel an?"

„Ich fand es komisch. Das ganze Gerede gestern. Als ob wir flüchtige Bekannte wären!"

„Mir ist es aber lieber, wenn er das denkt. Und es ist auch für dich besser. Oder willst du, dass man denkt, du hättest dich hochgeschlafen?"

„Das liegt ja wohl auch an dir, ob man das denkt."

„Nein, tut es nicht." Inge nahm die Cafetera von der Flamme und stellte stattdessen einen Milchtopf darauf. „Frauen haben auch bei der deutschen Polizei keinen leichten Stand. Lesbische Frauen schon mal gar nicht."

„Dass du eine Freundin hast, weiß doch sowieso jeder."
„Da täuschst du dich."
„Du tust so, als wärst du nicht lesbisch?"
„Nein. Ich trenne mein Privatleben von meinem Beruf."
„Und wenn dich jemand fragt?"
„Was fragt?"
„Wie du lebst."
„Dann sage ich die Wahrheit."
„Und die lautet?"
„Ich lebe allein."
Verónica sah sie an, doch Inge schaute nicht von der Milch auf, die sie stoisch mit einem Schneebesen aufzuschäumen versuchte.
„Und Wolfram und Frank spielen das mit?"
„Berger und Erkner müssen nichts mitspielen. Sie sind meine Kollegen, und wir sind untereinander und Außenstehenden gegenüber extrem diskret."
„Mit anderen Worten: Du verheimlichst mich."
„Ich laufe nicht mit einem Schild um den Hals herum, auf dem dein Name steht."
Sie nahm die Milch vom Herd, goss einen Teil davon in eine Tasse und füllte sie mit Espresso auf.
„Hier!" Inge hielt Verónica den Michkaffee hin.
„Ich spiele das aber nicht mit, Inge."
„Was spielst du nicht mit?"
„Ich tue nicht so, als ob wir nur Kolleginnen wären."
„Und ich will einfach nur meine Ruhe."
Schweigend standen sie in der Küche. Nun wussten sie, dass sie mehr als ein Problem gemeinsam hatten.

Estebán Valero reckte sich. Wenn er die Arme ganz weit ausstreckte, stieß er mit den Fingern an die beiden gegenüberliegenden Wände. Der Raum war länger als breit und winzig. Etwas hing in der Mitte von der Decke, er konnte es nicht erkennen, vermutete aber, dass es Mikrofone waren, denn Licht gab es in dem Raum keines. Zumindest ließ es sich nicht über die Schalter an den Wänden, die er in den vergangenen Stunden minutiös abgetastet hatte, anschalten. Auf halber Höhe hatte er etwas wie eine kühle, vielleicht einen Meter lange Ausbuchtung gefühlt, wahrscheinlich das Verbindungsfenster zu dem größeren Studioraum, der mit der für ein Tonstudio nötigen Technik ausgerüstet war. Er konnte nicht hindurchsehen, die Öffnung musste von der anderen Seite zugeklebt worden sein. Nach unzähligen Versuchen, die Tür zu öffnen, die hinter ihm ins Schloss gefallen und abgeschlossen worden war, und nachdem er sich eine Weile erfolglos die Seele aus dem Leib geschrien hatte, hatte er sich auf den harten Boden gelegt, auf ein mit rauer Teppichware ausgelegtes Rechteck von vielleicht zwei Quadratmetern. In dem Raum, indem sich außer ihm und einem leeren Eimer in der Ecke nichts anderes zu befinden schien, war es unglaublich heiß und stickig. Er hatte Durst.

Im Geiste ging er sämtliche Fehler durch, die er im Laufe des Abends gemacht hatte.

„Kannst du mir mal dein Handy leihen?", hatte Ben ihn gefragt, gleich nachdem er die Wohnung betreten hatte. „Sie haben uns das Telefon abgestellt, und ich müsste gleich mal bei der Hotline anrufen und fragen, was da los ist."

Ohne Zögern hatte er ihm sein Telefon ausgehändigt, sich nur den Anflug eines Gedankens lang gefragt, warum Ben es in die Hosentasche steckte, statt direkt das Telefonat zu führen, hatte die unausgesprochene Frage aber gleich verworfen, weil sein Sohn bereits wieder seine Aufmerksamkeit beanspruchte.

„Soll ich dir erst mal die Wohnung zeigen? Wir sind hier zu zweit, Marco und ich machen zusammen Musik. Seine Eltern schwimmen im Geld und haben uns ein Tonstudio spendiert. Unser ganzer Stolz. Willst du mal sehen?"

Natürlich hatte er sehen wollen, immerhin war er sein Vater, und dass Ben ihm gleich von seinen Hobbys erzählte, schmeichelte ihm, auch, dass er ihm die Wohnung zeigte, ihn behandelte wie einen guten Freund. Das jedenfalls hatte er geglaubt, bis der Junge ihn plötzlich heftig stieß und die Tür hinter ihm zufiel.

Zuerst hatte er es für einen Scherz gehalten.

„Sehr witzig! Keine Angst, ich laufe nicht wieder weg."

Ben hatte nicht reagiert, er hatte noch einen Moment gewartet und war dann ein wenig ärgerlich geworden.

„Mach keinen Blödsinn, lass mich wieder raus. Das ist nicht mehr witzig."

Nichts.

Schließlich reichte es ihm. Er griff nach seinem Handy, ohne zu wissen, wen er eigentlich anrufen wollte. Schlagartig begriff er, in welche Lage ihn Ben gebracht hatte: Er war ihm solange ausgeliefert, bis er die Tür freiwillig wieder öffnen würde.

Estebán Valero sprach noch ein paar Mal lautstark in die Dunkelheit, probierte das gesamte Register von verständnisvollem Bitten bis hin zur offenen Drohung durch und gab nach einer Viertelstunde frustriert auf. Er war sich nicht einmal sicher, ob Ben ihn hörte, denn wie er wusste, befand er sich in einem luftdicht abgeschlossenen Aufnahmestudio. Das einzige Geräusch, das an seine Ohren drang, war die Lüftung und der Klang seiner eigenen Stimme.

Irgendwann hatte er sein Hemd ausgezogen, es zerknüllt und als Kopfkissen benutzt. Die Beine angezogen und versucht zu schlafen. Doch in seinem Kopf drehten sich unaufhörlich Bilder und Gedanken.

Was beabsichtigte Ben damit, dass er ihn einsperrte? Hielt er ihn tatsächlich für den Mörder seiner Mutter? Oder wollte er ihn für etwas anderes bestrafen? Dachte er, er hätte von seiner Existenz gewusst und ihn nicht haben wollen? Alles kreiste um Ben und um Erika. Es war, als ob sein eigentliches Leben stillstünde. Wann hatte er das letzte Mal an Sandra gedacht? An Boston, die Wohnung, die sie gekauft hatten, ihre Pläne? Selbst jetzt war es ihm kein Trost zu wissen, dass es auf der anderen Seite der Erde ein Leben gab, das maßgeschneidert für ihn war, in dem die Vergangenheit keine Rolle spielte und die Zukunft ein sich selbsterfüllendes Versprechen war. Sein sollte. Denn das Gestern hatte ihn eingeholt, morgen hatte aufgehört und das Jetzt bestand darin, dass er hilflos und ahnungslos in einem dunklen Kästchen saß. Alles hatte sich auf ein schwarzes Loch reduziert, in dem er durch das Universum trudelte. Bei diesem Gedanken war er weggedämmert, Sternenkolonnen zogen an ihm vorüber, fern leuchtete die Milchstraße und in der schweren Hitze, die ihn umgab, träumte er sich leicht und leichter.

Als er mit schmerzenden Gliedern erwachte, stellte er mit einem Blick auf die Leuchtziffern seiner Uhr fest, dass gerade einmal drei Stunden vergangen waren. Sein T-Shirt war feucht und klebte am Körper, seine Zunge am Gaumen und sein dröhnender Kopf am Boden.

Wasser, dachte er.

Das Etikett des Mineralwassers auf seinem Nachttisch im Hotel erschien ihm, legte sich großflächig über den Swimmingpool im Hause seiner Schwiegereltern und drückte ihn unter die Wasseroberfläche. Eigenartigerweise konnte er dort weiteratmen, wenn auch schwer. Während er sank, fiel er wieder in unruhigen Schlaf.

Mit einem aufmunternden Lächeln, in blauem Polo-Shirt und weißer Freizeithose verabschiedete sich Helmut Frickel kurz nach zehn Uhr morgens ins Wochenende. Die vierteljährliche Kriminaldirektorenbesprechung fände dieses Mal ob der gehobenen Temperaturen am Wannsee statt, ganz in der Nähe des Bootshauses, an dem günstigerweise der Polizeipräsident sein kleines Segelboot liegen hatte.

„Und wir gehen ins Schwimmbad ermitteln, oder was?", fragte Frank Erkner genervt in die Runde, als ihr Chef federnden Mokassinschritts den Besprechungsraum verlassen hatte.

Das Team hatte sich mitsamt der beiden Praktikanten Jan Glauser und Florian Hermannstatt zusammengesetzt und Erkner die einzelnen Ergebnisse in sein Laptop diktiert. Ein Beamer projizierte bereits die Namen aller im Fall Erika Mangold verdächtigen Personen, jeweils mit den bisher vorliegenden Informationen darunter. Im Zentrum prangten mehrere Fotos der Toten vom Tatort.

„Die Geliebte von Ingo Mangold fällt raus – ich habe ihr Alibi überprüft: Sie war tatsächlich am Montagabend während der Tatzeit in der Yogagruppe. Das hat der Kursleiter bereits bestätigt."

„Könnte er der Neue von ihr sein?"

Erkner grinste. „Sieht mir nicht so aus. Der scheint eher auf Männer zu stehen, so wie er mich angebaggert hat. Außerdem hat er mir die Telefonnummer von zwei anderen Kursteilnehmerinnen gegeben, von denen eine Gisela Kleinerts Aussage ebenfalls bestätigt hat."

„Dann streich sie“, schlug Berger vor, „wir sollten uns auf Ben Mangold und Estebán Valero konzentrieren.“

„Könnten sie es gemeinsam getan haben und jetzt auf der Flucht sein?“ Erkner notierte sich etwas. „Wir brauchen unbedingt die Fingerabdrücke des Chilenen. Erst mal müssen wir doch wissen, ob er überhaupt am Tatort war. Mit oder ohne den Jungen.“

Verónica schaute ungläubig. „Erklärt mir, warum! Bei Valero kann ich mir ja noch ein Motiv vorstellen, aber der Junge? Warum sollte er plötzlich mit seinem Vater, den er gerade erst kennengelernt hat, gemeinsame Sache machen?“

„Wer sagt dir denn, dass sie sich gerade erst kennengelernt haben?“, warf Inge Nowak ein. „Womöglich kennen sie sich schon viel länger. Am Ende ist Ben der eigentliche Grund, warum Estebán Valero nach Berlin gekommen ist.“

„Spekulation“, bemerkte Berger. „Wir sollten bei dem bleiben, was wir bis jetzt haben. Und mal unsere beiden Helfer zu Wort kommen lassen.“

Jan Glauser richtete sich auf und zuckte nervös mit den Augen. Es war das erste Mal, dass er vor den Kriminalbeamten sprach.

„Wir haben sämtliche Unterlagen von Erika Mangold gesichtet. Sie scheint eine sehr akribische Person gewesen zu sein. Alle Schreiben, die sie bekommen hat, sind ordentlich abgeheftet und mit Datum versehen. Die private Korrespondenz umfasst Briefe, Schreibhefte aus dem Gymnasium, Beste-Freundinnen-Zettelchen, Schwärmereien, Liebesgedichte, Fotos, Klebebildchen, Sticker und so weiter.“ Er räusperte sich und übergab das Wort an seinen Mitstreiter.

„Die erste Notiz ist eine herausgerissene Seite aus einem karierten Schulheft, wahrscheinlich von einer Schulfreundin, die damals zehn Jahre alt gewesen sein muss. Sie schreibt an Erika, dass ihre Eltern nicht erlaubt hätten, Silvester mit ihr zu feiern."

„Vielleicht brauchen wir es nicht ganz so genau…", fiel ihm Inge Nowak ins Wort.

„Vielleicht doch", intervenierte Berger und nickte dem Praktikanten zu, der bei Nowaks Bemerkung sofort errötet war.

„Also es ist so, dass Frau Mangold als Schülerin jede Kleinigkeit aufgehoben hat. Von der dritten bis zur zehnten Klasse. Dann klafft eine Lücke bis zu ihrem Studium. Das Nächste, was auf die Einladung zum Abschlussfest ihres Jahrgangs vor der gymnasialen Oberstufe folgt, ist die Immatrikulation an der Freiburger Universität. Ab da geht es weiter wie vorher: Ordnerweise Zettelchen, Aushänge zur Wohnungssuche, Zigarettenpäckchen mit Telefonnummern, Flugblätter von politischen Organisationen, Eintrittskarten von Folklorefestivals und am Ende ein glatt gestrichener, vormals zerknüllter Zettel mit einem Namen darauf: Ingo Mangold." Der Praktikant hielt ihn wie eine Trophäe hoch. „Danach kommt ein ganzer Ordner mit Briefen und Postkarten von ihm. Er hat ihr fast täglich geschrieben."

„Und jetzt kommt's!", übernahm Berger das Wort. „Aus den Briefen wird ziemlich deutlich, dass Estebán Valero Erika Klinger vergewaltigt haben muss und sie dabei schwanger wurde. Ingo Mangold hat das ganz offensichtlich gewusst und ihr immer wieder beteuert, dass er, wie auch immer, für sie da sein würde."

„Ach, du Scheiße", entfuhr es der Hauptkommissarin. „Deshalb wollten sie nicht, dass Ben seinen Vater kennenlernt!"

„*Claro que no*", murmelte Verónica.

„Damit fällt für mich Ingo Mangold als Mörder seiner Frau weg." Erkner klammerte den Namen auf der Tafel ein. „Unwahrscheinlich, dass er eifersüchtig auf Valero war."

Diesmal rügte ihn seine Chefin nicht dafür, dass er nur den Nachnamen eines Verdächtigen genannt hatte. Sie würde es in diesem Fall von nun an ebenfalls tun.

„Stimmt. Valero selbst hat ein viel stärkeres Motiv. Vielleicht hat ihm Erika Mangold nach all den Jahren doch noch mit einer Anzeige gedroht? Damit er ihren Sohn in Ruhe lässt?"

„Dann wäre immer noch Ingo Mangold geblieben", gab Verónica zu Bedenken. „Vielleicht war die Überdosis Morphium ja doch kein Selbstmord." Sie rieb sich die Stirn. „Aber wieso behauptet Ingo Mangold dann, er sei schuld am Tod seiner Frau?"

„Weil er jemanden schützen will", antwortete die Hauptkommissarin. „Seinen Sohn, nämlich."

„Ich verstehe einfach nicht, was der Sohn für ein Motiv gehabt haben sollte." Erkner schüttelte den Kopf.

„Vielleicht wissen wir noch nicht alles? Gibt es noch das große Mutter-Sohn-Geheimnis?"

„Im Moment", seufzte Nowak, „wäre ich tatsächlich froh, wenn ich wüsste, was Ben Mangold weiß." Sie stand auf und ging zum weit geöffneten Fenster: „Und wo er, verdammt noch mal, steckt!"

Mein Sohn,
an der Stelle, an der ich diesen Brief für Dich deponieren werde, wirst Du nach etwas anderem gesucht haben. Etwas, das ich gefunden und entsorgt habe. Zuerst habe ich es nicht geglaubt, dann war ich entsetzt und nun bin ich un-

endlich traurig – wenn Du es wirklich gewesen bist, dann haben wir, Deine Mutter und ich, viel falsch gemacht.

Wann hast Du herausgefunden, dass ich nicht Dein leiblicher Vater bin? Du musst Dich gefragt haben, warum wir Dir solange nicht die Wahrheit gesagt haben. Die Antwort ist einfach: Wir wollten Dir einen Menschen wie Estebán Valero ersparen. Er hat Deiner Mutter soviel angetan, dass wir beide davon – bis zum Schluss – überzeugt waren, dass Du zuerst erwachsen werden solltest, um selbst zu entscheiden, wie viel Du mit ihm zu tun haben willst.

In meinen Augen ist Valero kein guter Mensch, in den Augen Deiner Mutter war er ein Verbrecher; was er für Dich ist, wirst Du selbst entscheiden müssen. Aber du sollst wissen, dass er heute bei mir war, um mir zu sagen, dass er dich gesehen hat.

Ich kann mir nicht wirklich vorstellen, dass Du fähig dazu wärst, einem anderen Menschen Gewalt anzutun. Du bist zu klug, die Kontrolle über Dich und Dein Handeln zu verlieren. Aber ich weiß auch, dass man in Ausnahmesituationen von sich selbst und seinen Moralvorstellungen abrückt. Wenn das passiert sein sollte, dann lass mich dafür gerade stehen. Mein Leben ist ohnehin bald zu Ende, Du hast Deines noch vor Dir, und ich wünsche mir nichts mehr, als dass Du etwas daraus machst.

Die Waffe mitsamt der Munition trägt nur noch meine Fingerabdrücke und sie wird der Polizei per Post zugehen. Dann wird man mich für Erikas Mörder erklären.

Wirf Du dein Leben nicht weg.

Ben hatte den Brief gefunden, kurz nachdem der Pflegedienst seinen Vater tot aufgefunden hatte und bevor die Polizei gekommen war. Er hatte die Sachen, die er mit zu

Marco nehmen wollte, schon in seinen Rucksack gepackt, es fehlte nur noch die Pistole, die er hinten im Schrank unter seinen Jogginghosen versteckt hatte.

Ben war erschrocken, und nachdem er den Umschlag mit seinem Namen darauf aufgerissen und den Brief darin schnell überfolgen hatte, musste er sich setzen. Sein Puls raste, seine Gedanken überschlugen sich, ihm war schlecht.

Er hat gedacht, ich habe Mama umgebracht.

Langsam sickerte diese Gewissheit in die Schaltzentrale seines Gehirns und er konnte sie nicht fassen: Sein Vater hielt ihn für einen Mörder. Weil er eine Pistole in seinem Schrank gefunden und Valero geglaubt hatte. Und er konnte ihm nicht mehr erklären, dass er unschuldig war. Nie mehr.

Und alles wegen ihm. Dafür würde er büßen.

Vorsichtig löste Ben die schwarze Klebefolie von dem dicken Glas, das zwischen den beiden Studioräumen als Sichtfenster eingesetzt worden war. In dem Raum war alles ruhig, er konnte nichts erkennen. Er setzte sich hinter das Mischpult und legte links einen Schalter um. Sofort wurde der winzige Raum ihm gegenüber erhellt, und er sah Estebán Valero auf dem Boden kauern und sich die Hände vor die Augen halten. Sein T-Shirt war verknittert, seine Haare standen in alle Richtungen. Ben stellte mit Genugtuung fest, dass er mitgenommen aussah.

Er schaltetet das Mikrofon und die Lautsprecher ein und setzte die Kopfhörer auf.

„Ich habe Durst!“ Valeros Stimme so nah an seinem Ohr klang rau und brüchig.

„Wasser steht auf dem Regalbrett über der Tür.“

Der Blick des Mannes auf dem Boden hetzte nach links, sein Körper stolperte nach vorne, seine Arme reckten sich der Wasserflasche entgegen, griffen nach dem Plastik und zogen es an sich. Zitternd schraubte er den Verschluss auf und setzte an, in großen Schlucken zu trinken.

„Ich an deiner Stelle würde es mir einteilen." Bens Stimme drang dunkel durch die Lautsprecher. „Mehr gibt es nicht. In der Ecke steht ein Eimer. Pass auf, dass du nichts dreckig machst."

Dann knipste er das Licht aus. Der Raum, in dem er selbst saß, war gelblich beleuchtet, Ben spiegelte sich in dem etwa fünfzig auf achtzig Zentimeter großen, rechteckigen Glasfenster, durch das Valero ihn zu erkennen versuchte.

„Bist du bescheuert? Lass mich raus! Was habe ich dir denn getan?"

„Um mir das zu erklären, bist du da drin."

„Um dir was zu erklären?"

„Warum du meine Mutter umgebracht hast."

„Ich habe deine Mutter nicht umgebracht!"

„Dann haben wir ein Problem."

„Sie war schon tot, als ich in die Kirche kam."

„Schlecht für dich."

„Du bist ja verrückt. Was willst du von mir?"

„Hören, warum meine Mutter sterben musste." Ben lehnte sich in dem schwarzen Drehstuhl zurück. „Und weshalb du meinem Vater gesagt hast, ich hätte es getan." Er ließ sich mit seinen Worten Zeit, um seine Wut unter Kontrolle zu halten. „Falls du ein Interesse haben solltest, jemals wieder hier raus zu kommen, erklärst du mir, warum du sie getötet hast und es mir anhängen willst."

„Ich war es nicht!"

„Das würde ich mir an deiner Stelle noch mal überlegen. Entweder du sagst mir in absehbarer Zeit die Wahrheit, oder ich drehe die Lüftung ab."

„Ben!"

„Für dich immer noch: Benjamin."

„Okay. Benjamin, hör mir zu: Ich habe deine Mutter geliebt, warum hätte ich sie töten sollen?"

„Warum hat sie dich dann verachtet, gehasst, wollte, dass du verschwindest? Weil du ihr Lover warst? Nicht eher meinetwegen?" Ben schaltet die Lampe am Mischpult aus und betrachtete statt Valeros Händen an der Scheibe sein eigenes Spiegelbild. „Es wäre besser, du legst die Karten auf den Tisch. Lügen langweilen mich." Dann schaltete er den Lautsprecher ab und verließ den Raum.

Freitagmittag

Pangasiusfilet an Basmatireis mit Beilagensalat. Die Mittagsgerichte der Präsidiumskantine klangen vielversprechender als das, was schließlich auf dem Teller lag.

„Reis ist aus. Kartoffeln oder Nudeln?"

Inge Nowak entschied sich für Kartoffeln, doch bevor sie verhindernd die Hand heben konnte, schwammen die verkochten Vierecke bereits in einer durchsichtigen gelbstichigen Soße, in der sich ein paar rote Pfefferkörner tummelten. Ein kurzer Blick auf die geplünderten Plastikschüsseln reichte, um den Gang zum sogenannten Salatbuffet zu unterlassen, stattdessen stellte sie einen Erdbeerjoghurt auf das Tablett.

Dann ging sie mit Berger zu dem Tisch am Fenster, an dem bereits Erkner und Verónica saßen und sich unterhielten.

„Ich wüsste gern, weshalb in Erika Mangolds akribischer Dokumentation ihrer Jugend zwei komplette Jahre fehlen", sagte die Inspectora gerade zu dem Oberkommissar.

„Liebeskummer?“, fragte Inge Nowak spitz.

„So lange?“

„Manchmal dauert es eben, bis man eine Enttäuschung verwunden hat.“

„Aber nicht mit sechzehn“, konterte Verónica.

„Das stimmt allerdings“, nickte Erkner. „Wobei das bei Jungs wahrscheinlich anders ist.“

„Wieso?“ Berger schenkte allen Wasser aus der Flasche ein, die er mitgebracht hatte.

„Ich kann mich nicht mal an die Namen meiner Schulfreundinnen erinnern und Diana schwärmt immer noch von ihrem ersten Freund.“

„Vielleicht hatte sie einfach eine bessere Wahl getroffen?“

„Nein, im Ernst“, nahm Verónica den Faden noch einmal auf. „Ich bin selbst so eine Zettelchensammlerin gewesen und habe alles Mögliche aus meiner Schulzeit aufgehoben. Aber entweder man hört irgendwann damit auf oder man macht lückenlos weiter.“

„Und zu welcher Sorte gehörst du?“, wollte Erkner wissen.

„Ich habe meine komplette Schulzeit archiviert, einschließlich der Zeit auf der Polizeischule. Als ich im Polizeidienst anfing, hab ich damit aufgehört.“ Sie legte ihr Besteck weg. „Und das finde ich bei unserem Opfer komisch: Sie macht quasi zwei Jahre Pause und fängt dann wieder an mit dem Sammeln. Ich habe mir das eben mit Jan und Florian noch einmal angesehen. Es ist ein richtiger Cut. Als ob sie mit Abschluss der zehnten Klasse von einem Tag auf den nächsten das Interesse an allem verloren hätte. Und was auch interessant ist: Das erste Halbjahreszeugnis der elften Klasse ist viel schlechter als alle zuvor.“

„Klares Anzeichen von Pubertät", folgerte Inge Nowak, schob den Teller fast unberührt auf die Seite und machte sich daran, den Joghurtbecher zu öffnen. „Marit war genauso. Sie hat sich von jetzt auf gleich um hundertachtzig Grad gedreht. Monatelang hatte sie Heavy Metal gehört, dann hat man ihr zum Geburtstag eine CD geschenkt und erfahren, dass die Musik megaout sei. Also das finde ich jetzt alles nicht so eigenartig. Außerdem glaube ich nicht, dass wir fündig werden, wenn wir uns in Erika Mangolds Jugend umtun."

„Denke ich auch", ertönte eine Stimme hinter ihr. Berger hielt triumphierend ein Tütchen mit einem Feuerzeug hoch. „Ich dachte, ich besorg uns mal Fingerabdrücke eines gewissen Chilenen. Und mir war so, als hätte ich das da auf seinem Schreibtisch gesehen."

„Und da bist du mal schnell bei Intershop hineinmarschiert und hast…?"

„…es geholt. Genau. Seine Assistentin war sehr freundlich. Ich habe ihm die Vorladung persönlich auf den Schreibtisch gelegt und dabei rein zufällig sein Feuerzeug eingesteckt." Berger grinste. „Wenn es nicht dagelegen hätte, hätte ich was anderes mitgenommen."

„Und?"

„Was und?" Berger spannte sie auf die Folter.

„Warst du schon bei der Spurensicherung?"

„Was denkst du denn? Dass ich bis Montagmittag warte?"

Drei Augenpaare sahen ihn ungeduldig an.

„Er war am Tatort. Es wimmelt von Fingerabdrücken von ihm: An den Türen, am Schreibtisch und – Achtung! – am Armreif des Opfers."

„Streber", sagte Erkner.

„Angeber", sagte Nowak.

Verónica schaute verwirrt von einem zur anderen.

„Also Herr Berger, wenn das der Herr Staatsanwalt hört, wird sich das hundertprozentig auf Ihre Beförderung auswirken!“ Erkner strahlte: „Super, Mann!“

„Wirklich gut, Wolf. Wenn auch ein wenig überstürzt und am Rande der Legalität“, bemerkte die Hauptkommissarin. „Aber egal. Was zählt, ist, dass wir einen großen Schritt weiter sind.“

„Und das aus deinem Mund! Krieg ich das schriftlich?“

„Lass uns lieber eine Fahndung ausschreiben, wegen dringendem Tatverdacht und Fluchtgefahr.“

„Dann müssen wir erst mal an Frickel ran.“

„Nicht nötig. Der Staatsanwalt ist mit Sicherheit mit von der Segelpartie.“ Inge Nowak hatte bereits ihr Handy gezückt.

„Wo liegt eigentlich Unterlurch?“

„Unterwie?“

„Unterlurch. Da ist Erika Mangold aufgewachsen.“

„Keine Ahnung, ich glaube, irgendwo in Rheinland-Pfalz, wieso?“

„Einfach so“, antwortete Verónica. „Lustiger Name. Bedeutet er was?“

„Wahrscheinlich hat es da mal in grauer Vorzeit viele Frösche gegeben. Oder Kröten. Lurche sind Amphibien. Ist wahrscheinlich so eine Sumpfgegend“, erklärte Erkner. „Wenn meine rudimentären Erinnerungen an den Biologieunterricht stimmen.“

„Klingt nicht gerade wie aus einem Reiseprospekt, aber sehr aufschlussreich. Danke.“

Inge Nowak hatte im Eilverfahren und mit telefonischem Segen des Kriminaldirektors eine Durchsuchung in Valeros Hotelzimmer sowie eine Fahndung nach ihm erwirkt und befand sich mit Berger bereits auf dem Weg zum Hotel. Erkner und Verónica schrieben den für die Woche noch ausstehenden Bericht mit den neuesten Erkenntnissen, wenngleich die Ergebnisse der Spurensicherung noch nicht verschriftlicht waren. Fest stand: Sowohl Estebán Valero als auch Ben Mangold hatten Fingerabdrücke am Tatort hinterlassen und beide waren seit eineinhalb Tage verschwunden.

„Glaubst du, Vater und Sohn sind auf der Flucht?"

Erkner runzelte die Stirn. „Liegt irgendwie nahe. Aber logisch erscheint es mir nicht."

„Mir auch nicht."

„Hältst du es für Zufall, dass sie beide weg sind?"

„Auch nicht."

„Was dann?"

„Ich weiß es nicht. Aber ich habe kein gutes Gefühl."

„Jetzt fängst du auch noch an! Lass das nur nicht Berger hören."

„Was?"

„Das mit dem Gefühl. Das treibt ihn schon bei Inge immer zur Weißglut." Er grinste. „Obwohl sie meistens damit Recht hat."

Verónica schaute auf die Uhr. Es war kurz vor drei.

„Kann ich hier irgendwo mal ins Internet?"

„Nur an meinem Rechner. Ist der einzige mit Modem. Soll ich's dir aufmachen?"

„Bitte."

Erkner überließ ihr seinen Schreibtisch. „Fühl dich ganz wie zu Hause. Bin in einer halben Stunde wieder da!"

Niemand hörte, wie die Inspectora nach einer kurzen Recherche im Netz einmal mit einer Hotelrezeptionistin und zweimal mit einer Polizeidienststelle telefonierte, und keiner sah, dass sie, kurz bevor ihre Kollegen zurückkamen, ein an sie adressiertes Fax entgegennahm, das sie in ihrer Tasche verschwinden ließ.

Verschwitzt und frustriert ließen sich Nowak und Berger auf ihre Drehstühle fallen, Erkner lehnte sich an die geschlossene Tür.

„Gibt's was Neues?", fragte Verónica und konnte sich angesichts der unübersehbaren Laune ihrer Freundin die Antwort bereits denken.

„Nichts. Überhaupt nichts Auffälliges. Wo auch immer er ist, er hat weder Rasierapparat noch seine Zahnbürste dabei und auch nicht viel Wäsche zum Wechseln", berichtete die Hauptkommissarin.

„Übereilte Flucht?"

„Keine Anzeichen von Unordnung oder schnellem Aufbruch. Der Rezeptionist hat ihn gestern Abend gesehen. Ihm ist nichts Sonderbares aufgefallen. Valero kam gegen sechs ins Hotel und ist in sein Zimmer gegangen. Dort hat er sich umgezogen, nach Angaben des Mannes am Empfang sah er aus, als hätte er noch eine Verabredung: helles Hemd, schwarzes Jackett, schicke Jeans. Sogar die Schuhe hat er sich wohl an einem dieser Automaten geputzt. Gegen sieben hat er an der Bar ein Bier getrunken, ein Sandwich gegessen und ist dann mit seinem Auto weggefahren." Berger verbog eine Büroklammer. „Kennzeichen des Wagens ist bereits identifiziert und zur Fahndung ausgeschrieben. Und was habt ihr so getrieben?"

„Der Bericht ist fertig und die Zweifel am Täterduo Mangold-Valero gewachsen", antwortet Erkner.

„Bei uns auch." Inge Nowak rieb sich die Augen. „Ich habe irgendwie das Gefühl, dass wir etwas übersehen haben. Und dass der Junge in Gefahr sein könnte."

„Vielleicht sogar das Mädchen“, fügte Berger hinzu.

„Ihr meint, Valero will die ganze Familie ausradieren?“

„Er war zumindest schon mal bei den Mangolds. Wir haben eben auf die Schnelle seine Fingerabdrücke noch mit denen in der Wohnung abgleichen lassen: Im Wohnzimmer sind wir fündig geworden. Vielleicht hat er ja doch die Medikamente manipuliert.“

„Und wie finden wir das heraus?“, fragte Erkner.

„Fahndung rausgeben“, ordnete seine Chefin an.

Verónica und Inge saßen am Küchentisch und aßen die Tapas, die sie kurz zuvor zubereitet hatten. Ihre Meinungsverschiedenheit vom Morgen hatten sie vertagt.

„Können wir einen gemütlichen Freitagabend haben und einfach so tun, als ob die Welt in Ordnung wäre?“

„Sie ist in Ordnung, sobald die Gambas auf dem Tisch stehen“, hatte Verónica geantwortet und gehofft, dass sie Recht behalten würde.

Schweigend bedienten sie sich an den tönernen Schälchen und nahmen dazwischen kräftige Schlucke des schweren Rotweins.

„Wenn ich todkrank wäre und bald sterben müsste – was würden wir dann tun?“, fragte Inge plötzlich in die Stille.

„Wir würden versuchen, das Leben zu genießen, hoffe ich.“

„Wie genau?“

„Ich weiß nicht. Mir wäre wichtig, dass es dir gut ginge. Ich würde wahrscheinlich meine Bedürfnisse zurückstellen, weil ich denken würde, ich hätte noch mehr Zeit als du, sie mir zu erfüllen.“

„Würden wir zu Hause bleiben?“

„Wenn es dir zu Hause gefallen würde, ja. Wenn du lieber woanders wärst, würden wir dorthin gehen."

Inge überlegte. „Ich frage mich, wieso Erika Mangold letztlich soviel gearbeitet hat. Es war eine Frage der Zeit, bis ihr Mann stirbt."

„Vielleicht hat sie seine Krankheit nicht ertragen."

„Eine Pfarrerin?"

„Ich würde es nur sehr schwer ertragen, wenn du so krank wärst, und ich bin Polizistin."

„Wieso?"

„Na ja, dich den ganzen Tag leiden zu sehen, ohne dir helfen zu können, das wäre ein Alptraum!" Verónica spießte eine Garnele auf die kleine Gabel und tauchte sie in das mit Knoblauch gespickte Olivenöl. „Überhaupt, zu wissen, dass du bald nicht mehr da wärst. All die Dinge, die wir nicht mehr miteinander tun könnten, und dich gleichzeitig noch so glücklich wie möglich machen zu wollen."

„Würdest du denn bei mir bleiben, wenn ich so krank wäre?", fragte Inge leise.

Verónica setzte sich kerzengerade hin. „Meinst du die Frage ernst?"

Inge nickte.

„Natürlich würde ich bei dir bleiben, ich bin deine Freundin. Schon vergessen?"

Schweigend stocherte Inge in den marinierten Karotten herum.

„Wie kommst du auf so eine absurde Idee? Findest du, ich kümmere mich zu wenig um dich?", hakte Verónica vorsichtig nach.

„Nein. Es ist nur… Ich hab das Gefühl, dir ist das alles viel zu eng und zu dicht. Als würdest du keine, na ja, ich weiß eigentlich auch nicht… Und wenn ich krank wäre, würdest du dich vielleicht verpflichtet fühlen und tun, was du gar nicht wolltest."

Die Dämmerung verwandelte sich allmählich in Nacht, der Autolärm wurde weniger und die einzelne Kerze, die sie entzündet hatten, neigte sich ihrem Ende zu.

„Ich liebe dich, Inge. Ich brauche nur mehr Raum. Ein eigenes Zimmer. Zum Beispiel, um dich darin zu verführen." Verónica nahm Inges Hand. „Und die Freiheit, mich immer wieder für das zu entscheiden, was ich will. Dazu gehörst vor allem du. Ganz egal, wie es dir geht, hörst du?"

Sie konnte es nicht sehen, aber sie spürte, das Inge lächelte. „Allerdings würde ich nicht zulassen, dass du dich so hängen lässt, wie Ingo Mangold es getan hat."

„Und wie würdest du das anstellen?" Inge schenkte ihnen nach und stand auf.

„Sex and drugs and rock'n roll."

„Könnte es auch klassische Musik sein?"

Verónica rollte mit den Augen. „Wieso hab ich mir eigentlich so eine Spießerin ausgesucht?" Dann hob sie die Augenbrauen und grinste Inge an. „Was würdest du eigentlich von einem Überraschungsausflug am Wochenende halten?"

Die Antwort wurde vom Türklingeln unterbrochen.

„Erwartest du noch Besuch?"

„Nein, du?"

Inge ging zur Tür und sah durch den Spion. Es war Berger.

„Gute oder schlechte Nachrichten?", fragte sie ihn nach dem Öffnen.

„Wir haben Valeros Wagen gefunden. In Mitte, Auguststraße. Von ihm und Benjamin Mangold keine Spur."

Er hatte die Einsatzfahrzeuge der Polizei schon herannahen gehört. Waren sie ihm auf die Spur gekommen? Hatte Valero ein zweites Handy, das er übersehen hatte, und war er nach einem Hilferuf geortet worden? Blut stieg ihm in die Wangen, und er lief auf die Terrasse, um die Straße besser im Blick zu haben. Der große Sportplatz lag im Dunkeln und wurde gespenstisch erhellt von den sich nun tonlos drehenden Blaulichtern. Zwei Polizeiautos blockierten die kleine Stichstraße zum Fußballplatz, zwei uniformierte Polizisten waren ausgestiegen und liefen um ein geparktes Auto herum. Natürlich – Valeros Wagen! Das bedeutete, die Polizei suchte nach ihm.

Ben löschte die Lichter, duckte sich hinter die aus Eternitplatten gefertigte Balustrade, die die Dachterrasse umgab, und lugte durch einen schmalen Zwischenraum hinunter. Eine ganze Weile passierte nichts, außer, dass ein paar Schaulustige stehen blieben und die Beamten sie erfolglos zum Weitergehen aufforderten. Kurz darauf hielt ein weißer Kastenwagen, aus dem zwei Männer stiegen. Schließlich fuhr ein drittes Auto vor, zwei von ihnen erkannte er sofort – es waren die Kommissarin und ihr Kollege. Sein Puls stieg schlagartig an. Wenn sie beide hier waren, dann hieß das, dass Ben Recht hatte: Valero war der Mörder seiner Mutter.

Von oben betrachtet kam ihm die Szenerie wie ein schlecht ausgeleuchtetes Set zum Dreh eines Fernsehkrimis vor. Als Schüler hatte er einige Male als Statist in Hauptstadtproduktionen sein Taschengeld aufgebessert und sich stundenlang die Beine in den Bauch gestanden, bis er endlich durch ein Bild laufen durfte. Er erinnerte sich an die zahlreichen Wiederholungen der immer gleichen Szene, bis der Regisseur schließlich zufrieden war und alles im

Kasten hatte. Die Wirklichkeit jedoch ereignete sich um einiges zügiger und ohne Unterbrechungen. Nach wenigen Minuten war die Straße abgeriegelt, die Schaulustigen auf Abstand gehalten. Dachten sie, Valero hätte eine Bombe deponiert? Hatte er? War er am Ende nur zu ihm gekommen, um ihn mitsamt der anderen vier Stockwerke in die Luft zu jagen und den einzigen Zeugen in Schutt und Asche zu legen? Seinen eigenen Sohn?

Offenbar nicht, denn nun machten sich die beiden Männer aus dem Kastenwagen daran, den Kofferraum zu öffnen. Was glaubten sie, darin zu finden? Eine Leiche? Hatte Valero noch mehr Menschen auf dem Gewissen? Hielt er einen Killer gefangen? Hinter ihm vernahm er ein Geräusch und erschrocken fuhr er herum. Es war windig geworden, die Lamellen des halb heruntergelassenen Rollos bewegten sich. Sein Blick fiel in die Wohnung, von hier sah er bis in den dunklen Flur, wo sich die Tür abzeichnete, hinter der Valero sicher tobte. Wieder drang etwas Undefinierbares an sein Ohr, die Idee eines Geräusches. Langsam drückte sich Ben aus der Hocke in die Knie und lief geduckt in die Wohnung zurück. Je näher er dem Tonstudio kam, dessen Tür er offen gelassen hatte, umso deutlicher wurde die minimale Vibration, ein kaum hörbares Wummern. Er stand still und lauschte. Nun ahnte er, was Valero vorhatte.

Sichtlich beruhigt und mit einem sonderbaren Hochgefühl betrat er den Studioraum. Ein paar Minuten ließ er vergehen und gab sich der matten Dumpfheit der Schläge hin, die in gleichmäßigen Abständen auf die Scheibe trafen.

Steter Tropfen höhlt den Stein, dachte er. Eines der Themen, zu denen er im Deutschabitur einen Aufsatz hätte schreiben können. Ben hatte sich aber für ein anderes Zitat entschieden, er glaubte nicht an den Erfolg der Beharrlichkeit.

„Das Plexiglas zum Aufnahmeraum ist nur suboptimal", hatte Marco ihm erklärt, als er ihm das Studio zum ersten Mal gezeigt hatte. „Ist zwar unkaputtbar, aber nur zu 90% dicht. Muss ich irgendwann ersetzen oder besser isolieren lassen."

„Wieso?"

„Stört mich eben."

Ben störte es nicht, dass er hörte, wie Valero sich vergeblich zu befreien versuchte. Dennoch war es, gerade jetzt, vielleicht besser, das Geräusch zu unterbinden.

Er ging zum Mischpult, legte eine CD ein und drehte den Lautstärkepegel nach oben. Schlagartig war es wieder still draußen. Drinnen nicht. Dort spielte Mozarts Requiem, auf Skala sieben. Er war ja kein Unmensch.

Sechzehn

Das alte Eisen spürt man zuerst in den Gelenken und dann als Prothese. Doch zu viele Kniefälle und Bücklinge kann man nicht wegoperieren, auch wenn die Ersatzteile verführerisch sind: Meine Hüfte war reparaturbedürftig, und ich wollte keine neue. Wenn man im Krankenhaus arbeitet, weiß man, was die Patienten niemals erfahren dürfen. Ich habe viele glückliche Gesichter mit künstlichen Gelenken hinaushumpeln und zu viele schmerzverzerrte wieder zurückkommen sehen: Fünf Jahre, so meinen unsere Oberärzte, bringt es durchschnittlich Linderung, und danach kann es zur Hölle werden.

Die Hölle. Ich musste immer noch milde lächeln, wenn ich solche Vergleiche hörte. Und dennoch war mir nicht danach zu leiden. Statt an meinen körperlichen Einsatzfähigkeiten zu feilen, beantragte ich Frührente. Nach über vierzig Jahren Berufstätigkeit, von denen mir drei mangels Nachweis nicht angerechnet wurden. Für die Opfer gab es im Krieg keine Sozialversicherung, nur eine Belohnung: Sie hatten mir das Leben nicht genommen. Wie ich es aushielt, war meine Sache.

Es fiel mir leicht abzudanken. Man überreichte mir einen großen Blumenstrauß und eine Urkunde, die Schwesternschaft hatte Sekt gekauft. Wir stießen darauf an, dass wir uns nie wiedersehen würden, und ich warf meine weißen Kittel in die Wäsche zu den Handtüchern.

Langeweile hatte ich danach nie. Langeweile gehört zu den Zuständen, die ich mir nur vorstellen, jedoch nicht empfinden kann. Ich saß oft da und tat nichts oder ich tat etwas, ohne erkennbare Absicht dahinter, aber es störte mich nicht. Ebenso wenig wie das Wetter, das ich hinzunehmen gelernt hatte, als es noch über Leben und Tod entscheiden konnte. Seit ich im Besitz eines Wintermantels und gefütterter Schuhe war, seitdem ich wieder mit Schirm und Schal spazierengehen konnte, seither freute ich mich über Regen, Schnee und Wind wie ein Kind, das seine neuen Gummistiefel ausprobiert. Nach meiner Verrentung hatte ich viel Zeit, und ich verschwendete sie, so oft ich konnte. Einkaufen gehen wurde zu einem Ausflug, Schlendern zu meiner Lieblingsbeschäftigung. Es ist vielleicht der größte Luxus überhaupt, ziellos herumzulaufen, nur stehen zu bleiben, wenn das Auge es verlangt. Ohne Uhr am Handgelenk zu bestimmen, wann es Zeit für eine Tasse Kaffee ist und wo. Kein Buch aufzuschlagen, sondern im Leben zu lesen. Den Geschichten der Vorbeieilenden, der Häuser und Hofeingänge zu lauschen und zu nicken, wenn man sie versteht.

Das hätte ich bis an mein Lebensende tun können, und ich wäre so glücklich gewesen, wie man eben nur sein kann, wenn man dem Teufel begegnet und ihm vom Feuerhaken gesprungen ist. Von den Flammen gezeichnet, aber noch fähig, die Wärme der Sonne von der Hitze eines Flächenbrands zu unterscheiden. Unendlich dankbar, unsagbar verbittert.

Aber dann war da das Haus. Das Testament meiner Mutter. Und die Versuchung von Heimat.

Samstagmorgen

„Du dachtest wirklich, der Junge ist da drin?“, fragte Verónica, nachdem sie beide es sich an einem der Tische im ICE-Bistro gemütlich gemacht und Frühstück bestellt hatten.

Inge Nowak nickte. „Irgendwie schon. Ich hätte die ganze Nacht nicht schlafen können, wenn wir nicht nachgesehen hätten.“ Sie musste gähnen. „Aber falls Valero noch in der Nähe war, haben wir ihn jetzt gründlich vertrieben.“

„War einen Versuch wert.“

„Ehrlich gesagt, bin ich froh, dass wir nicht gefunden haben, wonach wir suchten“, sagte die Hauptkommissarin. „Was ich allerdings überhaupt nicht verstehe, ist, warum ich nach einer solchen Nacht früh aufstehen muss, statt bis in die Puppen im Bett zu bleiben!“

„Länger als bis neun kannst du sowieso nicht schlafen, du hast nach eigenen Angaben bereits senile Bettflucht. Außerdem wurden mir Ausflüge in Gegenden versprochen, die ich noch nicht kenne, und ich sehe nicht, dass das passiert, wenn ich es nicht selbst organisiere."

„Wie bist du überhaupt auf den Fall in Unterlurch gekommen?"

Schon in der S-Bahn hatte Verónica Inge das Fax gezeigt. Ihre Recherche hatte zwei weitere Tote ins Spiel gebracht: Der 16-jährige Udo Erdmann war 1980 erschossen worden, sein mutmaßlicher Mörder hatte sich auf grausame Weise das Leben genommen – er hatte sich verbrannt. Erika Mangold musste beide gekannt haben – vielleicht hatte das eine Beduetung, auch wenn es bereits über zwanzig Jahre zurücklag.

Der Kellner brachte Kaffee, legte ein Besteck vor jede und stellte einen Brotkorb in die Mitte.

„Hab ich vor Urzeiten auf der Polizeischule gelernt: immer in der Vergangenheit des Opfers stöbern und dabei alle Quellen ausschöpfen." Verónica betrachtete das aufgerissene Kondensmilchdöschen, das neben Inges Tasse lag, genauer. „Angeblich kommt man ja von seiner Vergangenheit nicht los. Wie das hier beweist." Sie grinste und hielt ihrer Freundin den Deckel hin, der den Münsteraner Dom zeigte.

„Wir fahren nicht zufällig einen Umweg, oder?" Inge Nowak schaute sie durchdringlich an. „Ich hab dir gesagt, dass ich darauf plus minus null Lust habe."

„Beruhige dich", erwiderte Verónica belustigt. „Ich würde doch nie etwas gegen deinen Willen tun. Und bevor wir in deine Heimatstadt fahren würden, müsste ich dich erst mal entwaffnen."

„Gut, dass du das verstanden hast." Inge lehnte sich etwas entspannter zurück. Es war nicht so, dass sie die Stadt nicht mochte. Im Gegenteil. Manchmal fehlte ihr die besonnene Distanz der Münsteraner auf dem Fahrrad, Sonntagnachmittage am Kanal oder der Blick auf die rötlichen Backsteinbauten alter Fabriken. Das letzte Mal war sie zum siebzigsten Geburtstag ihrer Mutter dort gewesen, die Erinnerung an ihre Jugend, ihre Heirat und die erste Zeit bei der Polizei hatte sofort jenes Gefühl in ihr wachgerufen, weswegen sie mit ihrer damals dreizehnjährigen Tochter der westfälischen Idylle entflohen war: Münster war satt, und wenn man hungerte nach etwas, das es zwischen Aasee und Ludgerikirche nicht gab, ging man besser. Denn die Stadt und die Menschen, die sie zu einem quirligen Ort der Lebensfreude machten, lebten von dem Traum, nichts zu entbehren, und sie mochten es ganz und gar nicht, wenn man ihn zerstörte.

„Warum schließt du nicht mit deiner Vergangenheit Frieden?"

Vielleicht, dachte die Hauptkommissarin, weil ich neidisch bin. Weil ich selbst gern in einem schmucken Reihenhaus sitzen würde, glücklich verheiratet, finanziell sorglos und sozial eingebunden. Gern Energie und Zeit hätte, ins Kino oder ins Theater zu gehen, vielleicht selbst etwas zu machen: Sport, ein Hobby, Freunde. Weil die, die zurückgeblieben sind, es besser haben als ich und ich das nicht zugeben kann.

„Wenn du keinen Krieg zwischen uns willst, begräbst du das Heimatthema ganz schnell. Glücklicherweise liegt Münster ja nicht auf dem Weg." Sie trank einen Schluck Kaffee. „Wann sind wir eigentlich da?"

„In zweieinhalb Stunden sind wir in Frankfurt. Dort steigen wir um in eine Regionalbahn und am Ende dürfen wir noch Busfahren. Gegen zwei kommen wir an."

Das Frühstück wurde serviert, und sie aßen beide schweigend ihr Rührei. Draußen flog Brandenburg vorbei, und in diesem Moment war es der Hauptkommissarin vollkommen gleichgültig, wohin sie fuhren: Zum ersten Mal seit Verónicas Ankunft fühlte sie sich wieder leichter und konnte das Zusammensein genießen. Weil sie unterwegs waren und der Alltag einmal mehr außen vor?

Verónica winkte dem Kellner und deutete auf ihre leere Tasse Kaffee. Dann wendetet sie sich wieder Inge zu.

„Ist doch schon eigenartig: „Keine Tatwaffe, kein Täter, und das genau in der Zeit, als unsere Tote in einer pubertären Sammelkrise war."

„In dem Bericht steht nicht: ‚Kein Täter ermittelt', sondern dass man aufgrund der Indizienlage davon ausgeht, dass es sich bei dem zweiten Toten um den Täter handelt. Das ist etwas anderes."

„Würdest du dich verbrennen, wenn du eine Pistole hättest?"

„Ich würde mich überhaupt nicht umbringen, dazu wäre ich viel zu feige."

„Feige? Du würdest es nicht tun, weil du zu anständig wärst. Selbstmord ist feige."

Inge dachte einen Moment nach. „Vielleicht nicht immer, aber wahrscheinlich hast du recht. Doch wenn sich einer verbrennt, dann steckt da mehr dahinter. Selbsthass, unbändige Wut, totaler Vernichtungswille."

„Eben. Dann tötet er doch nicht vorher noch einen anderen. Dann richtet sich seine Aggression doch in erster Linie gegen sich selbst."

„Möglich."

„Also nehmen wir zuerst den angeblichen Täter unter die Lupe?"

Inge Nowak grinste.

„Ist was lustig?"

„Klingt nach Sherlock Holmes."
„Und?"
„Nichts und. Ich bin ja in dieser Unterlurch-Mission sowieso zu Watson degradiert. Von daher entscheidest du jetzt mal, wie es mit den Ermittlungen vor Ort weitergeht." Inge Nowak lehnte sich zurück. „Ich konzentriere mich dann ganz auf die Handlangertätigkeiten."
„Das will ich sehen. Das hältst du keine Stunde aus!", lachte Verónica, und Inge Nowak schlug demonstrativ die Zeitung auf und verschwand dahinter.

Diana war gerade vom Joggen mit ihrem Setter zurückgekommen und hatte Frank Erkner das Frühstückstablett ans Bett gebracht, als sein Handy auf dem Nachttisch vibrierte.
„Hast du nicht frei heute?"
Erkner nickte, biss in sein Brötchen, schaute auf das Display und nahm den Anruf an.
„Guten Morgen!", sagte er mit vollem Mund und lauschte interessiert der Stimme am anderen Ende. „Verstehe. Erinnert sie sich denn an das Gespräch?"
Schon hatte er die Bettdecke zurückgeschlagen. „Bin in einer Viertelstunde da. Halten Sie sie bloß bei der Stange!"
„Das heißt, aus unserem Ausflug aufs Land wird nichts?", fragte Diana ihn, während er nach seinen Socken suchte.
„Doch. Du kannst nur vorher nicht duschen, nichts einpacken und musst in drei Minuten fertig sein." Er strahlte sie an und wusste, sie würde mitspielen. Deshalb überlegte er sich seit ein paar Wochen ernsthaft, ihr einen Heiratsantrag zu machen – seit drei Jahren waren sie ein Paar, und sie hatte ihm noch nie Schwierigkeiten wegen seines Berufes und der Unzuverlässigkeit gemacht, die damit zusammen-

hing. Im Gegenteil: Sie schien es zu genießen, dass sie andauernd ihre Pläne ändern mussten.

Zwanzig Minuten später standen die beiden im Foyer der Seniorenresidenz „City Kant“ und warteten auf die Heimleiterin. Sie kam in Begleitung von Annegret Hagen, die im Gegensatz zu Erkners letztem Besuch einen durchaus munteren und quirligen Eindruck machte.

„Herr Kommissar, ich muss mich entschuldigen – man hat mir erzählt, ich hätte Sie mit meinem verstorbenen Mann verwechselt!“

Erkner lachte. „War mir eine Ehre, Frau Hagen.“

„Sind Sie die Freundin von dem Charmeur?“, fragte die alte Dame Diana, und ohne die Antwort abzuwarten: „Verlassen Sie ihn sofort, wenn er sich nicht mehr an Sie erinnern kann: Danach geht es steil bergab!“

Es schien, als ob Annegret Hagen einen guten Tag hätte, und Frank Erkner schlug vor, sich doch zum Plaudern ein wenig in den Innenhof zu setzen. Die frische Luft würde der alten Frau guttun und ihre Gehirnzellen vielleicht zusätzlich anregen.

„Also, bevor ich es wieder vergesse: An dem Tag, an dem die Frau Pfarrer Besuch bekommen hat, war es in der Singstunde besonders voll. Es war kein Stuhl mehr frei. Und wissen Sie, woran das lag? Weil die Bewohner des Hinterhauses plötzlich auch mitmachen wollten, obwohl sie eigentlich nie kommen, außer, um zu essen. Na ja, das hatte sich herumgesprochen, dass die Frau Pfarrer das so gut macht.“

Annegret Hagen schaute in die Luft, und für einen Moment sah es so aus, als driftete sie ab. Dann aber fing sie sich wieder und schaute den Oberkommissar mit wachen Augen an.

„Sie war ein Energiebündel, die Frau Mangold. Deshalb habe ich mich ja gewundert, dass sie so erschrocken ist. Als sie den Mann erkannte, wurde sie ganz blass. Sonst hätte ich auch nicht so genau hingehört." Sie strich sich eine graue Strähne zurück, die sich aus dem straff zusammengebundenen Dutt gelöst hatte.

„Was hat er denn gesagt?"

„*Ven conmigo, ya.*" Sie lächelte versonnen. „Das heißt: Komm jetzt sofort mit."

„Und dann?"

„Sie hat gesagt, dass sie nirgends mit ihm hingeht und dass er verschwinden soll."

„Und was hat er geantwortet?"

„Er hat sehr schnell geredet, ich habe nur verstanden, dass es um ein Kind geht. Er ist mein Sohn!, hat er geschrien, und sie hat zurückgebrüllt: Du bist ja vollkommen verrückt!"

„Ist Ihnen irgendetwas Besonderes an ihm aufgefallen?"

„Er sah sehr gut aus!"

Erkner musste ein Grinsen unterdrücken. „War er sehr böse?"

„Böse? Gar kein Ausdruck! Für einen Moment habe ich gedacht, er schlägt sie gleich." Annegret Hagen seufzte. „Am Ende hat er noch etwas ganz Schlimmes gesagt…"

„Was denn?"

Die alte Dame legte den Kopf schief und sah ihn mit großen Augen an. Ihre linke Hand fuhr über ihren rechten Handrücken und umfasste schließlich nervös das Handgelenk.

„Was genau hat er am Ende gesagt?"

Jetzt legte Annegret Hagen den Zeigefinger auf ihre Nasenspitze und fragte leise zurück: „Wer?"

„Der Spanier."

„Welcher Spanier?"

Die Heimleiterin gab ihm ein Zeichen, was so viel bedeutet wie: Es ist vorbei.

Erkner nickte, stand auf und streckte der alten Frau seine Rechte hin.

„Vielen Dank, Frau Hagen, Sie haben uns wirklich sehr geholfen!"

„Fassen Sie mich nicht an! Gehen Sie! Ich weiß genau, was Sie von mir wollen!" Hilfe suchend sah sich Annegret Hagen um und legte ihre Hand auf den Arm von Diana.

Diana tätschelte der Frau ihre faltige Hand und lächelte ihr aufmunternd zu. „Wir gehen einfach", schlug sie vor und half ihr vorsichtig, aus dem Korbstuhl aufzustehen. „Ich bringe Sie in Ihr Zimmer, in Ordnung?"

Annegret Hagen, die von einem Moment auf den anderen um einen Kopf geschrumpft schien und nun gebückter ging als zuvor, nickte dankbar und hakte sich schnell bei Diana ein.

Er hasste klassische Musik. Woher wusste Benjamin das? Hatte Erika ihm doch von ihm erzählt und war dies ihre späte Rache? Hatte sie sich selbst getötet und versuchte es ihm nun in die Schuhe zu schieben, damit ihr gemeinsamer Sohn mit ihm ins Gericht ging? Estebán Valero saß in einer Ecke des schwarzen Raums, hielt sich die Ohren zu, doch es nützte nichts. Aus den Lautsprechern drang klar und deutlich, wieder und wieder, die Totenmesse. Was wollte Benjamin damit erreichen? Dass er einen Mord gestehen würde, den er nicht begangen hatte? Sein Sohn würde ihm das Gegenteil ohnehin nicht glauben. Ihn bestrafen wollen für sein angebliches Lügen. Was aber, wenn er zugab, was der Junge von ihm hören wollte? Wie würde die Strafe dann aussehen?

Die Wahrheit war für Estebán Valero nie etwas anderes gewesen als eine veränderbare Größe. So wie er in seinem Job je nach Zielvereinbarung Ergebnisse präsentierte, verstand er sich auf die Kaschierung der einen oder anderen Begebenheit in seinem Privatleben. Er hatte sich verändert, nachdem er Sandra kennengelernt hatte. Er war davon überzeugt, dass sie einen besseren Menschen aus ihm gemacht hatte. Er war kein Engel, aber er war auch kein schlechter Mensch. Die Zeit, in der er sich hemmungslos und ohne Rücksicht auf Verluste genommen hatte, was er wollte, war lange vorbei.

„Wenn du von deinem eingebildeten Egotrip runterkommst, dann könnte etwas wirklich Schönes aus uns werden", hatte Sandra nach den ersten Monaten zu ihm gesagt, und er hatte etwas getan, wovon er überzeugt gewesen war, es niemals zu tun: Er war wie all seine amerikanischen Freunde zu einem Analytiker gegangen. Hatte jede Woche zweimal auf der Couch gelegen und sich reden hören. Über alles und jeden. Nur über Erika nicht. Erika war der Stachel, der in seinem Fleisch stecken geblieben war, sich mit einem Widerhaken festhielt und ihm bei der kleinsten Berührung Schmerzen bereitete. Wie ein Damoklesschwert hatte sie in all den Sitzungen über ihm geschwebt und war nur langsam von ihm gewichen, hatte allmählich Abstand genommen von ihm. Nur langsam war es ihm gelungen, sich als den Mann anzunehmen, der er heute war, und den unzurechnungsfähigen Studenten, den er selbst nicht mehr mochte, zu verdrängen. Am Ende hatte Estebán Valero geglaubt, im Reinen mit sich zu sein. Dabei hatte er nur einen hermetisch abgeriegelten Raum in sich geschaffen, in dem all jene Fakten ruhten, die er aus seiner Lebensgeschichte entfernt oder umgedeutet hatte. Wenn er nach vorn sah, wartete der endlose Horizont auf ihn, blickte er nach hinten, schaute er auf eine sonnenbeschienene Öde ohne Ursprung. Die Weite Patagoniens, die er einmal als Kind betrachtet hatte und die er sich als Passepartout seiner Vergangenheit ausgesucht hatte, beruhigte ihn.

Plötzlich, als hätte jemand den Stecker gezogen, war nichts mehr von der Musik zu hören. Die abrupt über ihn hereinbrechende Stille schmerzte ihn fast mehr als die lauten Töne. In seinen Ohren rauschte und dröhnte es. Er schaute sich in der Dunkelheit um, rechnete damit, dass es auch heller werden müsste, nun, nachdem es schon ruhig geworden war. Allmählich ließ das Taubheitsgefühl nach, und zum ersten Mal seit über vierzig Stunden entspannte sich Estebán Valeros Körper, beinahe gegen seinen Willen. Er nahm einen warmen Schluck aus der fast leeren Wasserflasche, legte sich auf den Boden, verschränkte die Arme hinter dem Kopf und schloss die Augen.

Ganz ruhig bleiben, dachte er. Mir kann nichts passieren. Über kurz oder lang wird ihn das Spiel ermüden und er wird damit aufhören. Wird einsehen, dass es nichts bringt. Vernünftig werden. Schließlich ist er mein Sohn. Wahrscheinlich hat er mein Temperament und meinen Dickkopf geerbt. Fast musste Estebán lächeln. Hätte er in dem Alter nicht genauso gehandelt? Wäre davon überzeugt gewesen, dass die Dinge genauso waren, wie er sie sich zurechtgelegt hatte? *Sabelotodo*, hatte ihn sein Vater genannt – Besserwisser. Mühsam hatte er lernen müssen, dass er nicht dadurch Recht hatte, indem er das, was er für das Richtige hielt, nur möglichst oft und möglichst laut wiederholte. Dass die Dinge anders liegen konnten als in seinem Kopf ausgebreitet und dass es gut möglich war, sich zu täuschen. Dass wahre Größe darin bestand, zuzugeben, Unrecht gehabt zu haben. Sich belehren zu lassen und zu lernen. Supervision, das war das Zauberwort bei Intershop. Sich gegenseitig auf die Finger schauen und die eigene Leistung mit den Augen anderer betrachten. Kritisieren – und was viel schlimmer war – kritisiert zu werden.

„Du musst nicht alles können, du musst nur fähig sein zu kommunizieren, was du nicht kannst."

Kommunikation nach innen und außen, dachte er: Und nun sitze ich hier drin und kein Wort dringt nach draußen. Hermetisch abgeriegelt mein Inneres und Äußeres zu einem Außerhalb, das keinen Laut mehr von sich gibt. Hatte Benjamin ihn vergessen? Warum hatte er die Musik ausgeschaltet – oder war das unbeabsichtigt gewesen? Vielleicht war wirklich ein Stromausfall der Grund für die absolute Stille, die ihm allmählich unheimlich wurde. Wieso hatte er sie vorher als weniger durchdringend empfunden?

Und da begriff er. Panisch sprang er auf und lief in dem kleinen Viereck umher, tastete sich an den Wänden entlang, hielt sein Ohr daran: nichts. Unbeweglich stellte er sich dorthin, wo er die Mitte des Raums vermutete und lauschte: Nicht das leiseste Summen. Estebán Valero griff sich an den Hals und atmete tief ein. Schweiß lief ihm von der Stirn ins Gesicht, bei Licht hätte sich die nackte Angst darin gespiegelt: Benjamin hatte die Lüftung abgestellt.

Etwas hatte ihn dazu getrieben. Ein fast orgiastisches Verlangen, das bis in seine Eingeweide vorgedrungen war und ihn erschauern ließ. Einen Schalter umzulegen war einfacher, als einen Abzug zu betätigen.

Er könnte keinen Menschen erschießen, schon das kalte Metall in seiner Hand hatte ihm Unbehagen bereitet. Zufällig hatte er die Pistole gefunden, auf der Suche nach einer Badehose, die er sich von Marco hatte leihen wollen. Der Freund war gerade in die Ferien aufgebrochen, Ben war vorbeigekommen, um sich ein wenig mit der Wohnung vertraut zu machen. Vielleicht gab es in der Nähe ein Freibad, vielleicht wäre es eine gute Idee, den Kiez kennenzulernen. Am Ende würde er wirklich den Sommer über hierherziehen und dann müsste er irgendwo schwimmen gehen. Die Sportsachen vermutete er bei den Handtüchern und er setzte darauf, dass sich darunter auch eine Boxershorts oder Badehose befinden würde. Stattdessen hatte er, in ein Badelaken eingewickelt, die Pistole samt Munition gefunden. Erschrocken war er und gleichzeitig fasziniert. Alles, was Angst in ihm auslöste, zog ihn zugleich magisch an und er musste es haben. Schon als kleiner Junge hatte er große Spinnen aufgespürt, nur, um sich zu überwinden, sie anzufassen und das Gefühl zwischen seinen Beinen zu genießen, wenn er es geschafft hatte. Der dunkle Keller war solange sein Feind, bis er sich dort ein Zimmer eingerichtet hatte, der tiefe See ein Monster, bis er hindurchgeschwommen war. Es war nicht so, dass er die Furcht verlor, aber das Gefühl der Ohnmacht. Macht ist ein Vermögen, welches großen Hindernissen überlegen ist. Es war derjenige Gedanke gewesen, der ihn in der Vorlesung über Immanuel Kant am meisten gefallen hatte. Seither fühlte er sich dem deutschen Philosophen verbunden. Macht über die Dinge zu haben, bedeutete, ihnen nicht ausgeliefert zu sein, weil man am längeren Hebel saß. Oder eben am richtigen Schalter.

Erst danach hatte er den Powerknopf der Anlage gedrückt, das Licht gelöscht, die Tür zum Studio geschlossen, seinen Rucksack genommen und war gegangen.

Er würde nicht mehr zurückkehren.

Siebzehn

Das kleine Wäldchen war nicht größer geworden; es führte jetzt ein frisch eingeweihter Wanderweg um das Dorf. An seinen Hängen wuchs Wein, Obstbäume standen im Winter wie vielarmige Skelette auf den Feldern und barsten im Sommer vor Sauerkirschen und Äpfeln. Im Mai brachte der wellige Sandboden in Schrebergärten Spargel hervor, während der Flieder unverschämt blühte, lila und weiß.

Ich war im Juni zurückgekommen. Das Grün der Blätter an den Bäumen in den Vorgärten ließ die Straßen breiter aussehen, ein gepflasterter Gehweg führte zur Ortsmitte, wo ich als Kind vor der Kirche auf einer Bank unter Kastanien gesessen hatte.

Aus einem unförmigen Klotz, der von einem abgerundeten Zementmäuerchen eingefasst war, quoll an verschiedenen Stellen Wasser. Der Brunnen machte keinen imposanten, eher einen traurigen Eindruck, als bedauerte er es, keine Fontänen spritzen zu lassen. Die Sonnenterrasse des Rathauskellers war mit Waschbetonplatten ausgelegt, unter den dünnen Sohlen meiner Sandalen kitzelten mich die Kiesel im Darübergehen. Erhöht zu sitzen war gut an diesem ersten Tag. Zu betrachten, wer wie über die Fußgängerampel in das Obstgeschäft oder die Raiffeisenbank ging, wie viele es in den Elektroladen trieb oder das Blumengeschäft mit der braunen Markise, vermittelte mir etwas wie Überblick. Der Kaffee schmeckte bitter und die Blicke der Passanten, die zu mir hochschauten, auch. Eine allein stehende Frau mit einer schlecht frisierten Perücke, die sich ohne Begleitung öffentlich ein Stück Kuchen unter der Woche gönnt, ist in Berlin nicht einmal einen Gedanken wert. In Unterlurch war es wahrscheinlich an den Abendbrottischen Gesprächsthema.

Das Haus stand an der Pariser Straße, zwischen der evangelischen Kirche und der Abzweigung zur Autobahn. Die hatte man nicht Hitler zu verdanken, sie war viel später gebaut worden. Die, die sie als schnellsten Weg in die Stadt nutzten, hatten die Geschichte ohnehin schnell vergessen: Kein Gedenkstein erinnerte 1980 daran, dass man schon vor 1934 niemanden mehr auf dem Jüdischen Friedhof hatte begraben müssen – waren sie nicht alle freiwillig gegangen? Die Stellungen der amerikanischen Alliierten, gegen die ihre Väter bis zum bitteren Ende erheblichen Widerstand geleistet hatten, waren in den Fünfzigern schon zugeschüttet worden. Aus Sicherheitsgründen, wie es heißt.

Hätte ich all das vorher gewusst, es hätte mich wohl nicht davon abgehalten, wieder Goldfische in den brachliegenden Teich vor unserem Haus zu setzen und Seerosen wuchern zu lassen. Bar jeder Vernunft und im Spießrutenlauf widersetzte ich mich der Tatsache, dass mich hier niemand haben wollte. Ich hatte die Erinnerung mitgebracht. Mit mir zwängte sich das Ausgesparte, das Verschwiegene durch die Mauerritzen, hinein in die Wohnzimmer und Köpfe der Alten, die unbelehrbar ihre Narben zur Schau stellten.

Manche Spuren von Folter sind unsichtbar. Aber die Seele, die sich während des Überlebens wie ein Schutz um den Körper legt, ist immer spürbar. Sie macht Angst, denn sie ist kühl und befeuchtet die Luft im Vorübergehen. Wie eine flüchtige Umarmung des Todes berührt sie alles Lebendige. Unterlurch wollte mich nicht, denn ich kam aus einer Zeit, für die man dort keine Verwendung mehr hatte.

Die Wände hatten keine Ohren und die Fenster waren blind. Ich kochte das Wasser ab, bevor ich es trank.

In meinem Haus standen die Uhren still.

Erst mit Hannes zog die Vergänglichkeit wieder ein.

Samstagmittag

Nach einer etwa halbstündigen Überlandfahrt ohne Klimaanlage bei gekipptem Seitenfenster, gab ihnen der Busfahrer ein Zeichen, dass sie angekommen wären. Vor einer, dem Bau nach zu urteilen, recht alten Kirche hielt der Bus und die beiden Frauen stiegen aus. Verónica holte einen kleinen Ausdruck der Wegbeschreibung zum Hotel aus der Tasche und sagte:

„Ist gleich hier um die Ecke. Wir fragen am besten."

Kaum hatte sie den Satz zu Ende gesprochen, als ein älterer Mann mit Gehstock neben ihr stehen blieb und fragte, ob er helfen könne. Verónica sagte ihm den Namen des Hotels und der Alte deutete auf einen Trampelpfad, der von der Bushaltestelle hinter der Kirche entlangführte.

„Gehen Sie den Weg, bis es nicht mehr weiter geht, und dann links, da stoßen Sie genau darauf."

Tatsächlich mussten Inge und Verónica keine fünf Minuten laufen, bis sie vor dem Hoteleingang standen. Es war ein gelb angestrichenes Bauernhaus an der Ecke eines kopfsteingepflasterten Gässchens und einer verkehrsberuhigten Straße. In einem Innenhof standen ein paar Tische und Stühle mit Plastiktischdecken, an denen keine Menschenseele saß. Überhaupt schien das Dorf an dieser Stelle wie ausgestorben. Inge Nowak ließ sich erschöpft unter einem gelben Sonnenschirm nieder und streckte die Beine aus. „Falls du drinnen jemanden findest“, rief sie Verónica zu, „bestell mir sofort ein Alster.“

„Sie meinen ein Radler?“, erklang eine nicht unfreundliche Stimme hinter ihr aus dem Fenster.

„Ich meine ein Bier mit Zitronenlimo“, antwortete Nowak leicht ungehalten und ohne sich umzusehen, „wie auch immer man das hier nennen mag.“

„Und Sie? Darf ich Ihnen auch etwas bringen?“ Die Frau am Fenster ließ sich nicht aus der Ruhe bringen.

„Das Gleiche, bitte. Und vielleicht die Zimmerschlüssel für Sánz, ich hatte gestern reserviert. Falls Sie auch für das Hotel zuständig sind.“

„Ich bin hier für alles zuständig. Ich bin die Inhaberin des Goldenen Löwen.“ Damit verschwand sie.

„Kein Wunder, so wie die brüllt“, flüsterte Inge.

Verónica kicherte. „Sei friedlich, bis wir den Schlüssel haben, danach kannst du wegen mir Randale machen.“

Als die Löwin nach einigen Minuten mit den Getränken auf einem Tablett wiederkam, sah sie bereits weniger angriffslustig aus. „Geht aufs Haus, statt Begrüßungsprosecco“, sagte sie, während sie die Gläser auf den Tisch stellte. Dann händigte sie Verónica einen Schlüssel mit schwerem Anhänger aus und deutete auf eine geöffnete Tür hinter ihr. „Treppe hoch, erster Stock, letztes Zimmer. Wir schließen um zehn Uhr abends ab, Sie haben aber einen Schlüssel. Frühstück unten im Gastraum“, sie deutete auf einen zweite geöffnete Tür auf der anderen Seite, „von sieben Uhr dreißig bis neun Uhr dreißig.“ Sie stemmte die Hände in die Hüften: „Falls Sie sonst Hunger haben – unsere Küche hat mittags von zwölf bis zwei und abends von siebzehn bis zweiundzwanzig Uhr geöffnet." Sie zwinkerte Inge Nowak beruhigend zu. „Ihr Alster oder wie auch immer Sie es nennen wollen, kriegen Sie durchgehend!"

„Danke schön", erwiderte Verónica schnell, bevor Inge auf die Spitze eingehen konnte, hob ihr Glas und prostete ihrer Freundin zu. Das bewegte die Löwin zum Rückzug. Nowak zündete zwei Zigaretten an, reichte Verónica eine davon und lehnte sich zurück. „Schön still hier. Großartige Idee, herzukommen. Selbst, wenn es sich als tote Spur herausstellt, hat es sich schon gelohnt."

Verónica grinste. „Wie gehen wir vor?"

„Warst du nicht Sherlock Holmes?"

„Dann schlage ich vor, Watson, wir schauen nach, ob die Eltern des damals verdächtigten Jungen noch leben."

„Einverstanden."

„Nach der Adresse können wir ja hier fragen."

„Nach der ganzen Angelegenheit auch."

„Wie meinst du das?"

„Das ist mit Sicherheit ein Familienbetrieb, und das bedeutet, dass die Löwin hier geboren ist. Sie könnte damals in dem Alter gewesen sein, um sich an die Sache mit den toten Jungs zu erinnern."

„Stimmt." Verónica seufzte. „Übernimmst du das?"

„Mit dem größten Vergnügen", erwiderte sie und war bereits aufgestanden, als die Inhaberin gerade das Haus verlassen wollte.

„Entschuldigung. Dürften wir Sie noch etwas fragen?"

„Selbstverständlich."

„Sind Sie hier aufgewachsen?"

„Sieht man das nicht?", fragte sie amüsiert zurück.

„Ich wüsste nicht, woran."

„Es heißt, wir hätten hier eine so gesunde Gesichtsfarbe, weil unsere Muttermilch aus dem Herzen von Rheinhessen kommt." Sie lachte, und nun wurde sie allmählich auch Inge Nowak sympathisch. „Vor Ihnen steht eine waschechte Unterlurcherin, Doris Riedel." Sie reichte ihr die Hand.

„Inge Nowak, geboren in Münster. Ich bin Hauptkommissarin in Berlin und das ist meine Kollegin Inspectora Verónica Sanz aus Granada. „Erinnern Sie sich an den Tod zweier Jungen in den achtziger Jahren? Der eine wurde erschossen, der andere hat sich verbrannt."

Augenblicklich verfinsterte sich der Blick von Doris Riedel.

„Natürlich. Daran erinnert sich hier in meiner Generation jeder. Udo Erdmann war sogar in meiner Klasse gewesen. Hannes Hoffmann nicht. Der war zwei Jahre älter und hatte schon Abitur gemacht. Obwohl er körperbehindert war. Also Contergan."

„Aber sie kannten ihn."

„Klar. Hier kennt jeder jeden. Immer noch. Und wenn einer noch dazu anders ist, dann erst recht. Wissen Sie, es ist nicht so einfach, hier ein Außenseiter zu sein."

Inge Nowak nahm verwirrt wahr, wie Verónica der Frau zulächelte.

„Wie meinen Sie das?", fragte sie, um das Lächeln zu unterbinden.

„So, wie ich es gesagt habe." Sie suchte nach etwas in ihrer Handtasche und holte ihren Autoschlüssel hervor. „Und nun müssen Sie mich bitte entschuldigen, ich muss noch etwas besorgen. Wenn Sie wollen, können wir unser Gespräch heute Abend fortsetzen. Und mir erzählen, weshalb Sie sich nach all den Jahren dafür interessieren."

„Das tun wir gern“, antwortete Verónica an Inges Stelle freundlich. „Vielleicht könnten Sie uns dann ein altes Klassenfoto mitbringen?“

„Ich schau mal nach, ob ich auf die Schnelle eins finde!“ Doris Riedel war bereits an ihrem Auto und schloss die Tür auf. Kurz darauf war sie verschwunden.

„Hab ich irgendwas nicht mitbekommen?“ Die Hauptkommissarin klang gereizter, als ihr lieb war.

„Glaube schon.“

„Und das wäre?“

„Das ist eine Schwester.“

„Wie, eine Schwester?“

„Eine Lesbe.“

„Die?“, rief Inge spontan aus.

„Wieso nicht die?“

„Die sieht ja wohl überhaupt nicht so aus.“

„Und du?“

„Das ist etwas ganz anderes.“

„Soso.“ Verónica grinste breit.

„Woran willst du das denn überhaupt sehen?“

„Das sehe ich nicht, das spüre ich.“

„Und wie genau willst du das spüren?“

„Instinkt?“

„Und bei mir hast du das auch gespürt, ja?“

„Zumindest, dass du offen dafür bist, ja.“

„Du spinnst, Sánz.“

„Und du hast keine Ahnung von Frauen, Nowak.“ Sie küsste die Freundin auf den Mund, nahm sie an der Hand und sagte: „Gut wäre übrigens gewesen, du hättest unsere Gastgeberin nach der Adresse von Hoffmanns gefragt. Dann müssten wir uns jetzt keinen anderen Ureinwohner suchen.“

„Hi, Wolf."

„Kollege Erkner – was verschafft mir vor dem Mittagessen die Ehre?" Berger hatte sich gerade ein Eis geholt und den Anruf erst nach dem sechsten Klingeln angenommen.

„Das ungute Gefühl unserer Chefin und das, was mir Annegret Hagen nicht sagen konnte. Was, wenn Valero Ben Mangold irgendwo in Mitte festhält?"

„Wäre unschön."

„Dann suchen wir ihn doch."

„Tolle Idee. Du und ich durchkämmen Mitte mit einer Hundestaffel!"

„Ein Spürhund würde ja schon reichen."

Berger leckte das heruntertropfende Bananeneis von seiner Waffel, kurz bevor es ihm über die Finger lief.

„Verstehe. Du bist mit Diana und Gregory unterwegs."

„Wir könnten uns in der Auguststraße treffen. Aber wir bräuchten ein Kleidungsstück von Ben Mangold."

„Und das soll ich besorgen gehen?"

„Genau."

„Als eine Art Privatausflug."

„Genau."

„Und genauso privat spazieren wir ein wenig durch Mitte."

„Du hast es erfasst."

„Wegen dir verlier ich noch mal meinen Job!"

„Dann stell ich dich in der Pommesbude an, die ich danach aufmache, weil wir ja beide fliegen. Versprochen! Also, was ist jetzt? Kommst du?"

Sein Kollege brummelte etwas Unverständliches und beendete das Gespräch, woraufhin Erkner ein Siegeszeichen in Richtung Diana machte.

Zweieinhalb Stunden später tauchte Wolfram Berger mit einem grünen Kapuzenpulli in der Hand an jenem Sportplatz auf, vor dem Valeros Auto am Vorabend abgeschleppt worden war.

„Der", sagte Berger und hielt den Pulli hoch, „lag auf seinem Bett. Seine Tante sagt, er hätte ihn getragen, als sie ihn zum letzten Mal gesehen hat."

„Wunderbar, das sollte reichen. Ich mach mal Gregory scharf drauf." Diana sah sich um und deutete auf einen kleinen Grünstreifen an der Umzäunung des Sportplatzes. „Ich geh mal da rüber, wir sind gleich wieder da!" Sie kraulte den Hund am Hals und gab ihm mit einer kleinen Belohnung, die sie aus der Jackentasche holte, zu verstehen, dass es gleich Arbeit für ihn gab.

Frank Erkner hatte die ausgebildete Hundetrainerin bei einem Lehrgang kennengelernt, und obwohl er nichts mehr hasste als den Geruch von nassen Hundehaaren, hatte er sich sofort in sie verliebt.

„Wenn du Gregory nicht magst, wird nichts aus uns", hatte sie ihm nach der ersten Nacht offenbart, und er hatte sich mühsam mit dem Gordon Setter angefreundet. Das Tier lebte in Dianas Garten in einem großen Zwinger und betrat Häuser, wie Diana Erkner gleich zu Anfang beruhigte, nur zum Trainieren. Gregorys Ruf als erfahrener Spürhund, der nahezu jede Fährte aufnehmen konnte, war legendär. Seine glänzende Karriere im Dienst der Polizei wurde allerdings jäh beendet, als ein Amokläufer ihn mit einem Schwert schwer verletzte. Zwar war der Hund buchstäblich wieder auf die Beine gekommen, hatte jedoch an Zähigkeit und Ausdauer verloren. In der Hundestaffel kam man überein, Gregory in Frührente zu schicken und ihn in Dianas Hände zu geben. Fast täglich trainierte sie mit ihm weiter. Zum einen, weil er sich daran gewöhnen musste, von dem Polizeibeamten getrennt zu werden, der bis dahin vier Jahre lang mit ihm zusammengearbeitet hatte, zum anderen, weil sie davon überzeugt war, dass der Hund eines Tages seine alte Form wiederfinden würde. So war es für den Setter nichts Ungewöhnliches, dass Diana ihn an einem Spurenträger schnüffeln ließ und ihn aufforderte zu suchen.

„Sollen wir Inge informieren?", fragte Erkner seinen Kollegen Berger, der sich währenddessen umsah.

„Worüber? Dass wir uns zu Deppen machen? Oder noch schlimmer: Dass wir ohne Durchsuchungsbefehl eine ganze Straße heimlich überprüfen?" Er schüttelte den Kopf. „Lassen wir besser."

Gregorys Bellen und Dianas Winken verkündeten, dass der Hund bereit war. Sie kamen auf die beiden zugelaufen, der Hund zog aufgeregt an der Leine.

„Hat er ihn schon?", witzelte Berger.

„Wo stand das Auto?", entgegnete Diana lächelnd.

„Ziemlich genau hier."

Sie umkreiste mit Gregory die Parklücke, in der nun ein anderer Wagen stand, doch der Hund schlug nicht an. Ein paar Mal schnüffelte er unter dem Auto herum, wendete sich dann aber wieder ab, drehte den Kopf nach oben, als suchte er die Fährte im Wind.

„Such, Gregory, such", befahl ihm Diana und ließ ihn zur Sicherheit noch einmal an dem Kapuzenpulli schnüffeln. Der Hund bellte und wich erneut ein paar Schritte zurück.

„Scheint ihm nicht zu gefallen, wie der junge Mann riecht", bemerkte Erkner enttäuscht. Im Geiste hatte er sich schon als Benjamin Mangolds Retter gesehen und das Lob seiner Chefin kassiert.

Plötzlich bog ein Umzugswagen in die Sackgasse ein.

„Was will der denn hier?“, murmelte Diana und zog den Hund zurück auf die andere Straßenseite.

Berger und Erkner wichen auf die andere Seite aus und ließen den sperrigen Kleintransporter durch die schmale Schneise zwischen den links und rechts geparkten Wagen hindurchmanövrieren. Die weiß-blaue Plane mit der Aufschrift eines Autoverleihers versperrte ihnen die Sicht zu Diana, der kaputte Auspuff und der laute Motor waren ohrenbetäubend. So konnten die beiden Männer weder hören, wie der Hund plötzlich anschlug, noch beobachten, wie Gregory vor dem Eingang eines Wohnhauses wie ein Verrückter an der Leine und seine Begleiterin mit sich in den Hauseingang zog: Er hatte die Fährte von Benjamin Mangold aufgenommen.

Estebán Valero saß mit dem Rücken an der Wand und versuchte, flach zu atmen. Vor zwei Stunden hatte er zum ersten Mal bemerkt, dass sich der Raum um ihn herum veränderte. Die sehr warme Luft, die mit der Lüftung bisher kontinuierlich umgewälzt und angereichert worden war, verwandelte sich zunehmend in ein stickiges und zugleich dünnes Gemisch aus Angst und zu wenig Sauerstoff. Es war eine Frage der Zeit – die Verzweiflung, das wusste er, würde ihn überfallen, wenn die Atemnot käme. Er hatte für diese Fälle trainiert, Estebán Valero war passionierter Taucher. Der Unterschied zu den Meerestiefen vor den Seychellen oder in Ägypten bestand allerdings darin, dass er im offenen Meer nicht allein war, sondern immer einen Begleiter hatte, mit dem er bei Sauerstoffproblemen kontrolliert auftauchen konnte. Und die Oberfläche war nicht gläsern, der Ausgang nach oben in aller Regel offen. Wenn Benjamin jedoch ernst machte, dann gab es für ihn keinen Ausweg mehr, dann stand ihm der sichere Tod bevor, er würde qualvoll ersticken.

Das darfst du nicht denken, dachte er.

Was soll ich denn sonst denken?

Im Angesicht des Todes.

Wie oft hatte er diesen Satz schon gelesen oder gehört, ohne auch nur ein einziges Mal darüber nachzudenken, was er bedeutete? Immer war er davon ausgegangen, dass er, wenn die Zeit reif wäre, so schnell sterben würde, wie er lebte. Autounfall, Flugzeugabsturz, Genickbruch – kurz und schmerzlos. Er hatte für diesen Fall vorgesorgt, eine Versicherung abgeschlossen, die seine Überführung nach Chile samt Beerdigungskosten decken würde. Er wollte seiner Mutter auf keinen Fall Kummer und Sorge bereiten.

Madre, flüsterte er, *ayúdame*.

Doch seine Mutter in Santiago ahnte nicht, wo er war. Ebenso wenig wie Sandra, die bestimmt inzwischen erfahren hatte, dass die Polizei nach ihm suchte, und bereits in einem Flieger nach Berlin saß.

In seinen Augen hatte man ihn verlassen.

Dios, dachte er.

Wie sollte er sich ausgerechnet jetzt an einen Gott wenden, zu dem zu beten er immer anderen überlassen hatte? Er, Estebán Valero, hatte es immer ohne göttliche Hilfe geschafft, aus eigener Kraft. Das hier konnte einfach nicht wahr sein. Es passte nicht zu ihm und seinem Leben, gehörte in ein Drehbuch, Hollywood für Adrenalinsüchtige. Diese Dinge geschahen doch nicht wirklich mitten in einer europäischen, zivilisierten Stadt. Es musste doch jemand sein Verschwinden bemerkt haben. Sich wundern. Sandra, seine Arbeitskollegen, irgendwer! Oder war das die Quittung dafür, dass er kam und ging, wie und wann er wollte, sich keine Vorschriften machen ließ und glaubte, auf nichts und niemanden angewiesen zu sein?

„Meine Kreditkarte ist das einzige, was ich brauche."

Er hörte sich reden, er sah sich grinsen, er schämte sich.

Sollten dies die Momente der Bekehrung sein? Lag irgendwo für ihn ein Wunder bereit und er musste bloß über seinen Schatten springen und glauben? Um Erlösung bitten?

Über welchen Schatten, dachte er bitter, wo es doch kein Licht mehr gibt.

Er war erschöpft, hatte Durst, hatte Hunger, ihm war heiß. Die Furcht trat aus allen Körperöffnungen aus, Estebán Valero hatte sich nicht mehr unter Kontrolle. Obwohl er wusste, dass er jetzt auf keinen Fall Flssigkeit verlieren durfte, ließ er seinen Tränen freien Lauf. Er weinte und je länger er weinte, umso verzweifelter wurde sein Klagen. Mit dem ersten großen Schluchzen füllten sich seine Lungen weit, und beim nächsten Einatmen merkte er, dass ihm nicht mehr viel Zeit bleiben würde.

Achtzehn

Mit der Vergänglichkeit zog das Leben bei mir ein und mit dem Leben der Tod. Dazwischen all die menschlichen Facetten von Güte bis Niedertracht. Grausames hatte ich in so vielen Gesichtern gesehen: den Hass wütender Verlierer, den Sadismus verängstigter Feiglinge, die Verachtung Herzloser. Doch als Udo Erdmann und Jürgen Knapp vor meinen Augen Hannes zu ihrem Spaß erniedrigten, sah ich etwas, das mir bis dahin erspart geblieben war: das Leuchten in den Augen eines schönen Gesichts, eine beinah zärtliche

Hand am Auslöser eines Fotoapparates und ein fröhliches Lachen mitten ins Herz. Ich sah die Unschuld sich die Hände schmutzig machen, ohne Spuren zu hinterlassen. Nichts anderes als diese unfassbare Ungerechtigkeit nahm Hannes den Glauben an das Leben und mir den Anstand.

Jeder Augenblick danach war besudelt von der Gewissheit, dass die Unmenschlichkeit keine Ausnahmeerscheinung ist, sondern in uns allen wohnt. Sie lauert hinter der Fassade guter Erziehung und falscher Nächstenliebe, sie wuchert wie ein Krebsgeschwür in unserem Innern, sie ist ein wildes Tier, das sich vielleicht nur mit Liebe zähmen lässt. Doch auch die Liebe ist nicht allmächtig, und auf verbrannter Erde wurzelt sie schlecht. Ich war lange schon nicht mehr empfänglich für sie. Mitgefühl für meine Kranken und diese mich so unerwartet überkommende Zärtlichkeit für einen chancenlosen Außenseiter – zu mehr war ich nicht in der Lage. Und es mag sein, dass sich deshalb der Hass und die tiefe Sehnsucht nach Rache in mir festsetzten und mich am Leben erhielten. Denn an diesem Nachmittag hatte mich das Böse angesteckt.

Was auch immer ich seither getan habe, es hatte den giftigen Beigeschmack von Wut. Von dem schmutzigen Geld, das ich für das verfluchte Haus bekam, kaufte ich ein winziges Apartment, das ich gelb streichen ließ und mit hellen Möbeln einrichtete. Doch die Erinnerung wirft bis heute lange Schatten, und ich glaube dem Süden die Sonne nicht mehr. Die letzten zwanzig Jahre habe ich in meiner warmen Wohnung gefroren und gelesen. Ich weiß jetzt viel über die Geschichte dieses Landes und die Zeit, die man die dunkelste in Deutschland nennt. 1995 bin ich sogar zu einer Gedenkfeier anlässlich der Befreiung nach Ravensbrück gefahren. Man hatte ehemalige Häftlinge dazu eingeladen, ich hatte nicht darauf geantwortet. Ich wollte nicht als ehemals Asoziale gesehen werden und mich nicht als Homosexuelle zur Schau stellen. Ich könnte auch nicht beweisen, dass ich deshalb zweieinhalb Jahre inhaftiert war. Denn verfolgt hat mich der Teufel persönlich, und er hat mich immer wieder gefunden. Ihn zu erkennen war oft nicht leicht und nie so schwer wie an jenem Tag, an dem er gut verkleidet an meiner Tür klingelte.

Samstagnachmittag

Das Elternhaus von Erika Mangold lag am Ende einer Straße, die aus dem alten Dorfkern hinausführte. Kurz davor hörte die Ortsverschönerung auf, das hübsch angeordnete Kopfsteinpflaster ging in grauen Asphalt über, die Häuser waren verwinkelt, eng und schief aneinandergebaut, aber sie brüsteten sich nicht mehr mit freigelegten Fachwerkbalken, standen nicht, wie die Gebäude weiter oben, unter Denkmalschutz. Hier gab es nichts zu schützen, schon das vom Rost stark angegriffene, ehemals grüne Hoftor, zeugte davon, dass sich dahinter nichts Sehenswertes verbarg.

An der Mauer neben dem Eingang hing ein halb herausgerissenes Klingelschild, auf dem in verblichenen Buchstaben gerade noch *inger* zu lesen war, die Kabel lagen frei und Inge Nowak drückte erst gar nicht auf den Knopf, sondern gleich die Klinke des Tors herunter. Sie traten in einen kleinen Hof, der über und über mit alten Gegenständen vollgestellt war: kaputte Fernsehgeräte, beschädigte Möbel, zerfleddertes Plastikspielzeug, alte Fahrräder, weiter hinten, vor dem Eingang zu einer kleinen Scheune, die aussah, als müsste sie jeden Augenblick zusammenbrechen, ein Autowrack.

„Pass auf!“, konnte Verónica gerade noch sagen, als auch schon ein riesiger schwarzer Schäferhund auf Inge Nowak zuschoss, direkt vor ihr zum Stehen kam und sie mit gefletschten Zähnen anbellte.

„Hasso, aus!“, rief eine laute Stimme aus dem Haus, was den Hund weder beeindruckte noch davon abhielt, Inge weiter zu bedrängen. Erst als ein stämmiger Mann in den Hof kam, noch einmal brüllte: „Aus, hab ich gesagt!“ und dem Hund einen Tritt in die Seite versetzte, verzog er sich jaulend.

„Was wollen Sie hier?“ Der Mann verströmte denselben Geruch, der über dem ganzen Anwesen zu liegen schien. Eine Mischung aus Schweiß, Dreck und Ranzigem, süßlich und so durchdringend, dass Inge einen kleinen Schritt nach hinten machte.

„Vor allem einen freundlicheren Empfang.“ Sie zog Ihren Ausweis aus der Tasche und stellte klar, wer sie war. Sie mochte es nicht, wenn man sie erschreckte, und das Ambiente, das sie umgab, vermittelte ihr alles andere als Sicherheit. „Und wer sind Sie?“

„Bodo Klinger.“

„Verwandt mit Erika Klinger?“

„Mein Schwesterchen?“ Er lachte laut auf. „Hat die was verbrochen? Das glaub ich jetzt nicht!“

„Ihre Schwester wurde am vergangenen Montag erschossen.“

Das Lachen gefror ihm im Gesicht. Er schien einen Moment zu brauchen, bis er die Information verarbeitet hatte. „Und jetzt denken Sie, ich war’s?“

„Wie kommen Sie darauf?“

„Weil ihr Bullen mir doch alles anhängen wollt! Aber das nicht!“ Und ehe es sich Inge Nowak versah, war Bodo Klinger in Richtung Scheune gespurtet, hatte eine Tür aufgerissen, die polternd wieder ins Schloss fiel, nachdem er, gefolgt von seinem Hund, dahinter verschwunden war.

„Was ist denn hier los, verdammt noch mal?“, polterte eine andere männliche Stimme, älter und rauer als die erste, diesmal aus einem der Fenster im ersten Stock. Der Kopf, der dazu gehörte, wirkte nicht viel gepflegter als der von Bodo Klinger, aber doppelt so alt, wenngleich das faltige Gesicht hinter einer rot entstellten Nase und dunklen Bartstoppeln kaum zu erkennen war.

„Nette Familie“, kommentierte Verónica mit einem Blick nach oben.

„Polizei“, rief Inge Nowak ungewöhnlich aggressiv. „Kommen Sie runter oder wir rauf?“

„Was wollen Sie?“

„Die Fragen stelle ich hier. Soll ich Sie von meinen Kollegen mit aufs Präsidium nehmen lassen oder kommen Sie jetzt runter?“, wiederholte Nowak laut.

Der Mann am Fenster brummelte etwas und verschwand.

„Puh“, sagte Inge. „Ein Traum von Landleben.“

In diesem Augenblick trat ein Schatten in die noch geöffnete Haustür und hielt sich am Türrahmen fest. Der Mann war schlicht und ergreifend ein Wrack und spiegelte in seiner ganzen Haltung Wut. Allerdings war unübersehbar, dass er sich selbst so zugerichtet haben musste, er war ganz offensichtlich Opfer dauerhaften Alkoholkonsums.

Wieder wies sich Inge Nowak aus und fragte ohne Umschweife:

„In welchem Verhältnis stehen Sie zu Erika Mangold?“

Er antwortete nicht sofort, sein Gehirn arbeitete langsam.

„Die Schlampe ist meine Jüngste." Die Artikulation seiner Worte kostete ihn Mühe, um das Gleichgewicht zu halten, trat er von einem Bein auf das andere.

„Ihre Tochter Erika ist tot."

Als ob er nicht verstanden hätte, runzelte er die Stirn und verzog das Gesicht. „Wie, tot?"

„Sie ist umgebracht worden, Herr Klinger."

„Ach, du Scheiße", lallte er.

Inge Nowak wandte sich wortlos ab und nahm Verónica am Arm. „Ich muss hier raus, sonst vergesse ich mich", sagte sie leise und ließ den Vater von Erika Mangold ohne weitere Erklärung und ein Wort des Abschieds stehen.

Gregory ließ sich kaum halten, und Erkner und Berger stürzten Diana hinterher, die, immer zwei Stufen auf einmal nehmend, dem Spürhund zu folgen versuchte. Erst ganz oben, im fünften Stock direkt unter dem Dach, blieb Gregory stehen und bellte eine Wohnungstür an.

Und jetzt?, schienen Erkners und Dianas Blicke zu fragen.

Berger zog seine Pistole, bedeutete seinem Kollegen, dass er ihm Deckung geben, und Diana, dass sie sich mit dem Hund zurückziehen sollte. Dann drückte er auf die Klingel mit der Aufschrift Marco König.

Als auch nach dem zweiten Mal nichts geschah und auch von drinnen nichts zu hören war, rief Berger laut und deutlich: „Aufmachen, Polizei!"

Doch auch daraufhin passierte nichts.

„Gehen wir rein?", flüsterte Erkner.

„Auf welcher Grundlage?"

„Gefahr im Verzug."

Berger atmete tief durch. Der Schweiß lief ihm den Rücken hinunter. Er hörte kurz in sich hinein, wägte das Risiko eines Disziplinarverfahrens dagegen ab, ein Menschenleben aufs Spiel zu setzen, und entschied sich für Ersteres. Mit einer Plastikkarte, die er eigens für derlei Zwecke in seiner hinteren Hosentasche aufbewahrte, ließ er die Tür leise aufspringen und zog sich sofort danach wieder abwartend zurück. Nichts passierte. Doch als Berger die Tür mit der Fußspitze aufstoßen wollte, riss sich Gregory von Diana los und stürzte an ihm vorbei bellend das Treppenhaus hinunter.

„Er muss da unten sein!", rief sie und wollte dem Hund nachlaufen. Berger hielt sie mit dem ausgestreckten Arm davon ab und bedeutete ihr, auf die Treppe zum Dachboden in Deckung zu gehen.

„Du gehst runter, ich geh rein!", befahl er dann seinem Kollegen leise.

Erkner nickte, und mit gezückten Waffen ging der eine langsam dem Hund hinterher und der andere betrat ebenso vorsichtig die Wohnung.

Diana hatte sich unterdessen auf die letzte Treppenstufe gesetzt und spähte durch den Zwischenraum des geschwungenen Geländers nach unten. Sie konnte sehen, wie Gregory an einem jungen Mann hochsprang – ganz offensichtlich Ben Mangold.

„Lieber Gott, lass ihn nicht bewaffnet sein!", betete sie und sah den Hund schon zum zweiten Mal auf der Bahre liegen.

Doch ehe der Angegriffene reagieren konnte, hatte Erkner ihn bereits im Visier: „Hände hoch! Und keine falsche Bewegung!"

Statt die Hände hochzunehmen, hielt der Angesprochene ihm etwas hin: „Wir müssen ihn rauslassen“, keuchte er, „schnell!“ Der Hund schien ihm keine Angst zu machen und auch die Waffe nicht, mit der Erkner ihn in Schach hielt. „Schnell, er erstickt!“

„Hände hoch, habe ich gesagt und lassen Sie fallen, was Sie in der Hand haben!“, forderte Erkner ihn wieder auf, nicht sicher, ob es sich bei den Worten des Jungen um ein Ablenkungsmanöver handelte. Und zu dem Hund, der sich gar nicht mehr beruhigen wollte: „Aus, Gregory, lass ihn, zurück.“

Doch erst Dianas Stimme von oben und ein bestimmter Pfiff aus ihrer Pfeife konnten Gregory veranlassen, ein wenig von seinem erfolgreichen Fund zurückzuweichen.

„Mann, ich hab Valero da oben eingesperrt und die Lüftung abgedreht. Bitte, Sie müssen ihn da rausholen, schnell, sonst ist es zu spät!“

In diesem Augenblick hörten sie einen Schuss.

Unbeweglich stand Erkner da, zielte auf Ben Mangold, und in seinem Kopf spielte sich der schlimmste aller Filme ab: Da oben lag sein Kollege Wolf, erschossen von einem flüchtenden Mörder, und er konnte nichts tun, weil er nicht einmal wusste, ob der Junge ein Komplize war und ihn nur ablenkte, ob nicht gleich ein zweiter Schuss fiele, der Diana träfe und schließlich ein letzter, der ihm gälte. Nervös drehte er sich zur Seite, um einen kurzen Blick nach oben zu werfen, konnte aber nichts erkennen.

Plötzlich öffnete sich eine Tür hinter ihm und eine Frauenstimme rief ärgerlich: „Was ist denn hier für ein Krach?“ Dann sah sie Erkner mit der Pistole und erstarrte.

„Polizei. Gehen Sie wieder in die Wohnung und schließen Sie die Tür. Sofort!“, herrschte er sie an, ohne Ben Mangold aus den Augen zu lassen, der sich an ihm vorbei, nach oben schieben wollte. „Und Sie bleiben stehen, hab ich gesagt! Rumdrehen, los, Hände auf den Rücken."

Ben Mangold widersetzte sich nicht, drehte sich um und sagte wieder: „Sie müssen ihn da rausholen!"

Der Junge machte wirklich einen hysterischen Eindruck, und für einen Moment dachte Erkner darüber nach, ob Valero wirklich da oben eingesperrt war, sich womöglich befreit und auf Berger geschossen hatte, der nun in seiner Gewalt war.

Erkner spürte, wie die Nachbarin ihn durch den Spion beobachtete, und betete, dass nicht genau in diesem Augenblick, in dem er Ben Mangold mit Handschellen an das Treppengeländer fesselte und nach Waffen durchsuchte, noch jemand auf die Idee käme zu fragen, was hier vor sich ginge.

„Hier!" Ben hielt mit der freien Hand einen Schlüssel hin, den Erkner ihm abnahm und in die Hosentasche steckte. „Er passt zu der mit schwarzem Stoff überzogenen Tür neben dem Studio."

Was zum Teufel sollte er nur machen? Verstärkung holen oder versuchen, im Alleingang etwas auszurichten? Er durfte keine Zeit verlieren, er musste handeln.

„Du bleibst hier, Gregory und passt auf ihn auf!", befahl er dem Hund, der ohnehin nur auf Diana hörte. Dann schob er sich, Stufe für Stufe mit dem Rücken an der Wand langsam das Treppenhaus nach oben. Er hatte nur eine Chance: Er musste oben sein, bevor der andere auf Diana schießen würde. Um Berger würde er sich dann kümmern müssen. Kalter Schweiß stand ihm auf der Stirn, und zum ersten Mal in seiner Zeit als Polizeibeamter hatte Frank Erkner Todesangst.

Plötzlich hörte er über sich eine vertraute Stimme: „Sag mal, übst du für den nächsten James Bond oder gehst du immer so die Treppen hoch?"

Erkner sah nach oben und erkannte Berger, der sich grinsend über einen gedrechselten Treppengeländerknauf beugte und zu ihm hinuntersah. „Hier oben gibt's Arbeit für einen Notarzt und bei dir?"

Im Bruchteil einer Sekunde purzelten sämtliche Gedanken und Gefühle über dem Oberkommissar zusammen, ihm wurde heiß und kalt zugleich, das Treppenhaus begann sich leicht zu drehen, seine Knie sackten ihm weg, er sank auf dem Treppenabsatz zusammen und fing, die Pistole im Schoß, hemmungslos zu weinen an. Er bemerkte nicht, wie Berger an ihm vorbei zu dem ebenfalls völlig aufgelösten Benjamin Mangold ging und sich um ihn kümmerte. Wie von fern nahm er wahr, dass sich Diana neben ihn setzte, den Arm um ihn legte und Gregory um ihn herumwedelte. In seiner Brust tobte ein Sturm, ließ seinen Körper zittern und verursachte ihm Übelkeit. Nur langsam kam er wieder zu sich und als wenig später zwei Sanitäter kamen, um den dehydrierten Estebán Valero auf einer Bahre abzutransportieren, fühlte er sich zwar noch schwach, weigerte sich aber, sich von dem Notarzt untersuchen zu lassen.

„Mit mir ist nichts, ich bin vollkommen in Ordnung", wehrte er ab.

„Vielleicht mal Blutdruck messen?", schlug sein Kollege vor.

„Quatsch."

„Aber dein Kreislauf ist doch total weggesackt!", sagte Diana.

„Lasst mich einfach in Ruhe!", herrschte Erkner sie an und lief mit großen Schritten in Richtung Sportplatz davon.

Diana wollte ihm mit Gregory nachgehen, aber Wolfram Berger hielt sie zurück.

„Lass mich mal. Das ist beruflich", sagte er, und nachdem er Benjamin Mangold in die Obhut des zweiten Sanitäterteams gegeben hatte, folgte er Erkner. Der Oberkommissar saß auf einer Parkbank und hatte die Beine ausgestreckt. Berger setzte sich daneben und eine Weile sagten beide nichts.

„Das hätte schwer ins Auge gehen können", begann Berger nach einer Weile. „Wir haben uns und vor allem Diana in unnötige Gefahr gebracht. Ich hätte niemals einfach so da reingehen dürfen, weder in die Wohnung noch in den Raum, in dem Valero eingeschlossen war. Aber ich hab das Vorhängeschloss gesehen und es einfach seitlich weggeschossen. Wie ein Anfänger."

Erkner nickte schweigend und beide starrten auf die weiter entfernt Fußball spielenden Jugendlichen in roten und blauen Trikots.

Erkner schluckte. „Ich dachte wirklich für einen Moment, dich hätte es erwischt."

Wieder schwiegen sie.

„Hat es aber nicht", sagte Berger dann.

Beide dachten das Gleiche: Inge Nowak würde austicken, wenn sie davon erführe. Erkner und Berger rutschten zusammen, als sie Diana mit Gregory auf sich zukommen sahen.

„Ist hier noch ein Plätzchen frei?"

„Für dich immer."

Gregory legte sich den Dreien vor die Füße und hechelte.

„Rein theoretisch hätten wir sie ja nacheinander festsetzen können“, dachte Berger laut.

„Rein theoretisch hätte uns Diana auf die Spur von Benjamin Mangold bringen können und der hätte uns zu Valero geführt“, fantasierte Erkner weiter.

„Was aus versuchtem Mord Körperverletzung machen würde“, folgerte Diana. „Oder sah euch das so aus, als ob der Junge seinen Vater wirklich umbringen wollte?“

Die beiden Männer schüttelten unisono den Kopf.

Die Nachmittagssonne wanderte und fraß Stück für Stück den Schatten auf, der die Bank gerade noch zu einem Fluchtpunkt vor der kaum auszuhaltenden Hitze gemacht hatte.

„Dann sind wir uns einig?“, fragte Berger, ohne dabei Diana oder Erkner anzuschauen.

„Absolut“, antwortete Erkner.

„Völlig“, erwiderte Diana.

Berger war der erste, dessen Mundwinkel leicht nach oben rutschten. „Wir haben sie.“ Jetzt grinste der Hauptkommissar zufrieden über das ganze Gesicht. „Beide!“

Erwartungsvoll hob er die flache Hand senkrecht auf Brusthöhe. Sein jüngerer Kollege atmete tief durch und rang sich ein Lächeln ab. Dann schlug er ein. Sein Herz klopfte noch immer zu schnell für Samstagnachmittag und er hatte das dringende Bedürfnis, den Angstschweiß wegzuduschen.

„Danke, übrigens“, sagte Berger zu Diana und mit einem Blick zu Gregory, dem die Zunge buchstäblich aus dem Hals hing. „Ohne euch zwei hätten wir sie nie gefunden. Ich finde, wir haben alle was zu trinken verdient, bevor wir wieder an die Arbeit gehen!“

„Immer gerne!“, erwiderte Diana. „Die Spurensuche und das Trinken auch.“

Zehn Minuten später saßen die drei vor einem Touristenlokal im Schatten und tranken alkoholfreies Bier aus der Flasche.

Neunzehn

Der Teufel kommt und geht, und danach lebt es sich weiter. Das Kind in mir will auch im hohen Alter noch spielen und isst vom Mittagsteller das Lieblingsgemüse zum Schluss. Auch, wenn schon lange niemand mehr dabei zusieht und ihm jeder seine Mahlzeit gönnt. Verfall ist keine Frage der Jahre, die man lebt, es ist eine Folge von Einsamkeit. Wenn die Echos verklingen, keiner mehr Fragen stellt und keiner mehr Antworten gibt, wenn es gleichgültig ist, ob man sich die Zähne putzt, die Haare wäscht oder ordentlich gekleidet ist. Wenn die Welt keine Kenntnis mehr von der eigenen Existenz nimmt, dann beginnt das allmähliche Sterben.

Und dennoch will die Seele spielen. Patiencen legen gegen das Dahinplätschern von Tagen. Die faltige Haut in die Sonne halten, denken: schön warm. Kaffee dem Blutdruck, Schwarzwälderkirsch mit Sahne dem Zucker zum Trotz. Am See unterm Sonnenschirm eine von den Alten sein, zu denen man sich bedenkenlos setzen kann, um sich über Herzensangelegenheiten zu unterhalten, weil man sicher ist, sie bekommt ohnehin nichts mit. Und es ist wahr: So viele Geheimnisse bewahre ich schon auf, dass es auf das eine oder andere auch nicht mehr ankommt.

Den Enten altes Brot hinwerfen, den Jungen zusehen, wie sie ihre Kinder auf die Schaukeln setzen und die Ketten nicht loslassen. Am Sonntag die den Lokalteil der Zeitung lesen, als ob der kommunale Wasserverbrauch mit dem eigenen Leben zu tun hätte, als gehörte man noch zur festen Größe dessen, was Bewohner heißt. Oder Anwohner, was das Gefühl weckt, Teil einer Straße zu sein.

Ich bin auf den Tod gut vorbereitet.

Wenn ich einmal nicht mehr bin, wird mich niemand vermissen, kein Mensch um mich trauern, kein Geistlicher tröstliche Worte sprechen. Meine Wohnung habe ich schon lange einer Stiftung überschrieben, persönliche Dinge besitze ich nicht, meine Kleidung wandert in einen Container, und die Bücher gehen an die Bibliothek. Der Rest kommt in den Müll.

Ich wollte dieses Leben unauffällig verlassen, auf ewig und vor allem ohne Gott. Dann ist er mir doch noch dazwischengekommen.

Samstagabend

Ben Mangold hatte im Krankenhaus starke Beruhigungsmittel bekommen und war nicht vernehmungsfähig. Estebán Valero befand sich außer Lebensgefahr, bedurfte aber ebenfalls der Ruhe. Vater und Sohn standen vorerst unter ärztlicher Aufsicht, und daran würde sich auch bis Montagmorgen, dafür hatte Wolfram Berger gesorgt, nichts ändern. Beiden setzte er zur Sicherheit jeweils einen Beamten vor die Krankenzimmertür.

„Bei Valero besteht Fluchtgefahr, und Ben traue ich inzwischen auch eine Menge zu“, sagte er zu Erkner.

„Wir müssen uns genau überlegen, wie und wann wir den jungen Mangold verhören.“

„Vielleicht können wir uns das sogar sparen, wenn wir Valero zu einem Geständnis bewegen.“

Beide waren von dessen Schuld und von Bens Unschuld hundertprozentig überzeugt, und wenn es sich vermeiden lassen sollte, dass der junge Mangold wegen Körperverletzung und Freiheitsberaubung angeklagt würde, wäre das sicher auch im Sinne von Inge.

„Was treibt eigentlich unsere Chefin im Süden?“

„Sie nimmt sich eines unaufgeklärten Verbrechens in den Achtzigern an, wenn ich das richtig verstehe. Aber so genau blicke ich da auch nicht durch.“ Er reichte seinem Kollegen die Akte mit der Kopie des Berichtes, den Verónica sich hatte faxen lassen. Erkner überflog die Seiten schnell und pfiff dann durch die Zähne.

„Unsere Pfarrerin war als Jugendliche in einen Mordfall verwickelt?“

„Das kann man so nicht sagen. Sie wurde als Zeugin befragt. Aber es fällt genau in die Zeit, über die sie nicht Buch geführt hat. Vielleicht kannte sie ja den Täter oder das Opfer.“

„In dem Alter Freunde auf diese Weise zu verlieren, ist auch heftig“, bemerkte Erkner und legte die Akte zurück.

„Es ist in jedem Alter heftig, Freunde zu verlieren“, entgegnete Berger. „Oder Verwandte.“

„Meinst du, deshalb ist auch Ben Mangold durchgeknallt?“

„Möglich.“

„Fast wäre er vom Opfer zum Täter geworden.“

„Sind nicht alle Täter irgendwann einmal Opfer gewesen?“

Erkner sah Berger erstaunt an. „Jetzt machst du es dir aber ein bisschen einfach.“

„Wieso? Ich habe ja nicht gesagt, dass Opfersein es rechtfertigt, andere zu töten. Dafür gibt es nie eine Entschuldigung. Aber hast du schon mal einen Mörder erlebt, der keine Vorgeschichte hatte? Gewaltbereitschaft fällt doch nicht vom Himmel. Selbst die berühmte Kurzschlusshandlung ist doch nur möglich, wenn jemand unter Strom steht."

„Ich weiß nicht. Das klingt ja gerade so, als könnte man Morde verhindern, wenn man dafür sorgte, dass alle mit sich im Reinen sind."

„Davon bin ich überzeugt."

„Du bist ein Träumer."

„Nein, ein Pragmatiker." Berger klopfte sich auf den Bauch. „Im Übrigen einer, der Hunger hat, wie steht es mit dir?"

„Gehen wir heimlich Hamburger?"

Berger grinste zufrieden. Solche Wochenenden gefielen ihm.

Sonntagmorgen

Gerhild Hoffmann war mehr als erstaunt zu hören, dass die beiden Kommissarinnen sie zu ihrem Sohn befragen wollten.

„Aber das ist doch schon so lange her. Und ich habe so oft alles gesagt, was ich weiß. Warum kann man es nicht endlich ruhen lassen?"

„Dürfen wir trotzdem hereinkommen?"

Widerwillig öffnete Gerhild Hoffmann die Haustür etwas weiter und bat die Frauen in die Küche.

„Kaffee?"

„Gerne", antwortete Inge Nowak.

„Wissen Sie, man versucht, nicht daran zu denken, vergessen kann man es sowieso nicht. Als mein Mann noch lebte, haben wir nie darüber gesprochen. Da war es einfacher.

Da konnte ich mich ablenken, so tun, als wäre alles nur ein böser Traum gewesen, jedenfalls manchmal. Jetzt geht das nicht mehr. Ich bin neunundsechzig, Hannes ist jetzt bald dreiundzwanzig Jahre tot und trotzdem denke ich immer noch, er könnte gleich die Tür hereinkommen, seine Tasche auf den Stuhl werfen und rufen: Ich hab Hunger!" Sie schob die Vorrichtung mit dem Kaffeefilter in die Maschine und schaltete sie an. „Er hatte immer Hunger, wissen Sie? Von Anfang an." Aus dem Küchenschrank holte sie eine Dose und drapierte einige Kekse daraus auf einen Teller. „Hannes war ein Contergan-Kind. Man hatte mir das Zeug verschrieben, da hätte es gar nicht mehr auf dem Markt sein dürfen! Aber wen hat das damals interessiert? Alle haben gedacht, er hat sich umgebracht, weil er behindert war. Aber das stimmt nicht! Hannes war ein Kämpfer, er hätte das geschafft. Er hatte seine Behinderung akzeptiert."

„Was war dann der Grund?"

„Ich weiß es nicht. In all den Jahren habe ich mir die Frage immer wieder gestellt. Hannes war kein unglücklicher Junge. Er war klug, wollte partout nicht auf die Sonderschule und hat ganz normal Abitur gemacht. Medizin studieren, das war sein Traum." Gerhild Hoffmann war traurig, aber man sah, dass ihr schon lange die Tränen ausgegangen waren.

„Hatte er denn Probleme mit Gleichaltrigen?"

Die Frau stand auf und strich sich den hellblauen Kittel glatt, den sie über einem Sommerkleid trug. „Hören Sie: Mein Sohn hätte Udo Erdmann nicht erschossen, ganz egal, was passiert wäre. Woher hätte er denn die Pistole haben sollen?"

„Könnte es nicht sein … ", setzte die Hauptkommissarin noch einmal an.

„Haben Sie Kinder?", fragte Hannes Mutter dazwischen.

Inge Nowak nickte. „Eine erwachsene Tochter."

„Dann kommen Sie, ich möchte Ihnen etwas zeigen."

Gerhild Hoffmann führte sie über zwei Holztreppen zum Speicher, von dem zwei Türen abgingen. Auf eine war ein großes rotes Peace-Zeichen gemalt.

„Das war sein Reich. Ich habe nichts daran verändert. Schauen Sie es sich an, und danach sagen Sie mir, ob Sie immer noch glauben, dass mein Sohn ein Mörder war."

Mit diesen Worten ließ Gerhild Hoffmann die beiden perplexen Kommissarinnen auf der Treppe stehen und ging langsam die Stufen wieder hinunter.

Der Dachboden des alten Hauses roch muffig. Es war ihm anzusehen, dass sich schon lange niemand mehr um die verstaubten Dinge gekümmert hatte, die in dem Teil standen, der als Abstellkammer diente und dessen Tür offen stand. Durch die Ritzen der Schindeln drang an einigen Stellen Sonnenlicht, und an den Wasserflecken auf dem Boden sah man, dass das Dach dringend neu gedeckt werden müsste. Es entsprach dem Zustand des ganzen Hauses, das gut und gern vor zweihundert Jahren erbaut und seither offenbar immer nur notdürftig renoviert worden war. Unter dem undichten Dach lagerten aufgeweichte und wieder eingetrocknete Kisten, an den dicken Holzbalken hingen alte Fahrradreifen, zerschlissene Mäntel und Drahtseile, und Inge Nowak hätte sich nicht gewundert, wenn in den Nischen der verstaubten Gegenstände Ratten gesessen und sie abwartend beobachtet hätten.

Ganz im Gegensatz dazu zeigte sich das Zimmer hinter der verschlossenen Tür. Hannes Mutter musste regelmäßig zum Staubwischen und Lüften kommen, anders ließ sich der aufgeräumte, fast antiseptische Zustand des Raumes nicht erklären. Hier waren Mauern hochgezogen worden, die Wände verputzt, es gab sogar einen Ölofen darin, neben dem noch eine Plastikkanne stand.

An zwei Wänden klebte eine blaue Tapete mit Siebzigerjahre-Ornamenten, darauf ein Plakat von Ghandi mit Nickelbrille. In einem kleinen Regal daneben standen etliche Bücher von Hermann Hesse, ein Gedichtband von Rainer Maria Rilke und erstaunlich viele Bücher über die NS-Zeit, unter anderem eines mit dem Titel: „Die Männer mit dem rosa Winkel".

„Vielleicht war er schwul?", bemerkte Inge Nowak und hielt Verónica das Buch entgegen.

„Nein, das war er sicher nicht", erklang Gerhild Hoffmanns Stimme hinter ihr. „Er war ziemlich verliebt in ein Mädchen, das nichts von ihm wissen wollte."

„Woher wissen Sie das?"

„Ich habe nach seinem Tod in seinem Tagebuch gelesen. Die Polizei übrigens auch. Daher haben sie auch sein angebliches Tatmotiv."

„Was da wäre?"

„Udo Erdmann war mit Erika Klinger zusammen."

Inge und Verónica warfen sich einen schnellen Blick zu.

„Und?"

„Erika war das Mädchen, in das Hannes verliebt war. Schon immer. Die beiden sind praktisch zusammen aufgewachsen und waren in der Grundschule die dicksten Freunde. Obwohl Erika zwei Jahre jünger war. Als Hannes aufs Gymnasium kam, verloren sie sich immer mehr aus den Augen. Irgendwann war dann Erika in dieser Clique mit Udo Erdmann und diesem anderen, ich glaube er hieß Jürgen. Jürgen Knapp. Sie müssen es auf Hannes abgesehen haben."

„Warum?“

„Er war anders. Nicht nur wegen seiner Behinderung. Er hat gegen Atomkraft demonstriert, hat in der Friedensbewegung mitgemacht.“ Sie lächelte. „Wissen Sie, manchmal, wenn ich unseren Außenminister sehe, den Joschka Fischer, der war ja damals auch so einer, dann denke ich, das hätte mein Hannes auch werden können!“

„Hatte Hannes denn keine Freunde?“

„Er hat sich mit vielen gut verstanden, aber hier in Unterlurch gab es keinen Jungen, mit dem er besonders gut befreundet war. In der Stadt gab es ein oder zwei, mit denen er sich während der Schulzeit regelmäßig getroffen hat. Danach war er auch viel unterwegs, aber meistens allein. Er wurde mehr und mehr zum Eigenbrötler. Zum Schluss war er eigentlich nur noch zum Schachspielen bei der Lenz.“

„Wer ist denn die Lenz?“ Inge Nowak kam aus dem Notizenmachen gar nicht mehr heraus.

„Eine Verrückte, wenn Sie mich fragen. Mir war das nie geheuer, dass sich Hannes mit ihr abgegeben hat. Sie hätte damals schon seine Großmutter sein können! Die Leute haben sich erzählt, sie war im KZ.“ Gerhild Hoffmann fuhr mit der flachen Hand über den ordentlich aufgeräumten Schreibtisch ihres vor dreiundzwanzig Jahren verstorbenen Sohnes. „Sie war hier geboren, ist mit Anfang zwanzig von zu Hause weggelaufen und urplötzlich nach dem Tod ihrer Mutter wieder hier aufgetaucht. Sie trug eine schlecht sitzende Perücke und lebte mutterseelenallein in ihrem Elternhaus. Ließ den Garten zuwuchern, grüßte keinen und ließ niemanden herein.“

„Außer Hannes zum Schachspielen“, stellte die Hauptkommissarin fest.

„Sie hatte einen Narren an ihm gefressen. Sie war sogar auf seiner Beerdigung."

„Lebt sie noch?", fragte Verónica eher beiläufig.

„Das kann ich Ihnen nicht sagen. Sie hat kurz nach Hannes 'Tod das Haus verkauft und ist wieder zurück nach Berlin, glaube ich."

„Nach Berlin?", fragten die beiden Ermittlerinnen wie aus einem Mund.

„Das hat mir mein Schwager erzählt, der arbeitet bei der Bank und hat sich um den Hausverkauf gekümmert. Es war ihr egal, ob sie dabei Verluste machte. Sie wollte nur eine Wohnung in Berlin davon kaufen können."

„Und ich kann mir auch vorstellen, wo!", sagte Inge Nowak plötzlich und dann: „Wohnt Ihr Schwager denn auch in Unterlurch?"

„Nein, der wohnt in Oberlurch. Aber wozu wollen Sie das denn alles nur wissen?"

„Um Gerechtigkeit walten zu lassen", antwortete sie, bedankte sich für den Kaffee und überließ es Verónica, die Adresse des Schwagers aufzuschreiben.

„Könnten Sie uns ein Taxi rufen?"

„Ach, was!", antwortete Gerhild Hoffmann und streifte ihren Kittel ab. „Ich fahr Sie schnell hin!"

Richard Dohl war ein schwerfälliger Mittsiebziger, den man nicht wirklich gern in seiner Familie haben wollte.

„Sie hatte eine Meise, wenn Sie verstehen, was ich meine."

„Nicht wirklich, nein."

„Eine alte Jungfer."

„Sie war also nie verheiratet. Und?"

Dohl lehnte sich in seinem Fernsehsessel ein Stück nach vorn und sagte verschwörerisch: „Die hatte in ihrem ganzen Leben keinen Mann!“

„Aha.“ Nowak spürte, wie ihre Lippen Worte formen wollten, die sie auf keinen Fall sagen sollte, und wechselte abrupt das Thema. „Wohin wurde das Geld überwiesen, das der Hausverkauf eingebracht hat?“

„Sie hat es in bar mitgenommen.“

„Den ganzen Betrag?“

„Werde ich nie vergessen: 190.000 Mark in großen Scheinen. Dann fuhr sie mit einem Taxi zum Bahnhof.“

„Warum?“

„Sie hat keinem getraut.“

„Wer hat das Haus gekauft?“

„Die Bank.“

„Wieso?“

„Es war mehr wert, und wir haben es mit Gewinn weitervermittelt.“

„Weshalb hat sie nicht gewartet, bis sich ein besserer Käufer gefunden hätte?“

„Sie hatte es sehr eilig. Ich sag Ihnen doch: Die hatte eine Meise. Sie wollte auch unbedingt die Möbel drin lassen. Hat nichts, aber auch gar nichts mitgenommen. Nur das Geld. Als ob der Teufel persönlich hinter ihr her wäre!“

Zwischen den gehäkelten Spitzendecken auf dem Wohnzimmertisch und der Lehne des Sofas, der Zinnkrugsammlung im verglasten Eichenschrank und dem Karnevalsorden-Ensemble an der Wand hatte Inge Nowak gedacht, dass, wenn der Teufel so aussah wie der fettleibige, unansehnliche Bankangestellte in Pension, sie auch lieber heute als morgen von hier fortgehen würde. Was sie veranlasste, die Befragung ohne Umschweife abzubrechen und das Haus von Richard Dohl beinahe fluchtartig zu verlassen. Was sie wissen musste, hatte sie gehört, jedes weitere Wort aus seinem Mund wollte sie sich schenken.

„Wichser“, zischte sie, kaum hatten sie das Gartentor hinter sich geschlossen. „Warum hat er nicht gleich gesagt, dass sie noch nie einer mal so richtig rangenommen hat?“

„Weil er wusste, dass wir es auch so verstehen.“ Verónica hakte sich bei ihrer Freundin ein und zog sie von dem Haus zum Wagen von Gerhild Hoffmann. „Vergiss es, der ist es nicht wert, dass wir uns über ihn aufregen.“

Auf der Rückfahrt nach Unterlurch schwiegen die drei Frauen.

„Gerechtigkeit“, sagte Hannes' Mutter zum Abschied, „macht die Toten auch nicht wieder lebendig.“

„Nein. Aber sie lässt die Lebenden besser schlafen“, erwiderte Inge Nowak und reichte ihr die Hand.

„Mischgetränk?“, fragte Doris Riedel, als sie die beiden Frauen im Hof sitzen sah.

„Hunger!“, antwortete Inge Nowak. „Und Mischgetränk, bitte.“

„Dassel... nein, das Gleiche, bitte“, verbesserte sich Verónica und nahm die große Plastikkarte entgegen, die ihr hingehalten wurde. Für Berliner und andalusische Verhältnisse nahm man eigentlich vor zwölf Uhr mittags eher das zweite Frühstück ein, doch das Speiseangebot des Löwen umfasste im Wesentlichen Schnitzel in siebzehn Varianten, wahlweise mit oder ohne Soße, Ananasscheiben und anderen Beilagen, die man so nur in Landgasthöfen fand. Daneben gab es eine weitere Liste mit Rindfleischgerichten, Spezialitäten aus der Region und eine Seite, die als vegetarisch ausgewiesen war und eine Anzahl von Aufläufen mit Schinkenstückchen versprach.

„Ich nehme ein Paprikaschnitzel“, entschied Verónica forsch und klappte die Karte zu.

„Und ich ein Jägerschnitzel“, zog ihre Freundin nach. „Mit extra viel Zwiebeln, wenn es geht.“

„Das wird wohl gehen. Sonst noch?“

„Jürgen Knapp. War der auch ein Mitschüler von Ihnen?“

„Der Jürgen? Natürlich. Wir waren alle in einer Klasse.“

„Wohnt er noch hier?“

„Wir wohnen fast alle noch hier. Der Jürgen wohnt auf dem Kupferhügel, im Neubaugebiet, Richtung Wüten. Seine Frau ist Kosmetikerin, die hat da ihr Beauty-Studio.“

„Meinst du, das bringt etwas?“ Verónica kramte nach ihren Zigaretten und stand auf, um einen Aschenbecher vom Nebentisch zu holen.

„Kann jedenfalls nicht schaden. Immerhin ist er der Einzige, der aus der Clique, oder was auch immer die drei waren, noch lebt. Erinnerst du dich? Selbst Frau Hoffmann hat gesagt, die beiden Jungs hätten es auf Hannes abgesehen gehabt. Eine Mutter sagt so etwas nach so langer Zeit nicht einfach so. Dann ist da was dran. Ich hätte ja auch zu gerne einen Blick in Hannes' Tagebuch geworfen.“

„Und wieso haben wir es dann nicht getan?“

„Pietät? Ich weiß es nicht. Ich wollte der Mutter nicht noch mehr zumuten.“

„Frau Kommissarin! Auf einmal so sensibel?“

„Nimmt mich irgendwie mit. Ich habe ein paar Mal gedacht, was ich wohl gemacht hätte, wenn Marit sich mit siebzehn umgebracht hätte, und ich wüsste nicht, warum. Ein Alptraum!“

Doris Riedel kam mit zwei großen Biergläsern und einem Telefonbuch zurück. „Hier müsste Jürgen drinstehen. Wenn nicht, dann zumindest seine Frau. Unter B wie Beauty."

„Danke", sagte Inge Nowak und begann sofort zu suchen.

Zwanzig Minuten auf dem Rundwanderweg, so lange, hatte Doris Riedel gemeint, würden sie zu Fuß zum Kupferhügel brauchen. Angesichts der Fleisch- und Kartoffelstäbchenmassen, die die beiden Frauen in sich hineingeschaufelt hatten, kam ihnen der Spaziergang sehr gelegen.

„Schön, so auf dem Land wohnen", bemerkte Verónica, während sie auf einem Feldweg eine Anhöhe durch eine Obstbaumlandschaft hinaufmarschierten. „Man kann so weit schauen!"

Sie blieben stehen und blickten über das vor ihnen liegenden Dorf, über große Flächen von Feldern, Wiesen und gelbem Raps, hin zu den anderen Ortschaften in der Umgebung, die links und rechts dahingewürfelt waren, verbunden durch einen grauen Streifen. Die Autos, die darauf fuhren, hörte man bis zu ihnen herauf.

„Mit der Stille auf dem Land ist es auch vorbei", seufzte Inge Nowak und setzte den Anstieg fort. Es war lange her, dass sie eine solche Strecke zu Fuß gegangen war, und sie erinnerte sich daran, dass nichts, aber auch gar nichts aus ihrem Silvestervorsatz geworden war, sich mehr zu bewegen. Zwar zahlte sie den monatlichen Beitrag für die Mitgliedschaft in einem Fitnessstudio, war allerdings in den letzten acht Monaten erst dreimal da gewesen: Einmal zum Anmelden, ein zweites Mal zum Einführungstraining und ein drittes Mal, um mit Marit in die Sauna zu gehen.

„Was denkst du?"

„Wie wir zurückkommen."

„Schon schlapp?" Sie zog an Inge vorbei und stellte sich ihr in den Weg. „Ich werde dich natürlich auf Händen ins Hotel tragen."

Inge ging einen Schritt weiter, lief in ihre ausgebreiteten Arme und ließ sich mit dem ganzen Gewicht hineinsinken. Sie schloss die Augen, genoss die heißen Sonnenstrahlen in ihrem Nacken, lauschte den Vogelstimmen und dem Summen der um sie herumfliegenden Insekten, spürte Verónicas Hände unter dem Trägerhemd auf ihrem nackten Rücken und war für einen Augenblick einfach nur froh. So leicht, dachte sie, geht Glück: dastehen, atmen und sein.

Und im selben Moment klopfte der Zweifel in ihr an.

„Mit uns ist doch alles in Ordnung, oder?", fragte sie leise.

„Fühlt es sich anders an?"

Statt einer Antwort fuhr Inge mit der Zunge leicht über ihre Lippen und küsste sie.

Als Verónica sie vorsichtig unter einen Baum bugsieren wollte, hob Inge die Hand.

„Das tun wir danach. Wir sind im Dienst."

„So kann auch nur eine deutsche Kommissarin denken!", sagte Verónica seufzend, „Passt darauf nicht schon wieder dieses idiotische Sprichwort mit der Arbeit und dem Vergnügen?"

„Du sagst es."

Eine Viertelstunde später hatte Inge Nowak die Bluse, die sie zum Wandern um die Hüften gebunden trug, wieder angezogen, die Blumen, die Verónica ihr ins Haar gesteckt hatte, herausgenommen und klingelte an der Tür von Jürgen Knapp.

Ein eher gedrungener Mann mit Geheimratsecken und einer Brille mit getönten Gläsern, der seiner Aufmachung nach gerade aus dem Garten gekommen sein musste, öffnete ihnen die Tür.

„Ja, bitte?"

„Guten Tag. Hauptkommissarin Inge Nowak. Ich ermittle im Mordfall Udo Erdmann und im Mordfall Erika Mangold, geborene Klinger. Sind Sie Jürgen Knapp?"

Sie waren auf dem Spaziergang übereingekommen zu versuchen, Knapp, sollte er etwas zu verbergen haben, überfallartig aus der Reserve zu locken.

Und tatsächlich wurde der Mann so nervös, dass er nicht wusste, was er zuerst sagen sollte.

„Ich, ja also, ich bin Jürgen Knapp, ja. Wieso Ermittlungen? Udo ist doch schon lange, ich meine, wieso denn überhaupt Erika?"

„Wir hätten einige Fragen an Sie." Die Kommissarin zeigt ihren Ausweis und stellte dabei auch ihre Begleiterin vor.

Es war ziemlich ersichtlich, dass er sie lieber nicht hereingebeten hätte, aber kurz darauf saßen sie zu dritt auf der Terrasse des schmucken Einfamilienhauses mit aufgeräumtem Vorgarten. Der Grill stand bereit, Jürgen Knapps Frau marinierte in der Küche Unmengen von Fleisch.

„Möchten Sie mitessen? Wir haben genug auch für vier. Dann tau ich schnell noch was auf!"

„Nein. danke, sehr freundlich. Wir haben gerade erst gegessen. Es dauert auch sicher nicht so lange."

Nun hatten sie jede ein Glas Mineralwasser vor sich und warteten auf seine Antworten.

„Ich habe keine Ahnung, wer Udo getötet hat."

„Aber weshalb sich Hannes Hoffmann umgebracht hat, wissen Sie doch, nicht wahr?"

Knapp wich ihrem Blick aus und fingerte an seinem Glas herum.

„Erika Klinger wusste es jedenfalls." Die Kommissarin pokerte.

„Und Iris Lenz auch." Verónica erhöhte den Einsatz und erntete einen überraschten Blick von Inge.

„Die Alte lebt noch?", rutschte es ihm heraus und man sah, dass er sich für diesen Kommentar hätte ohrfeigen mögen.

„Wäre Ihnen das Gegenteil lieber?" Inge Nowak spürte, dass er etwas verbarg.

„Nein! Wie kommen Sie darauf?" Er wand sich. „Und, was sagt sie? Sie glauben doch so einer nicht?"

„Was ist sie denn für eine?"

„Eine Lügnerin. Wir haben ihr nichts getan. Und Hannes auch nicht. Es war ein Dummejungenstreich, sonst nichts."

Eine halbe Stunde später hatte Jürgen Knapp sich alles von der Seele geredet.

Zwanzig

Gott hatte mich verlassen, als ich dreiundzwanzig war. Seitdem war ich auf der Suche nach ihm, um ihn wissen zu lassen, was ich von seinem Verschwinden hielt. Jahrzehntelang war er auf der Flucht vor mir, versteckte sich selbst in Kathedralen, auf Friedhöfen, hinter seinem gekreuzigten Sohn, der Mutter Gottes und dem Vaterunser. Ich gab nicht auf. Einmal würde er sich mir zeigen müssen, mir Rede und Antwort stehen oder auch nur meine maßlose Enttäuschung aushalten müssen.

Mit dreiundachtzig glaubt man nicht mehr an Wunder, aber noch viel weniger an Zufälle. Wenn der noch wache Geist in einem gebrochenen Körper steckt, jeder Schritt eine Qual bedeutet, wenn die Tage länger und die Nächte immer kürzer werden, dann bleibt keine Zeit mehr für Experimente. Dann ist alles, was geschieht, Schicksal, dann zählt einzig und allein die Haltung dazu.

Wie jeden zweiten Sonntag betrat ich um zwei Uhr die Kapelle in der Seniorenresidenz. Den Weg in die evangelische Kirche war ich schon Monate nicht mehr gegangen; ich mochte den Pfarrer nicht, der versuchte, aus Gott eine Art guten Freund zu machen. Wann waren Chef und Angestellte jemals befreundet gewesen? War es nicht viel mehr so, dass einer wie Gott am längeren Hebel saß und deshalb auch die Verantwortung dafür zu tragen hatte, wenn eben jener Hebel umgelegt wurde?

In die Kapelle kamen unterschiedliche Geistliche, meist jüngere und solche, die es nötig hatten, am heiligen Sonntag nach dem Mittagessen vor uns Alten zu predigen. Das hatte etwas Rührendes – die Hälfte von uns hörte nichts oder nicht zu, die andere Hälfte war andächtig und schlief zwischen den Liedern ein.

An jenem Sonntag, an dem sich Gott nach jahrzehntelanger Abwesenheit bei mir sehen ließ, war ich zu früh und setzte mich in die erste Reihe. Zwei Stühle weiter saß ein älterer Herr mit einem Blumenstrauß in der Hand. Als die Pfarrerin im schwarzen Talar hinter dem blauen Vorhang hervortrat, der links neben dem Altar und gegenüber der bunten Fensterwand aufgehängt war, stand er auf und sagte:

„Fräulein Mangold! Ich wollte mich bei Ihnen bedanken!" Mit diesen Worten streckte er ihr die in Zellophan gewickelten Blumen entgegen.

„Aber Herr Portz! Das wäre doch nicht nötig gewesen. Vielen Dank!" Sie schüttelte ihm die Hand. „Und das mit dem Fräulein nehme ich mal als Kompliment. Dann müssten Sie mich aber Klinger nennen, so hieß ich nämlich vor meiner Hochzeit!" Sie schenkte ihm ein schelmisches Lächeln und machte sich daran, die Blumen auszuwickeln. „Und außerdem nennen mich in der Singstunde doch sowieso alle Erika, das ist doch viel einfacher, nicht?"

In diesem Augenblick offenbarte sich Gott.

Gott schickte mir Erika Klinger.

Sonntagnachmittag

Frank Erkner betrat zum dritten Mal die Seniorenresidenz „City Kant" und fast kam es ihm so vor, als träfe er im Foyer alte Bekannte. Die Heimleiterin war nicht besonders erfreut gewesen, dass sie den Sonntagnachmittagskaffee in ihrem Schrebergarten unterbrechen musste, um an ihren Arbeitsplatz zu fahren. Sie hatte versprochen, sich zu beeilen, aber Erkner und Berger waren vor ihr angekommen und hatten es sich in eine der vielen Sitzgruppen bequem gemacht.

„Kannst du dir vorstellen, in so was alt zu werden?"

„Ich werde bereits in so was alt."

„Wie, jetzt?"

„Ich wohne alleine in einer kleinen Wohnung und wenn mir langweilig wird, gehe ich in eine Kneipe in meiner Straße, quasi im Erdgeschoss, setze mich an einen Tisch und warte auf jemanden, der mit mir Schach spielen will." Berger schaute sich um. „Also mehr oder weniger so wie die da. Ich schätze, wenn ich gebrechlicher werde, suche ich mir auch ein Gebäude, in dem die *facilities* näher beieinander liegen."

„Du willst doch nicht bis an dein Lebensende alleine bleiben?“

„Nicht unbedingt. Aber ich lasse mich sicher nicht aus pflegetechnischen Gründen auf einen anderen Menschen ein.“

„Das habe ich ja auch nicht gesagt. Mann, bist du manchmal kompliziert!“

Berger wollte sich gerade wehren, als Erkner aufstand. Er hatte Christiane Schirmer gesehen.

„Jetzt erklären Sie mir mal bitte, was genau Sie von der Frau Lenz wollen. Die kann ja wohl gar nichts mit dem Tod von der Frau Pfarrer zu tun haben!“

„Und warum nicht?“

„Die kennt sie überhaupt nicht. Sie nimmt an keinen Freizeitangeboten teil; soweit ich weiß, lebt sehr zurückgezogen. Für ihre Dreiundachtzig ist sie noch ziemlich gut beieinander. Obwohl die Frau schon so einiges hinter sich hat. Ach doch, eine Sache macht sie hier mit: die Biografiestunden.“

„Was ist das?“

„Es ist eigentlich vor allem eine Übung für unsere Demenzkranken, damit sie nicht ganz vergessen, wer sie einmal waren. Aktivitätstrainer rekonstruieren Teile ihres Lebens mit ihnen, bauen Vitrinen mit Erinnerungsstücken aus ihrer Vergangenheit, ihren beruflichen Erfolgen, zum Beispiel. Und die, die noch fit sind, können in Zusammenarbeit mit Theologie- und Germanistikstudenten ihre Lebensgeschichte aufschreiben: Die jungen Leute helfen den Senioren, sie zu formulieren. Also das, woran sie sich noch erinnern. Die einen sprechen es auf Band, die anderen tippen es in den Computer, jeder so, wie er noch kann. Manche erfinden sich am Ende auch einfach neu. Ich weiß, dass die Frau Lenz ein paar Mal Besuch von einer Studentin hatte, die ihr dabei geholfen hat."

„Haben Sie die Anschrift von dieser Studentin?"

„Bestimmt, irgendwo in unseren Personalakten. Reicht es, wenn ich sie Ihnen bis morgen heraussuche?"

„Vielleicht können wir die Frau Lenz ja auch selbst fragen?", schlug Berger vor.

„Das wäre das Einfachste. Kommen Sie." Christiane Schirmer führte die beiden Kommissare im Erdgeschoss einmal durch das ganze Gebäude über den Garten zum Hinterhaus, in dem die Wohnungen lagen.

„Seit wann wohnt Frau Lenz denn schon hier?", fragte Erkner und schaute an der gelben Fassade hoch.

„1981. Wir haben fast zusammen angefangen. Sie ist ein Fossil hier." Die Heimleiterin lächelte. „Und absolut pflegeleicht. Ein Juwel von Mensch."

Im dritten Stock blieb Christiane Schirmer stehen und klingelte.

Erkner fragte sich, ob die alte Frau wohl so verhutzelt aussah wie seine Großmutter; angesichts dessen, was ihm Inge am Telefon gesagt hatte, war Berger unauffällig mit der Hand an der Waffe auf dem Sprung.

„Sie ist zwar alt, aber sie ist wahrscheinlich bewaffnet. Und sie hat nichts mehr zu verlieren. Also passt auf und bringt euch nicht wieder in einen Schlamassel, wenn ich nicht dabei bin."

Nichts geschah.

Nachdem sie ein zweites Mal geklingelt hatten, bat Berger die Heimleiterin, die Wohnung mit dem Zweitschlüssel, den sie von allen Wohnungen für alle Fälle hatte, zu öffnen und draußen zu warten.

Drinnen war es absolut still, und was Berger verblüffte – es roch überhaupt kein bisschen, wie es in Wohnungen alter Leute für gewöhnlich roch.

„Hallo? Frau Lenz? Wir sind von der Polizei!"

Wolfram Berger bekam keine Antwort.

Sämtliche Fenster waren gekippt, gelbe Gardinen wehten wegen der offenen Wohnungstür leicht im Wind, freundliche Möbel auf hellem Parkett luden geradezu ein, sich in dem lichten Wohnzimmer mit den dicht bestückten Bücherregalen niederzulassen und zu lesen.

Die Küche war penibel aufgeräumt, das Badezimmer glänzte und das Bett im Schlafzimmer war gemacht.

Auf einem kleinen Beistelltisch vor dem Fenster lag ein Paket mit der Aufschrift: Iris Lenz: Vom Leben und Sterben.

Einundzwanzig

Sie war es gewesen, die mich damals verführt hatte, die Tür nicht schnell wieder zu schließen, denn ich wusste, dass Hannes' Herz für sie schlug. Sie war es, die zuschaute, wie Udo Erdmann sich mit vorgehaltenem Messer an Hannes zu schaffen machte, und stand neben Jürgen Knapp, der mich in Schach hielt. Und sie war es, die später den flachen Fotoapparat aus der Tasche geholt hatte.

Ritschratschklick.

Ritschratschklick.

Ritschratschklick.

Zwei Jahrzehnte verändern das Gesicht einer Frau, aber das Mädchen, das sie gewesen war, steckte noch immer in ihrem Lachen. Es hing noch immer unter der Decke, als die drei schon lange gegangen waren, glockenhell und unerbittlich.

Mit vierzig lachte Erika Klinger, die nun Mangold hieß, nicht mehr ganz so blechern, aber immer noch von oben herab. Ein Lachen kann aus dem Herzen kommen und warm sein oder es nimmt seinen Anfang im Kopf und ist kalt. Das der Pfarrerin machte mich ebenso frösteln wie das der Siebzehnjährigen, die sie einst gewesen war. Vielleicht war es dieser Umstand, der mich keine Sekunde daran zweifeln ließ, dass Vergebung nicht möglich wäre.

Von Schuld und Sühne predigte sie, dass Gott auch dem schlimmsten Sünder verzeihe, wenn er sich nur bekenne zu ihm.

Und wann bekennt sich Gott zu seinen Schwächen? In Menschen wie ihr? Ich bin sicher, dass es sich genauso verhielt. Zum ersten Mal seit einem halben Jahrhundert betete ich wieder. Und setzte mich zu seiner Rechten, um zu richten.

Ich schlich mich nicht von hinten an, ich wollte ihr in die Augen schauen, so wie ich es Jahre zuvor mit Udo Erdmann getan hatte. Das große Kirchenportal war offen, ich nahm es als Zeichen. Die kühle Luft schlug mir entgegen, und ich hoffte, dass meine Kraft in den Beinen reichen würde, den steinernen Weg zwischen den Bänken dorthin zurückzulegen, wo Licht brannte. Ich hatte sie in die Kirche hineingehen sehen und abgewartet. Ich wollte sie nicht vor aller Augen töten und am wenigsten im Beisein von Kindern, die auf dem Spielplatz tobten.

Als ich die angelehnte Tür zu dem kleinen Raum öffnete, in dem sie stand, hatte sie mir den Rücken zugedreht. Sie schien nicht erschrocken über mein Eintreten, eher erstaunt. Wie Menschen, die dem Tod ins Auge sehen – am

Ende können wir es doch nicht glauben, dass selbst wir gemeint sein könnten.

Ich nahm ihre Entschuldigung nicht an und drückte zweimal ab. Einmal, damit sie umfiel, ein zweites Mal, um sicherzugehen. Es war kein großes Gefühl, eher eine Erschöpfung, die mich überkam. Mein rechter Arm schmerzte, denn die Schüsse versetzten mir heftige Rückstöße in die Schulter, in der ich seit Langem schon Arthrose habe, und mir war ein wenig schwindelig. Also nahm ich den kurzen Weg nach draußen durch die Hintertür und setzte mich auf eine Holzbank vor der Kirche, um mich auszuruhen.

Hatte ich das Richtige getan? Ich zweifelte nicht lange. Denn innerhalb von einer halben Stunde betraten zwei junge Männer die Kirche. Beide mussten die Tote gesehen haben, keiner von beiden blieb bei ihr.

Das passiert nur schlechten Menschen.

Mir wird es genauso gehen.

Sonntagabend

„Wir müssen Sie finden!“, sagte Inge. Sie und Verónica waren vom Hauptbahnhof aus direkt ins Präsidium gefahren. „Wer weiß, wen sie noch alles umbringen will, solange sie noch Munition hat!“

„Nur sich selbst“, entgegnete Berger.

„Und das soll uns nicht scheren?“

„Das habe ich nicht gesagt. Aber ich glaube nicht, dass sie Amok laufen wird. Sie hat getötet, wen sie töten musste.“

„Hat sie nicht“, widersprach Verónica, und im selben Augenblick wich ihr sämtliche Farbe aus dem Gesicht und sie schaute erschrocken in die Runde. „Es fehlt noch einer – Jürgen Knapp.“

Die Zugreise war beschwerlicher gewesen, als sie gedacht hatte. Am Bahnhof fühlte sie sich so erschöpft wie lange nicht mehr. Aber, schwor sie sich, jetzt würde sie es zu Ende bringen, auch wenn es das Letzte wäre, was sie täte.

Sie hatte eine Dreiviertelstunde auf den Bus warten müssen, er fuhr noch von der selben Haltestelle ab wie damals, als sie zurückgekommen war. Drinnen war es heiß, obwohl die Oberlichter gekippt waren, und Iris Lenz hatte Durst. Die kleine Flasche Wasser, die sie auf die Reise mitgenommen hatte, war längst leer und sie wollte keine neue kaufen. Sie hätte zum Bezahlen die Handtasche öffnen müssen und die Gefahr, dass jemand den Inhalt gesehen hätte, wäre zu groß gewesen. Zwei Scheine für den Bus und das Taxi hatte sie schon vor der Fahrt vorsorglich in das aufgenähte Täschchen gesteckt.

Iris Lenz hatte Mühe beim Aussteigen und musste sich einen Moment auf das Mäuerchen vor der Kirche setzen, um sich auszuruhen. Müde betrachtete sie das Dorf, in dem sie groß geworden war, wie durch weißes Glas. Nur noch trüb erkannte sie das Rathaus, die Apotheke an der Ecke und schließlich die Taxisäule. Sie hatte Glück. Ein Wagen wartete davor.

„Kupferhügel“, sagte sie kraftlos, „Amselsteig 47.“

Die kurze Fahrt über hielt sie die Augen geschlossen, erst als der Wagen stoppte und der Fahrer sagte: „Macht dann sechs Euro fünfzig, bitte“, sah sie sich um und zog den Zehneuroschein aus dem Täschchen.

„Stimmt so“, sagte sie und nahm das erfreute Lächeln des Mannes nur aus den Augenwinkeln wahr. Ihre Sicht schränkte sich immer mehr ein, es war, als ob sie ihrem letzten Ziel immer näher käme, sich alles in ihr auf diesen einen Augenblick verengte.

Es ging schnell.

Iris Lenz klingelte, Jürgen Knapp öffnete ihr und erkannte sie sofort. Erschrocken wich er zurück, doch als sie die Waffe vor ihm fallen ließ, tat er, was sie gehofft hatte: Er hob sie auf und schoss unüberlegt und blind, ohne ihr in die Augen zu sehen.

Seine Frau kam aus der Küche gerannt, und als sie die blutüberströmte alte Frau vor ihm liegen sah, stieß sie einen spitzen Schrei aus. In diesem Augenblick klingelte das Telefon. Doch Inge Nowaks Anruf kam zu spät.

In dieser Nacht schliefen viele nicht.

Jürgen Knapp fragte sich immer wieder: Warum?

Almut Knapp weinte sich die Seele aus dem Leib.

Gerhild Hoffmann blätterte in Hannes' Tagebuch.

Ben Mangold überlegte, ob er Estebán Valero jemals würde verzeihen können.

Mathilde Taylor zeigte ihrer Nichte Sara Mangold Fotos von der kleinen Erika.

Estebán Valero dachte daran, wie sehr sein Sohn ihn hassen musste.

Frank Erkner kam nicht von seinem neuen Notebook los, das zwei Tage originalverpackt auf ihn gewartet hatte.

Wolfram Berger betrachtete in einem fremden Bett die schlafende Hiltrud Meisner.

Verónica Sanz richtete in Gedanken ihr neues Zimmer ein.

Und Inge Nowak saß rauchend am Küchenfenster und las zum zweiten Mal die Geschichte vom Leben und Sterben der Iris Lenz.

Schade, dass der Krimi zu Ende ist?

Dann lesen Sie am besten gleich weiter:
Ein Auszug aus *Tod durch Erinnern*
von Corinna Waffender.

Sie hatte nur noch wenige Meter Vorsprung und ihre Beine wurden immer schwerer. Mit jedem Schritt, der sie vorantreiben sollte, kam sein keuchender Atem näher. Es hatte keinen Sinn zu schreien, niemand würde sie in diesem abgelegenen Waldstück an der Grenze zu Frankreich hören. Es war ein Fehler gewesen, mit ihm hierher zu kommen. Sie hatte es gewusst und dennoch getan. Weshalb nur? Unter ihren Füßen knackten die Zweige, die tiefer hängenden Äste schlugen ihr ins Gesicht und sie lief um ihr Leben, dessen Ende wenige Meter weiter auf sie wartete.

Kai senkte das Buch und blickte auf den kleinen See. In den letzten Wochen war sie öfter zum Lesen in den Park gekommen. Der Sommer hielt in der kleinen Hinterhauswohnung keinen Einzug. Doch es war nicht nur die deprimierende Stimmung in den schattigen Räumen mit den blutrot gestrichenen Holzböden. Sie hatte schon in schlimmeren Unterkünften gehaust, in engeren Küchen gesessen, in schlechteren Betten geschlafen. Das Bedürfnis, unter freiem Himmel zu sein, hatte mehr mit dem Gefühl zu tun, sich in ihren vier Wänden seltsam ungeschützt zu fühlen. Als ob sie hinter ihrer Wohnungstür auf ungebetene Gäste vorbereitet sein müsste. Das war der Grund gewesen, den Park als Treffpunkt vorzuschlagen. Ein Picknick, wie in alten Zeiten, sie würde Kaffee mitbringen. Später war es ihr unangemessen, fast zynisch vorgekommen, die Angelegenheit so betont locker zu verhandeln. Verhandeln? War es darum überhaupt gegangen? Das Gespräch hatte Kai viel mehr aufgewühlt, als sie erwartet hatte. Sie waren nicht laut geworden, sie hatten sich unterhalten wie zwei vernünftige, erwachsene Menschen, sogar das eine oder andere freundliche Wort war gefallen. Und doch, die Begegnung hatte Spuren hinterlassen. Natürlich. Auch wenn sie sich mit einem festen Händedruck verabschiedet hatten, war die Distanz geblieben. Sie begleiteten einander nirgendwohin, beide gingen am Ende wieder ihrer Wege, so allein, wie sie gekommen waren.

Kai war tiefer in den Park hineingelaufen, hatte ihn ziellos durchquert und sich schließlich auf die Bank gesetzt und versucht zu lesen. Sie wollte nicht nachdenken. Noch nicht. Doch immer wieder schweiften ihre Gedanken von dem Krimi ab: Sie hatten auf der Wiese gesessen, und wer auch immer sie von Weitem gesehen hatte, wäre nicht im Traum darauf gekommen, worüber sie redeten. Reden mussten. Kai hatte zuerst nicht gewollt, aber dann hatte sie ihre Chance gewittert. Die Versuchung war zu groß gewesen. Unwillkürlich griff sie jetzt in ihre Tasche und tastete nach dem Umschlag. Startkapital für ein neues Leben. Längst fällige Schulden. Sie nahm die Scheine heraus, betrachtete sie und steckte das kleine Vermögen in die Fächer ihres Portemonnaies, das sich kaum mehr schließen ließ.

Je länger sie das Buch aufgeschlagen in den Händen hielt, umso deutlicher fühlte sie ihre Erschöpfung. Als wäre der Krimi im Taschenformat aus Blei. So wie ihre Augenlider. Zweimal war sie trotz der inneren Unruhe vor Müdigkeit eingenickt und davon aufgewacht, dass sie sich nicht aufrecht halten konnte. Sie kannte das. Ihr Körper war ein Seismograf für das innere Gleichgewicht: Das schon tagelang in ihr schwelende Unbehagen vor der Verabredung, das eigenartige Wiedersehen und die aufgeräumte Unruhe danach, all das löste gerade ein Beben mittlerer Stärke in ihr aus, ließ ihre Kräfte schwinden. Sie legte das Buch neben sich auf die grün gestrichenen Holzlatten und strich sich mit den Händen über Arme und Beine, die schon zu schlafen schienen. Die eigenartige Taubheit in den Fingerspitzen und Zehen mahnte sie, wegen ihrer Kreislaufprobleme doch besser zum Arzt zu gehen, statt sich mit Notfalltropfen zu behelfen. Rescue remedy. Ihre Finger glitten zwischen die verstreuten Gegenstände in ihrem Rucksack, aber sie konnte das kleine Fläschchen zwischen Lippenstift und Schlüssel nicht ertasten. Mehr noch: Sie konnte nichts von dem, was sie zwischen ihren Fingern vermutete, greifen, denn ihre Hände versagten ihr den Dienst. Im selben Augenblick, in dem sie spürte, dass ihr auch die Kontrolle über ihre Arme entglitt, begann sich alles leicht zu drehen. Doch es war kein Schwindel, der sie erfasste, es war eher so, dass ihre Augen nicht mehr gehorchten. Sie wollte sich aufrichten, ihre Beine zitterten, aber sie rührten sich nicht vom Fleck. Sie saß unbeweglich, staunend und mit offenem Mund: Ihre Schultern sanken nach vorn, der Rucksack fiel mitsamt Inhalt vor ihre Füße und das Fläschchen kullerte ins Gras. Sie erschrak. Was geschah mit ihr? Waren ihre Gliedmaßen gelähmt? Ein Kreislaufkollaps? Ein Hirnschlag? Oder hatte sie nur etwas Falsches gegessen und ihr Immunsystem rebellierte? Ihre Zunge lag schwer im Mund und schien anzuschwellen. Keine Chance, sich über die trockenen Lippen zu lecken, sie konnte nicht mehr schlucken. Sie versuchte ihre Gedanken zu ordnen und sah den Kuchen vor sich. Ihr wurde übel.

„Möchtest du noch ein Stück?"

Marmorierte Stücke, fein säuberlich aus Zellophan gewickelt und vor ihr ausgebreitet.

„Greif zu. Ich krieg nichts runter. Die Aufregung, weißt du."

Sie hatte aus Höflichkeit ein Stück gegessen. Und weil sie nichts im Magen gehabt hatte. Es war so süß gewesen, dass sie es kaum geschafft hatte.

Eine schreckliche Ahnung ließ ihr das Blut in den Adern gefrieren. Wie hatte sie nur so naiv sein können?

Sie wollte die Hand nach ihrem Handy ausstrecken, ohne zu wissen, wo es lag. Ihre Augen ließen sich nicht mehr scharf stellen, sie konnte nicht sehen, dass es unerreichbar für sie neben dem aufgeklappten Geldbeutel lag, aus dem die Tausender lugten. Sie war auf der Bank zusammengesunken, der Ausschnitt der Welt um sie herum wurde immer kleiner, zuletzt gaben ihre Augen nur noch den Blick auf einen Gedenkstein im Gebüsch frei: Alles Land bete dich an und lobsinge dir, lobsinge deinen Namen. Im nächsten Augenblick verschwanden wie auf Knopfdruck sämtliche Gedankenfetzen und Kai stürzte in eine Dunkelheit, die sie wirbelnd in die Tiefe zog. Auf ihrer Brust lag ein ungeheurer Druck, sie spürte, wie ihre Lungen blockierten. Ihr Atem stockte, ihr Inneres wölbte sich ohne Erfolg nach außen. Bevor sie wirklich begreifen konnte, dass bereits geschah, wogegen sie gerade noch gekämpft hatte, kippte sie haltlos zur Seite und verlor das Bewusstsein.

Maike Ebling, die mit achtzehn Jahren den ersten und letzten Buchstaben ihres Namens gestrichen und den Rest kräftig durcheinandergeschüttelt hatte, würde das Ende des Krimis, der ins Gras gefallen war, nicht mehr erfahren. Ihr Herz war stehen geblieben.

Inge Nowak schaute auf den grauen Hinterhof. Ihre eigene Aussicht aus dem Schlafzimmer fünfzehn Gehminuten von hier war nicht viel besser. Sie aber hatte hinter Doppelglasfenstern alles aus ihrer Wohnung herausgeholt. Auch wenn sie wohl noch eine Weile der Bank gehören würde. Inge hatte sich nach und nach den Traum von einem behaglichen Zuhause erfüllt. Es kam nur zu selten jemand, um es mit ihr zu genießen. Ihr Freundeskreis hatte sich nach der

Trennung von Bernd auf ein Minimum reduziert, und seit Marit in der kleineren Wohnung nebenan wohnte, waren zwei der vier Zimmer zu viel für einen Ein-Personen-Haushalt. Wann war man eigentlich Single und wann alleinstehend? Manchmal überlegte Inge, ob sie eines der Zimmer untervermieten sollte, doch dazu bestand keine finanzielle Notwendigkeit und ihre Einsamkeit wäre dadurch nur allzu offensichtlich geworden. Einsamkeit? Nein. Im Grunde wollte sie keine ständige Gesellschaft. Wenn sie abends nach Hause kam, war sie froh, ihre Ruhe zu haben. Nur an den Wochenenden hätte sie manchmal gerne jemand anderen zum Essen eingeladen als ihre Tochter und wäre danach lieber nicht alleine schlafen gegangen. Was ihr fehlte, war eine Bettgeschichte.

Schrill schepperte die Türklingel, Inge Nowak fuhr herum und sah, wie ihr Kollege sich mit gezückter Pistole filmreif an die Wand drückte. Sie winkte ab und bedeutete ihm mit einem Blick, er möge in die Küche gehen. Mechanisch schob sie die Hand unter ihre Jacke und vergewisserte sich, dass ihre eigene Waffe da war, wohin sie gehörte. Sie ging leise zur Tür und schaute durch den Spion. Draußen stand eine junge Frau, die überrascht einen halben Schritt zurückwich, als sie erkannte, dass ihr eine Fremde öffnete.

„Hallo“, sagte Nowak. „Sie möchten zu Maike Ebling?“

Die junge Frau sah sie zögernd an. „Ja. Störe ich? Ich war nur gerade in der Gegend und wollte ein Buch abholen.“

„Nein, Sie stören überhaupt nicht. Kommen Sie herein. Ich bin von der Kriminalpolizei, Hauptkommissarin Inge Nowak.“

Noch ehe sie sich ausweisen konnte, geriet die junge Frau sichtlich aus der Fassung.

„Ist etwas passiert? Mit Kai?“

„Kai? Wen meinen Sie damit?“

„Meine Dozentin. Maike Ebling. Wir nennen sie alle Kai.“ Sie sah erschrocken zu dem uniformierten Beamten in der Küche. „Ist etwas mit ihr?“

Eines der Klischees über Kommissare entsprachen voll und ganz der Realität: In Augenblicken wie diesen hasste auch Inge Nowak ihren Job.

„Es tut mir leid“, sagte sie möglichst ruhig und ließ die Besucherin dabei nicht aus den Augen, „aber Frau Ebling ist tot.“